Andrea Martin

DIE GEHEIMNISSE VON OAKSEND
Monsterprüfung

W0346155

Andrea Martin

DIE GEHEIMNISSE VON OAKSEND

∞

Monsterprüfung

Mit Illustrationen
von Max Meinzold

cbt

Bei diesem Buch wurden die durch das verwendete Material und die Produktion entstandenen CO_2-Emissionen ausgeglichen, indem der cbj Verlag ein Projekt zur Aufforstung in Brasilien unterstützt. Weitere Informationen zu dem Projekt unter: www.ClimatePartner.com/14044-1912-1001

FSC www.fsc.org MIX Papier aus verantwortungsvollen Quellen FSC® C014496

Wir produzieren Klimaneutral ClimatePartner.com/14044-1912-1001 Druckprodukt

Penguin Random House Verlagsgruppe
FSC® N001967

Sollte diese Publikation Links auf Webseiten Dritter enthalten, so übernehmen wir für deren Inhalte keine Haftung, da wir uns diese nicht zu eigen machen, sondern lediglich auf deren Stand zum Zeitpunkt der Erstveröffentlichung verweisen.

1. Auflage 2021
Erstmals als cbt Taschenbuch September 2021
© 2019 cbj Kinder- und Jugendbuch Verlag in der
Penguin Random House Verlagsgruppe GmbH,
Neumarkter Str. 28, 81673 München
Alle Rechte vorbehalten
Innenillustrationen: Max Meinzold
Umschlaggestaltung: Geviert, Grafik & Typografie
aw · Herstellung: LW
Satz: KompetenzCenter, Mönchengladbach
Druck: GGP Media GmbH, Pößneck
ISBN 978-3-570-31418-0
Printed in Germany

www.cbj-verlag.de
Dieses Buch ist auch als E-Book erhältlich.

Für Dich

Blasting Beasts
LIVE IN

INHALT

Kapitel 1

Eine Schultasche verschwindet

So stand es auf den Schildern am Maschendrahtzaun, auf dem sich in drei Meter Höhe Stacheldraht ringelte. Dahinter ragten die Maschinenhallen der alten Gießerei empor. Obwohl sie schon vor Jahrzehnten stillgelegt worden war, hing in der Luft immer noch ein metallischer Geruch, und die Erde war schwarz von Schlacke und Kohlenstaub. Alles an diesem Ort wirkte düster und bedrohlich.

Ein paar Kinder ließen sich nicht davon abschrecken und schlängelten sich durch ein Loch im Zaun. Der Weg über das Gelände war eine prima Abkürzung zum Wald. Alle trugen Schultaschen mit sich, ein besonders kräftig gebauter Junge trug sogar zwei. Er blieb stehen und brüllte in die Richtung, aus der sie gekommen waren: »Robin Miller Käsefratze kriegt später mal 'ne fiese Glatze, ist winzig wie ein Rattenfloh und wohnt in Opas Katzenklo.«

Schadenfroh grinsend rannte er den anderen hinterher, folgte ihnen quer über das Gießereigelände und verschwand in einem Dickicht aus verkrüppelten Sträuchern. Eine Minute später tauchten die Kinder jenseits des Geländes wieder auf und rannten den Hügel zum Wald hinauf.

Robin sah die Truppe zwischen den Stämmen verschwinden. Es war sinnlos, ihnen hinterherzujagen. Der Vorsprung war zu groß. Außerdem wusste er jetzt, wo sie mit seiner Schultasche hinwollten. Er blieb stehen, stützte die Hände auf die Knie und rang nach Luft. Sein T-Shirt war von Schweiß durchnässt. Immerhin, sie wollten in den Wald. Robin hatte schon Schlimmeres erlebt.

Einmal hatten sie seine Tasche über den Zaun des Schrottplatzes geworfen. Robin erinnerte sich mit Schaudern an Mr Stings Höllenhund Mack-Five, dessen schaumtriefendes Gebiss ihm auf der Flucht über den Zaun empfindlich nahe gekommen war.

Ein anderes Mal hatten sie seine Tasche im alten Wasserturm versteckt. Nie wieder würde Robin vergessen, wie es sich anfühlte, wenn man sich in zehn Metern Höhe an einer Eisenleiter festkrallte, während der Wind durch das rostzerfressene Bassin pfiff und ihm die schaurigsten Töne entlockte.

Das letzte Mal hatte er seine Tasche hoch oben in einer Baumkrone gefunden. Bei der Bergung war Robin abgestürzt und hatte tagelang gehinkt. Seinem Großvater Rufus hatte er erzählt, er sei mit dem Fuß umgeknickt. Rufus war anzusehen, dass er ihm kein Wort glaubte. Wortlos hatte er Robin den Verbandskasten in die Hand gedrückt.

Robin richtete sich stöhnend auf und fragte sich, wo er seine Tasche diesmal finden würde. Er zwängte sich durch das Loch im Zaun und trottete den anderen hinterher.

Die Mittagssonne brannte, und als Robin den Wald erreichte, atmete er auf. Die Bäume spendeten kühlen Schatten. Nach seiner Tasche umherspähend, folgte er den verschlungenen Pfaden. Er suchte am Bach, in den Baumkronen, in hohlen Stämmen, in verlassenen Fuchs- und Kaninchenbauten und in Felsspalten – nichts.

Robin wurde nervös. In der Tasche befand sich das Referat, das er morgen bei Mrs Keeman in Heimatkunde halten sollte: *Die Geschichte von Oaksend.* Ihm wurde ganz schlecht, als er sich ihr Gesicht vorstellte, wenn er ihr gestehen müsste, dass er sein Referat verloren hätte. Ihre Eidechsenaugen würden ihn anvisieren wie ein Messerwerfer sein Opfer im Zirkus, während ihre Hand den Füllfederhalter zücken und mit blutroter Tinte einen unmissverständlichen Kringel neben seinen Namen ins Klassenbuch setzen würde. Mrs Keeman war streng aus Prinzip. Jedwede Erklärung galt in ihren Augen als Ausrede. Selbst wenn Robin im nächsten Moment tot umgefallen wäre, stünde Mrs Keeman als Erste an seinem Grab, um ihm vorzuwerfen, er sei nur gestorben, um sich vor dem Referat zu drücken.

Nein, niemals würde sie das hinnehmen und niemals könnte er ihr die Wahrheit sagen. Er hörte schon das Gefeixe seiner Mitschüler – allen voran Freddy.

Er musste die Tasche finden.

Robin gelangte auf eine Lichtung. In deren Mitte ragte ein mächtiger Findling fast mannshoch aus der Erde hervor – der Druidenstein.

Glaubte man einer Legende, so war die Lichtung vor Urzeiten ein magischer Ort gewesen. Druiden sollten hier ihre Rituale abgehalten und Naturgeister beschworen haben. Irgendwelchen Leuten hatte das damals nicht gefallen. Sie hatten die Druiden vertrieben und den Stein zerstört.

Auf dessen Oberseite klaffte ein Spalt, der tief in die Erde führte. Wie tief genau, das wusste niemand. Der Spalt war zu schmal für einen erwachsenen Menschen. Ein sehr kleines, sehr schmächtiges Kind könnte sich gerade so hindurchquetschen.

Doch eine Schultasche passte problemlos hinein.

Robin hastete über die Lichtung. Unter seinen Sohlen knackten Eicheln. Er kletterte auf den Druidenstein und beugte sich über den dunklen Spalt. Ein feuchter, kalter Lufthauch schlug ihm entgegen. Er schirmte die Augen gegen das Licht ab, um besser sehen zu können.

Da war sie ja, seine Tasche. Sie baumelte etwa einen Meter unter ihm. Freddy musste es eilig gehabt haben, als er sie hineingeworfen hatte, sonst hätte er sehen müssen, dass sie nicht ganz durchgerutscht, sondern mit dem Riemen an einem Vorsprung hängen geblieben war.

Robin sprang vom Findling herunter und durchsuchte das Unterholz.

Mit einem krummen Ast kehrte er zurück und kraxelte wieder auf den Druidenstein. Er schob sich an den Spalt heran, streckte den Ast hinein und angelte nach der Tasche. Endlich gelang es ihm, den Ast unter den Riemen zu schieben ... nur noch ein kleines Stück ...

TSCHIIIIILP! Eine Amsel schoss knapp über seinen Kopf hinweg über die Lichtung. Robin ließ vor Schreck fast den Ast fallen, der Riemen geriet ins Rutschen und glitt ab. Robin sah seine Tasche mitsamt Schulbüchern, Heften, Stiften und dem Referat in der Tiefe des Druidensteins verschwinden. Entsetzt hörte er, wie sie beim Sturz gegen die Felsen prallte. Die Aufschläge wurden immer leiser. Irgendwann hörte er gar nichts mehr.

Starr vor Schreck, kletterte er vom Findling herunter und stakste über die Lichtung. Im Schatten einer Eiche plumpste er ins Gras. Er war erledigt. Tot. Schlimmer als tot.

Die Bücher konnte man ersetzen. Rufus würde zwar ein Donnerwetter veranstalten, aber am Ende würde er, wenn auch murrend und fluchend, neue Bücher kaufen. Aber das Referat ...

Robin konnte sich zwar noch an viele Einzelheiten erinnern, die er in den letzten Wochen gelesen hatte, aber es würde länger als eine Nacht dauern, alles neu aufzuschreiben.

Kurz schoss ihm durch den Kopf, Rufus um Hilfe zu bitten. Der war Experte für alles, was alt war. Rufus konnte über die Geschichte von Oaksend auf Anhieb bestimmt zehn Seiten aus dem Ärmel schütteln. Die Sache hatte nur einen Haken: Im Gegensatz zu Mrs Keeman würde Rufus eine Erklärung haben wollen. Robin müsste dann gestehen, dass Freddy ihn schon seit Langem schikanierte und dass er einfach nicht gegen ihn ankam.

Robin seufzte. War sein Leben nur so schwierig, weil er noch ein Kind war, oder würde es immer so bleiben? Gedankenverloren pflückte er eine Eichel aus dem Gras und zielte auf die Oberseite des Druidensteins, wo der Spalt war.

Plock. Die Eichel prallte einen halben Meter tiefer ab und flog in hohem Bogen ins Unterholz.

Vielleicht wäre alles leichter zu ertragen, überlegte Robin, wenn er nicht so allein wäre, wenn er einen Bruder oder eine Schwester hätte oder wenigstens einen Freund.

Plock. Wieder daneben.

Aber Robin hatte nur seinen knurrigen Großvater Rufus, dem er es nie recht machen konnte, egal, wie sehr er sich anstrengte.

Plock.

Wie schön es doch wäre, einen Freund zu haben, jemanden, mit dem man reden konnte, jemanden, der einen nicht auslachte, egal wie groß oder klein die Sorgen waren. Jemanden, dem man Geheimnisse anvertrauen könnte. Jemanden, mit dem man Popcorn machen, Mau-Mau spielen und an verregneten Nachmittagen stundenlang Comics lesen könnte. Jemanden, der einen mochte, selbst wenn man klein, blass und unscheinbar war.

Plock.

Robin malte sich diesen Jemand weiter aus: Praktisch wäre es, wenn er ein wenig größer und stärker wäre – dann würde sich Freddy zweimal überlegen, ob er Robins Schultasche jemals wieder klauen wollte. Und wenn man schon träumte: Vielleicht könnte dieser Jemand auch über ein paar besondere Fähigkeiten verfügen – Karate oder so – und Robin ein paar kleine Tricks zeigen.

Seine Hand griff nach der nächsten Eichel. Sie war ungewöhnlich groß und schwer. Eine richtige Monstereichel. Er holte weit aus und zielte.

FLUMPH. Die Eichel verschwand im Druidenstein. Das war Robin noch nie gelungen.

Wenigstens etwas!, dachte er grimmig und stand auf. Ohne sich noch einmal umzusehen, verließ er die Lichtung und ging nach Hause, seiner Nachtschicht entgegen.

Kapitel 2

Nachtschicht

Es war schon weit nach Mitternacht. Ganz Oaksend schlief. Still, friedlich und dunkel lagen die Häuser da. Nur im letzten Haus im Mistelweg brannte noch Licht.

Auf der Rückseite drang ein schwacher Schein aus einem Erker im ersten Stock, daneben befand sich ein überdachter Balkon. Vom Garten aus hatte sich ein Brombeerstrauch bis nach oben ausgebreitet und wucherte über das altmodisch verzierte Geländer hinweg. Durch die geöffneten Fenster konnte man in ein kleines Zimmer sehen. Der Erker war mit Kissen ausgepolstert, in denen eine zerschlissene Handpuppe lehnte. Ihren Körper hatte jemand aus einem Frotteehandtuch genäht, zwei bemalte Pingpongbälle dienten als Augen. Sie schielte.

Im Zimmer herrschte Unordnung: Kleider, Bücher, Comics und Spielsachen waren über den ganzen Raum verstreut, die Regale vollgestopft mit Büchern und kunterbuntem Krimskrams: Zwischen *Sagen des Altertums*, *Huckleberry Finn* und einem halben Meter *Snurps galaktische Abenteuer* klemmte ein zerbeulter Globus, der eine Piratenklappe trug. Im Fach darüber dämmerte ein selbst gebasteltes Planetensystem vor sich hin. Zwischen Jupiter und Mars ruhte eine mumifizierte Bananenschale. Neben dem Regal stand eine Klapptür auf und gab den Blick frei auf das chaotische Innenleben eines begehbaren Kleiderschranks. Daneben quetschten sich noch ein Nachttisch und ein Bett.

Das Bett war leer.

Robin saß am Schreibtisch im Schein einer Leselampe. Sein Kopf lag auf einem Durcheinander aus hastig beschmierten Blättern. Er schnarchte. Die Ecke des obersten Blattes hob und senkte sich im Rhythmus seines Atems. *Die Geschichte von Oaksend. Referat von Robin Miller*, konnte man lesen. Den Rest verdeckte sein angewinkelter Arm. Die Hand umklammerte noch den Stift.

Plötzlich erklang hinter ihm ein leises Geräusch und an der Wand zwischen Regal und Kleiderschrank öffnete sich wie aus dem Nichts ein Loch.

Eine blaugraue, pelzige Hand fingerte am Rand entlang. Dann schoben sich ein Arm, noch ein Arm, zwei Beine mit ziemlich großen Füßen und ein gehörnter Kopf hindurch. Schließlich stand ein sehr haariges Wesen im Zimmer und sah sich neugierig um. Als sein Blick auf Robin fiel, glomm etwas in seinen Augen auf. Das Wesen leckte sich die Lippen und rieb sich voller Vorfreude die Hände. Dann ließ es die Finger spielen, schnappte probeweise die messerscharfen Krallen raus und rein und atmete tief durch. Jetzt kam der knifflige Teil …

Lautlos trat es neben Robin, holte aus – und tippte ihm auf die Schulter. Robin grunzte im Schlaf und drehte den Kopf auf die andere Seite. Das Tippen wurde stärker. Robin murrte nur.

Aus dem Tippen wurde ein Rütteln.

»Hmwasnlos?« Robin fuhr hoch und stierte schlaftrunken um sich. Sein Blick verfing sich an etwas Ungewöhnlichem: Neben seinem Schreibtisch stand ein pelziges blaugraues Ungeheuer und winkte ihm zu. Robin kniff die Augen zu. Ein Traum, schoss es ihm durch den Kopf, das ist nur ein Albtraum! Kein Grund, in Panik zu geraten, es war nicht sein erster Albtraum, er kannte das schon. Gleich würde er aufwachen und alles wäre wieder normal. *Wach auf*, befahl er sich energisch und linste vorsichtig durch ein Auge.

Das Ungeheuer strahlte ihn an.

Es war nicht besonders groß, höchstens einen halben Kopf größer als Robin, aber doppelt so breit. Sein Fell war dicht, lang und hatte Tupfen. Jetzt lächelte es und entblößte dabei ein makelloses Gebiss – *mit Fangzähnen.*

Robin öffnete den Mund, um loszuschreien, brachte aber nur einen erstickten Kehllaut zustande.

»Hallo!«, rief das Ungeheuer fröhlich und hielt ihm die Pratze hin. Als Robin nicht reagierte, ergriff es seine Hand und schüttelte den ganzen Arm. Robin kippte fast vom Stuhl.

»Du bist Robin, stimmt's?!«

Plötzlich klatschte es sich an die Stirn: »Heiliger Riesenkürbis! Das Wichtigste habe ich vergessen!« Es eilte zu dem Loch an der Wand, langte mit einem Arm hinein und kramte herum. Robin starrte auf die Zimmerwand. Wo kam dieses Loch plötzlich her?

»Muss sich verfangen haben«, murmelte das Ungeheuer und tauchte bis zum Hals hinein. Beim Anblick des kopflosen Rumpfes, der an seiner Zimmerwand zappelte, wurde Robin fast ohnmächtig. Er hatte schon viele Albträume gehabt, aber noch nie einen, der sich so echt anfühlte.

Gedämpft klang es aus dem Loch hervor: »Komm schon her … du … wider…spenstiges … Biest!« Im nächsten Augenblick schepperte es fürchterlich und das Ungeheuer schnellte aus dem Loch zurück. In einer Hand hielt es – Robins Schultasche! Mit der anderen Hand zog das Ungeheuer das Loch von der Wand ab wie einen Aufkleber und stopfte es irgendwo in die Tiefen seines Fells.

Robin beugte sich vor. Die Zimmerwand war wieder unversehrt. Wie aus weiter Ferne hörte er sich krächzen: »Was … Wie … Wer bist du?«

Das Ungeheuer strahlte ihn an: »Ich bin Melvin, dein Schutzmonster.« Melvin stellte die Tasche neben Robin und schwang sich mit dem Hinterteil auf den Schreibtisch. »Du hast doch einen Notruf abgesetzt …?« Er tastete sein Fell ab und griff an mehreren Stellen hinein, so wie andere Leute in eine Jackentasche – nur dass Melvins Fell sehr viele Taschen zu haben schien.

»Wo hab ich sie denn – AH!« Er drückte Robin etwas in die Hand. Es war eine ungewöhnlich große, schwere Eichel. Robin erkannte sie wieder. Es war die Monstereichel, die er nachmittags im Druidenstein versenkt hatte.

Melvin ließ die Beine hin und her baumeln. »Du hast Glück gehabt, dass sie so schnell gefunden wurde. Der Druidenstein wird seit Ewigkeiten nicht mehr benutzt. Es war reiner Zufall, dass die alljährliche Putzkolonne heute dort war. Du hast einem Quastler eine ganz schöne Beule verpasst. Mach ruhig auf und lies selbst.«

Robin sah Melvin verständnislos an.

»Du musst sie aufschrauben.«

Robin drehte an der Eichel, und tatsächlich: Die Kappe ließ sich abschrauben. Jetzt erkannte er auch, warum die Eichel so schwer war. Es war gar keine richtige Eichel, sondern ein Medaillon. Im Inneren steckte eine winzige Pergamentrolle. Robin zog sie heraus und rollte sie auseinander:

Die Worte erreichten Robins Auge, aber nicht sein Hirn. »Was … Was bedeutet das?«, stammelte er.

»Dass du dir ab heute keine Sorgen mehr machen musst!«, sagte Melvin und zählte an einer Hand ab: »Heute Nachmittag hast du dir einen Freund gewünscht, jemanden, mit dem du reden kannst, der dich nicht auslacht, jemanden, der stark ist und ein paar besondere Fähigkeiten hat. Dann hast du die Eichel in den Druidenstein geworfen und – hier bin ich!«

Plötzlich erklang ein Knurren. Robin machte einen Satz.

Melvin legte eine Hand auf den Bauch und sah Robin verlegen an. »Tschuldigung! Die Reisen im Hatchpatch machen mich immer so unglaublich hungrig. Du hast nicht zufällig etwas zu essen?«

Wie betäubt fingerte Robin nach seiner Schultasche, irgendwo musste noch ein Sandwich sein. Zwischen Mathe- und Erdkundebuch wurde er fündig. Er reichte Melvin das zermatschte Ding. Nur die Frischhaltefolie hielt es noch zusammen. Melvins Augen leuchteten: »Wusste ich doch, dass ich Thunfisch gewittert hatte! Mein Leibgericht!« Beherzt griff er zu und biss in das Sandwich. Er machte sich gar nicht erst die Mühe, die Folie zu entfernen. »Mmh!«

Mit offenem Mund sah ihm Robin zu. Tausend Fragen schossen ihm durch den Kopf und jede einzelne versuchte sich vorzudrängeln. Es war ein heilloses Durcheinander. Schließlich sprudelte es aus ihm heraus: »Woher kommst du?! Bist du von einem anderen Stern?«

Melvin hielt im Kauen inne und sah ihn verblüfft an. »Wie kommst du denn auf die Idee? Nein, nein, ich bin von hier, genau wie du.« Ein paar Thunfischbröckchen flogen durch die Luft.

»Gibt es noch mehr … Monster?«

Melvin schluckte den Rest hinunter und rülpste. »Klar!«

»Und sehen die alle so aus wie du?«

»Oh, nein! Es gibt jede Menge Monsterarten: schuppenartige, federhafte, panzerartige, stachelartige, schleimige … Ich bin übrigens ein *Pellitus*, ein Fellartiger.«

»Wenn es so viele Monster gibt, wie kommt es, dass ich noch nie eins gesehen habe?«

Melvin klaubte sich ein Stück Thunfisch aus dem Brustfell: »Du hast noch nie ein anderes Monster gesehen, weil wir uns nur zeigen, wenn wir uns zeigen wollen.«

»Du kannst dich unsichtbar machen?!«

Melvin grinste und schwang sich vom Schreibtisch. »Viel besser – ich kann bluffen!« Und dann geschah etwas Irrwitziges. Ein kaum wahrnehmbares Wispern, nicht lauter als der Flügelschlag einer Fledermaus, und Melvin war – weg! Fassungslos starrte Robin auf die Stelle, wo er eben noch gewesen war.

Erneutes Wispern und Melvin erschien wieder – wenn auch nur zur Hälfte: In Robins Zimmer schwebte ein Monster ohne Unterleib.

Melvin grinste noch breiter, als er Robins verdutztes Gesicht sah, und wackelte hin und her. Da wo seine Beine sein sollten, schien die Luft kaum merklich zu flirren – oder spielten ihm seine Augen einen Streich? Er blinzelte und beugte sich vor. Und da sah er es: Vom Nabel abwärts hatte Melvins Fell haargenau die Farbe und die Maserung des Schreibtisches angenommen.

Wie ein Oktopus, dachte Robin.

Wieder das Wispern und Melvins Fell war plötzlich von Kopf bis Fuß dunkelbraun gestreift. Ein Wispern weiter und es war scharlachrot. Wispern: Tarnflecken in Grün und Braun. Wispern: Schachbrettmuster in Violett und Orange. Wispern: Zebrastreifen. Wispern: Lilafarbene Tupfen auf Himmelblau. Wispern: Goldgelbes Waffelmuster. Wispern: Veilchen auf giftgrünem Grund …

Beim Waffelmuster konnte Robin sich noch beherrschen, doch beim Anblick der Veilchen prustete er los.

Mit einem letzten Wispern wechselte Melvin zu seinem ursprünglichen getupften Blaugrau zurück: »Nicht übel, was? Noch besser ist das Morphen – dabei kann man sich in eine komplett andere Gestalt verwandeln. Aber das ist richtig schwierig, und bei der MOE nehmen sie keinen unter sechzehn, und das auch nur, wenn …«

»Wie alt bist du denn?«

Melvin streckte die Brust vor: »Ich bin schon elf!«

»Ich werde an Halloween elf!«, rief Robin.

Melvin machte ein bestürztes Gesicht, als sei ihm etwas siedend heiß eingefallen: »Stimmt! Ich quatsche und quatsche und du musst morgen zur Schule! Höchste Zeit, schlafen zu gehen.«

»Nein, nein! Erzähl mir noch mehr. Was kannst du noch? Kannst du zaubern?«

Doch Melvin schüttelte nur den Kopf und scheuchte ihn

Richtung Bett. Robin wollte protestieren, er war viel zu aufgeregt, um jetzt zu schlafen. Da erklang von irgendwoher ein Schnurren und im nächsten Augenblick konnte er sich kaum aufrecht halten. Wie eine besoffene Ente wankte er zum Bett und fiel vornüber in die Kissen.

»Kommst du morgen wieder?«, nuschelte er noch, bevor er in tiefen Schlaf fiel.

Melvin deckte ihn zu und löschte das Licht. Ein Strahl Mondlicht fiel in den Erker. Er stutzte und trat näher. Verblüfft beäugte er die alte Handpuppe, dann grinste er: »Hat dir schon mal jemand gesagt, dass du aussiehst wie Onkel Melrose?« Er stupste ihr in den Bauch und der Kopf der Puppe neigte sich. Es sah aus, als ob sie nickte.

Kapitel 3

Von Löchern und Schneebesen

Um sieben Uhr rasselte der Wecker. Robin streckte einen Arm unter der Bettdecke hervor und versetzte ihm einen Hieb. In hohem Bogen flog der Wecker in den Wäschekorb, wo er beleidigt verstummte. Robin drehte sich schlaftrunken zur Wand und zog sich die Decke über den Kopf. Irgendetwas hatte er geträumt und die Reste dieses Traums spukten noch in seinem Kopf herum. Er wollte nicht darüber nachdenken und kuschelte sich tiefer in die Decken. Schon fühlte er eine neue Welle warmen Schlafes heranrollen, da durchfuhr es ihn eiskalt: In der ersten Stunde war Heimatkunde bei Mrs Keeman! Das Referat!

Jäh fuhr er hoch – und erblickte am Fußende des Bettes seine Schultasche. Schlagartig fiel ihm alles wieder ein. Das war kein Traum gewesen, oder?

»Hallo?«, flüsterte er. Nichts rührte sich.

»Äh, Melvin …?« Er stieg aus dem Bett und durchsuchte das Zimmer. Er sah unterm Bett, im Kleiderschrank und sogar auf dem Balkon nach. Von Melvin keine Spur. Nachdenklich setzte sich Robin zu Mr Moon in den Erker.

»Es ist kein gutes Zeichen, wenn man nicht mehr weiß, ob man etwas geträumt hat oder ob es wirklich passiert ist, oder?«, murmelte er. Die Handpuppe schielte ihn freundlich an.

Andererseits …

Was hatte Melvin letzte Nacht gesagt? *Du hast noch nie ein anderes Monster gesehen, weil wir uns nur zeigen, wenn wir uns zeigen wollen.*

Robins Grübelei wurde von einem gedämpften Ticken gestört. Irritiert sah er sich um, dann fiel ihm der Wecker ein. Er grub die Uhr aus der Wäsche hervor und zuckte beim Anblick des Ziffernblattes zusammen. Himmel, schon so spät!

Er fuhr in seine Kleider, schnappte sich die Schultasche und rannte aus dem Zimmer. In vollem Lauf schwang er sich auf das Treppengeländer und rutschte nach unten. Gekonnt fing er den Schwung eine Handbreit vor der Haustür ab. Dieses Kunststück hatte ihn letzten Winter zwei Wochen Training, mehrere blaue Flecken und eine blutige Nase gekostet. An der Haustür klebte ein beschrifteter Umschlag: *Essen im Kühlschrank. Buch im Antiquariat abholen. Bis Montag. Rufus.*

Im Umschlag lagen eine beachtliche Menge Geld und ein Abholschein.

Es kam öfter vor, dass Robin ein paar Tage allein blieb. Rufus war Wissenschaftler. Seit Jahren schrieb er an einer mehrbändigen Enzyklopädie und hielt Vorträge über seine Forschungen.

Diesmal war er zu einem Kongress nach Südfrankreich geflogen.

Robin stopfte den Umschlag in die Hosentasche und stolperte aus dem Haus. Im Laufschritt eilte er zur Schule.

Der Schulhof war leer. Es hatte schon geklingelt. Zwei Stufen auf einmal nehmend, hetzte er in den ersten Stock. Mrs Keeman war schon mit einem Fuß im Klassenzimmer und zog die Tür hinter sich zu. Robin gelang es gerade noch, unbemerkt hinter ihrem Rücken hindurchzuschlüpfen. Er huschte auf seinen Platz in der letzten Reihe.

Imogen, seine Sitznachbarin, blickte ihn durch ihre Brille hindurch erstaunt an, als ob sie ihn zum ersten Mal sähe. Aber das hatte nichts zu bedeuten. Imogen guckte immer so. Ihr Stoffbeutel baumelte an der Stuhllehne und müffelte vor sich hin. Der Geruch erinnerte Robin heute an alten Camembert.

Wie immer in Heimatkunde war es in der Klasse sehr still. Mrs Keeman setzte sich ans Lehrerpult, richtete Bücher und Stifte parallel zur Kante aus und schlug das Klassenbuch auf. Mit einem krallenartigen Zeigefinger fuhr sie langsam die Reihe der Namen entlang. Keiner der Schüler wagte es, auch nur einen Mucks von sich zu geben. Nur Freddy drehte sich zu Robin um und feixte stumm. Als Robin auf seine Schultasche deutete, zog sich Freddys Gesicht zusammen wie eine geballte Faust, und er machte eine rüde Geste. Ohne vom Klassenbuch aufzusehen, sagte Mrs Keeman: »Frederick O. Blueford, wir alle sind deinem seligen Urgroßvater immer noch dankbar, dass er

Oaksend damals mit seiner Fabrik vor dem Ruin gerettet hat.« Ihre Stimme wurde eisig: »Das gibt dir jedoch noch lange nicht das Recht, heute meinen Unterricht zu stören.«

Freddy fuhr herum, als hätte er einen Stromschlag bekommen. Mit Mrs Keeman war nicht zu spaßen. Ihre Strafen waren so launisch wie legendär.

Der Zeigefinger stoppte. »Robin Miller!« Mrs Keeman hob den Blick: »Du hast ein Referat vorbereitet?«

Robin stand langsam auf. Er war schrecklich nervös. Seine Knie fühlten sich an wie Quallen in Gelee. Er öffnete den Mund, aber es kam kein Ton heraus. Sein Hals war wie zugeschnürt. Alle starrten ihn an. Mrs Keemans Echsenaugen verengten sich, ihre Hand tastete nach dem Füller …

Robin wurde heiß und kalt zugleich … Da tauchte vor seinem inneren Auge ein Bild der letzten Nacht auf: Was hatte doch gleich auf dem Pergament gestanden? *Melvin Montgomery ist hiermit unwiderruflich gebunden an den heiligen Eid der Mentora, seinen Schützling von diesem Tag an zu beschützen und vor Unheil jeglicher Art zu bewahren …*

Waren nicht auch Lampenfieber und Lehrer eine Art Unheil, ganz besonders Mrs Keeman? Und während er das noch dachte, überkam ihn die Vorstellung, wie es wäre, wenn ein pelziges Monster aus dem Nichts auftauchen und sich auf Mrs Keemans Schreibtisch lümmeln würde. Unwillkürlich musste er grinsen und auf einmal ging alles ganz leicht. Die Panik verflog, der Knoten in seinem Hals löste sich und er bekam wieder ein Gefühl in den Beinen. Mit fester Stimme begann er, sein Referat vorzulesen.

Nach der Schule eilte Robin nach Hause. Der kürzeste Weg führte eigentlich über den Marktplatz – aber dann müsste er den Mistelweg hinaufgehen und käme am Haus von Mrs Stickforth vorbei. Da nahm er lieber einen Umweg in Kauf und folgte einem Pfad, der auf verschlungenen Wegen am alten Wasserturm, dann ein Stück am Wald entlang und schließlich zu einer ehemaligen Pferdekoppel führte. An deren verwittertem Gatter endete der Mistelweg in einer Sackgasse. Rufus' Haus war das letzte in der Straße – und das schäbigste.

Übermütig hechtete Robin über das Gatter und sprintete die letzten Meter nach Hause. Er konnte es immer noch nicht fassen. Für sein Referat hatte er von Mrs Keeman eine Drei minus bekommen – das war so viel wert wie eine glatte Eins bei allen anderen Lehrern. Später im Sportunterricht hatte Freddy mal wieder versucht, Robin als lebendige Zielscheibe zu missbrauchen, doch jedes Mal hatte der Ball einen merkwürdigen Drall bekommen und Robin verfehlt. Freddy war stinkwütend geworden. Nach der Schule sann er auf Rache und trieb Robin in der Toilette in die Enge. Wie genau es geschah, konnte sich Robin nicht erklären, aber plötzlich war da dieses Stück Seife. Freddy glitt darauf aus und schoss wie ein Eishockeypuck gegen das Abflussrohr. Das Rohr zerbarst und im Nu war die ganze Toilette überschwemmt. Robin konnte flüchten. Freddy nicht.

Der Hausmeister, angelockt durch den ohrenbetäubenden Krach, bekam einen Tobsuchtsanfall und verdonnerte Freddy dazu, die ganze Suppe bis zum letzten Tropfen aufzuwischen. Was für ein Glückstag!

Zu Hause angekommen, schoss er die Treppe hinauf in sein Zimmer.

»Na, wie war's in der Schule?« Melvin lümmelte mit Mr Moon im Erker und las in einem Band von *Snurps galaktischen Abenteuern*. »Wischt Freddy immer noch die Toilette auf?«

Robin ging ein Licht auf: »Du warst das!«

Melvin lächelte fein.

»Du hast Freddy auf der Seife ausrutschen lassen! Hast du auch etwas damit zu tun, dass er mich im Sportunterricht einfach nicht treffen konnte?«

Melvin nickte mit kaum verhohlenem Stolz.

»Und wie hast du das mit Mrs Keeman hingekriegt?«

Melvin hob abwehrend die Hände: »Moment mal, das mit Freddy gebe ich zu, aber das mit dem Referat hast du ganz allein gemacht, damit hatte ich nichts zu tun! Ich saß brav auf der Fensterbank und habe zugehört. Ich fand dein Referat übrigens sehr spannend. Die Stelle mit dem Blutbad auf Schloss Beauregard hat mir besonders gefallen.«

»Oh, äh … danke.«

Melvin legte den Comic zur Seite. »Um das Wichtigste zwischen uns ein für alle Mal klarzustellen: Monster dürfen nur beschützen. Wir dürfen uns nicht in das Leben unseres Schützlings einmischen!« Er setzte sich auf, legte eine Hand auf die Brust und sagte mit feierlicher Stimme: »Die acht Gesetze der Monsterwelt lauten:

1. Du sollst den Menschen beschützen.
2. Deine Kraft diene ausschließlich seinem Wohlergehen.
3. Nie sollst du deine Kraft für andere Zwecke missbrauchen, es sei denn, es droht Gefahr für Leib und Leben.
4. Du sollst die Entscheidungen deines Schützlings respektieren.
5. Nie sollst du deinen Schützling beeinflussen.
6. Du sollst nie in die Träume deines Schützlings eindringen.
7. Du sollst dich nie von deinem Schützling abwenden.
8. Du sollst eines anderen Schützling nicht begehren.«

Ernst sah er Robin an: »Ich habe auf diese Gesetze einen Eid geschworen.«

Robin war sich nicht sicher, ob er alles begriffen hatte, aber es hörte sich fast so an, als ob ... Bedeutete das vielleicht, dass er nie mehr Angst vor Freddy haben musste? Augenblicklich breitete sich ein eigenartiges Gefühl in ihm aus, eine Leichtigkeit, die ihm völlig neu war. Es war, als ob ihm Melvin einen schweren Rucksack abgenommen hätte, einen Rucksack, den Robin schon sehr lange mit sich herumgetragen und an den er sich mittlerweile gewöhnt hatte – so sehr, dass er die Last zwar noch spürte, sich aber nicht mehr erinnern konnte, woher sie eigentlich kam.

»Alles in Ordnung mit dir? Du guckst so komisch«, fragte Melvin besorgt.

Robin lächelte. »Keine Sorge – es ging mir nie besser!«

KNURR!

Melvin griff sich an den Bauch: »Sag mal, hast du nicht auch Hunger?!«

»Klar, und wie!« Robin sprang auf. »Rufus hat vorgekocht. Wir müssen es nur aufwärmen!«

Dicht gefolgt von Melvin, lief er nach unten in die Küche und wuchtete einen schweren Topf aus dem Kühlschrank. Als er den Deckel hob, wich Melvin zurück.

Robin sagte: »Was für ein Glück – Linseneintopf! Den kriegt Rufus ganz gut hin. Seine Graupensuppe ist immer ...«

»*Nas is nich nein Ernst!*« Melvin hielt sich die Nase zu und starrte entsetzt auf die trübe Brühe. Graubraune Klumpen dümpelten auf der Oberfläche.

Robin blickte verwundert auf: »Na ja, es sieht zwar nicht aus wie im Pfannkuchen-Palast, aber mit ein bisschen Ketchup – hey!«

Melvin schnappte ihm den Topf vor der Nase weg und trug ihn aus der Küche. Einen Augenblick später hörte Robin das Rauschen der Klospülung.

»Und was sollen wir jetzt essen?«, rief er. Die Aussicht auf öde Butterbrote ließ seinen Magen empört aufknurren. Melvin kam zurück, schob ihn beiseite und langte nach der Küchenschürze. »Linseneintopf!«, schnaubte er und band sich den fadenscheinigen Stoff um den Bauch, »wie kann man nur etwas essen, das aussieht wie Glitschlaich und stinkt wie Stachlerdung?«

Glitschlaich? Stachlerdung?

Während Melvin sämtliche Schränke und den Kühlschrank durchwühlte, beschloss Robin, sich über gar nichts mehr zu wundern, und ließ sich auf einen Küchenstuhl plumpsen.

»Mal sehen«, murmelte Melvin vor sich hin, »heute ist Freitag, also sollte es etwas Gelbes sein!« Mit atemberaubendem Tempo wirbelte er durch die Küche. Das erinnerte Robin an etwas.

»Melvin, was ich dich noch fragen wollte …« Er duckte sich. Fünf Eier samt Schale flogen knapp an seinem Kopf vorbei in eine große Schüssel. Ein sechstes verfehlte sein Ziel und zerschellte unterhalb der Küchenuhr.

»Hmm?«

»Wenn du Freddy in der Toilette ausgetrickst hast – also *mit mir* dort warst –, wie konntest du dann *vor mir* zu Hause sein? Ich bin den ganzen Weg gerannt.«

Zwei ungeschälte Bananen und eine halbe Packung Cornflakes landeten in der Schüssel, die andere Hälfte regnete auf den Küchenboden.

»Was? Ach so …« Melvin tastete sein Fell ab, griff in eine Tasche und warf ihm etwas zu. Es war das seltsame Aufkleberdingsbums, das Robin schon letzte Nacht aufgefallen war. Er wendete es hin und her. Es war nur ein simples Stück Stoff, nicht viel größer als ein Fladen. Fragend sah er hoch – und kippte fast hintenüber, als er sah, wie Melvin eine Kralle hervorschnappen ließ und eine Dose Mais so leichthändig aufschlitzte wie andere Leute einen Briefumschlag.

»Das ist ein Hatchpatch! Damit kannst du von einem Ort zum anderen kommen – eine Art Expresstunnel.« Ein Riesenbatzen Erdnussbutter klatschte in die Schüssel. Großzügig ließ Melvin Honig darüberfließen. Der Tisch bekam auch was ab.

»Das da ist ein Junior-Modell, das bringt es nur auf 120 Batwoms und die Reichweite ist begrenzt. Aber wenn ich groß bin, bekomme ich ein richtiges. Es gibt Modelle, die bringen es auf 300 Batwoms! Wenn man ein bisschen dran rumfrisiert, sogar auf 350. Damit könnte man glatt bis zum Mars fliegen.«

»WAS?«

»War nur 'n Witz!«, gluckste Melvin und schredderte mit seinen Krallen ein Stück Käse klein.

Robin ließ den Stoff durch die Finger gleiten. Das Gewebe war hauchdünn und fühlte sich kühl an. »Woraus ist es gemacht?«

»Das weiß niemand so genau. Die Rezeptur wird geheim gehalten, aber man munkelt, dass sie Spinnenseide verwenden. Es gibt immer wieder Versuche, die Dinger nachzubauen, aber die Fälschungen taugen nichts. Entweder du bleibst drin stecken, oder sie leiern sofort aus, oder sie haben eine so armselige Reichweite, dass man noch nicht mal von der Vorder- bis zur Hintertür kommt. Manche Fälschungen sind richtig gefährlich, bilden plötzlich Knoten, lösen sich auf oder leiten in die Irre. Letztes Jahr wurden welche beschlagnahmt, die fingen sogar Feuer.«

Melvin goss Apfelsaft in die Schüssel, drückte eine halbe Tube Senf hinterher und verstreute großzügig Currypulver darüber. Robin fand öde Butterbrote plötzlich sehr verlockend.

Melvin griff sich einen Schneebesen und fing an, die Masse rasend schnell zu verquirlen. Robin wurde ganz schwindelig vom Zusehen. Die Küche hatte sich in ein Schlachtfeld verwandelt. Zum Glück würde Rufus erst am Montag zurückkommen.

Über das Schlagen und Spritzen hinweg rief Melvin: »Die echten Hatchpatchs haften auf jedem Untergrund und sind so gut wie unzerstörbar. Ein gutes Hatchpatch erkennst du daran, dass es dünn ist. Je dünner, desto wertvoller! Zur Standardausrüstung gehört natürlich, dass es knitterfrei und selbstentfaltend ist. Mein Hatchpatch hat sogar schon eine Klimaanlage. Das ist super! Mit der herkömmlichen Luftkühlung konnte man sich auf langen Strecken glatt den Pelz versengen.«

Robin betrachtete das Hatchpatch und fragte sich im Stillen, ob Melvin ihn nicht auf den Arm nahm. Dieser Fetzen Stoff sollte all das können? Ein Expresstunnel sein, mit dem man jederzeit überall hingelangen konnte? Mit *Klimaanlage*?

Melvin stellte die Schüssel in den Ofen und wischte sich die Hände an der Schürze ab. »Warte, ich zeig's dir.«

Er nahm das Hatchpatch und warf es auf den Küchentisch. In dem Augenblick, in dem es die Tischplatte berührte, geschah etwas Unglaubliches: Der Stoff wurde lebendig, faltete sich blitzartig auseinander und verschmolz mit dem Holz. Mit einem leisen, saugenden Geräusch öffnete sich mitten auf dem Küchentisch ein kreisrundes Loch. Melvin nahm den Schneebesen, hielt ihn genau darüber und ließ ihn los. Der Schneebesen verschwand in der Tiefe und in der gleichen Sekunde verschwand auch das Loch.

Robin starrte auf die unversehrte Holzplatte.

Er tauchte unter den Tisch. Nichts.

»Wo ist er hin?«

Melvin deutete auf den Küchenboden.

Dort öffnete sich das Loch wieder und herausgeschossen kam – der Schneebesen! Melvin fing ihn mitten in der Luft auf.

Robin traute seinen Augen kaum. Er lief zum Hatchpatch und streckte die Hand nach dem Loch aus …

»NICHT!«, rief Melvin, »Jedes Hatchpatch kennt seinen Besitzer – wenn jemand Fremdes einzudringen versucht, beißt es zu!«

Das wurde Robin dann doch zu viel: »Jetzt mach aber mal 'nen Punkt!«

»Kein Scherz! Onkel Melrose hat mal aus Versehen sein

Hatchpatch mit einem anderen verwechselt – drei Wochen lang musste er durch einen Schlauch atmen!« Robin zuckte zurück.

Während Melvin das Hatchpatch sorgfältig in einer seiner Taschen verstaute, drang ein fremdartiger Duft in Robins Nase. Er schnupperte. Was war das bloß? Roch das gut oder schlecht? Argwöhnisch sah er zum Ofen.

Wenig später stellte Melvin etwas auf den Tisch, das aussah wie ein gigantischer gelber Pilz. Doch als Robin den ersten Bissen nahm, staunte er. Noch nie hatte er so etwas Leckeres gegessen. Gierig langte er zu und schaufelte sich den Teller voll. Erst nach fünf Portionen legte er die Gabel beiseite und sank gegen die Stuhllehne.

Nicht dass er bei Rufus zu wenig zu essen bekam. Aber Robin musste feststellen, dass es sich ganz anders anfühlte, wenn man satt war, *weil es geschmeckt hatte.*

Melvin tauchte mit dem Kopf in die Schüssel und schleckte sie aus.

»Das war toll!«, sagte Robin begeistert, »was war das eigentlich?«

Dumpf klang es aus der Schüssel hervor: »Altes Montgomery-Familienrezept: Biest im Schlafrock!«

Kapitel 4

Tiefseeoktopoden

Nach dem Essen machten sie sich auf den Weg zum Antiquariat. Robin musste noch das Buch für Rufus abholen. Melvin war ganz aus dem Häuschen: »Jumjum! Wir gehen tatsächlich in die Stadt?« Aufgeregt war er im Flur herumgehopst, während Robin den Abholschein suchte.

»Äh, ja, aber erwarte nicht zu viel. Oaksend ist ein verschlafenes Nest. Hier ist nie viel los. Um richtig was zu erleben, muss man schon nach Banston fahren … verflixt, wo hab ich denn nur …?!«

»Das, was du suchst, ist in deiner linken Hosentasche.« Melvin rannte schon zur Haustür. Robin stutzte, griff hinein, und tatsächlich, da war der Umschlag mit dem Geld und dem Abholschein. Jetzt fiel es ihm wieder ein. Er hatte ihn heute Morgen eingesteckt, aber …

»Woher wusstest du …?«

»Wir Monster wissen so einiges«, schnurrte Melvin geheimnisvoll. Doch als Robin hochsah, war der Flur leer. Leer bis auf eine Hornspitze, die neben Rufus' Regenjacke an der Garderobe schwebte.

»Äh, Melvin? Kann es sein ... Hast du da beim Bluffen vielleicht etwas vergessen?«

Ein unterdrücktes Fluchen war zu hören, dann löste sich das Horn in Luft auf.

Robin steckte den Kopf aus der Haustür und spähte nach rechts. Der Schaukelstuhl auf der Veranda des Nachbarhauses war leer. Heute war wirklich sein Glückstag. Mrs Stickforth lauerte sonst zu gern vor ihrem Haus und nutzte jede Gelegenheit, um Robin auf ungebührliches Benehmen wie Rennen, Spielen oder zu lautes Atmen hinzuweisen. Sie hasste Kinder – und ganz besonders hasste sie Robin.

Sie verließen das Haus und gingen den Mistelweg hinunter. Vorsichtshalber schwieg Robin, bis sie das Grundstück von Mrs Stickforth hinter sich gelassen hatten. Erst dann wandte er sich nach rechts, wo er Melvin vermutete, und flüsterte: »Was soll eigentlich die Aufregung? Hast du noch nie eine Stadt gesehen?«

»Doch, doch«, wisperte es von links, »aber nur auf Fotos in Schulbüchern und ... Oh, sieh mal, ist das ein Briefkasten? Ich krieg die Flauser! Und dahinten, ist das etwa ein Telefonhäuschen? Wie niedlich! WOW! Schau mal, ein Auto!«

So ging das den ganzen Mistelweg entlang.

Robin brannten eine Menge Fragen auf der Zunge, aber er konnte sie nicht stellen. Je näher sie dem Marktplatz kamen, desto belebter wurde es. Was würden die Leute denken, wenn sie sähen, dass er ins Nichts quasselte?

Der Marktplatz mit der tausendjährigen Linde und dem Brunnendenkmal war das Herzstück von Oaksend. Rund um den Platz reihten sich Geschäfte, die Stadtbibliothek, ein kleiner Park und das Hotel *Majestic* – das eigentlich nur ein Gasthof mit sechs bescheidenen Gästezimmern war.

Vom Platz gingen Straßen sternförmig in alle Richtungen ab. Richtung Norden ging es zum Bahnhof. Im Osten lagen die einstigen Arbeitersiedlungen und das alte Bergwerk. Im Süden befanden sich der Wasserturm, Mr Stings Schrottplatz und die stillgelegte Gießerei. Zum Westen hin, in gebührendem Abstand zur Gießerei und ihren einst qualmenden Schloten, hatten sich die feineren Leute im letzten Jahrhundert große Häuser bauen lassen. Die altehrwürdigen Wohngebiete erstreckten sich bis zum Eichenwald.

Als sie am Park vorbeikamen, sahen sie einen Rasensprenger. Zischend schleuderte er einen Sprühnebel über das Gras und die Blumenbeete. Robin bekam plötzlich einen Knuff in die Seite: »Hey, was ist DAS?«

Robin rieb sich die schmerzenden Rippen: »Ein Rasensprenger.«

»DAS ist ein Rasensprenger?«, wisperte Melvin ungläubig, »oh, ich bring Abby um! Das ist so typisch. Sie hat doch tatsächlich behauptet, sie wären dazu da, den Rasen in die Luft zu jagen!«

Bevor sich Robin wundern konnte, von wem Melvin da sprach, rief eine Stimme quer über den Marktplatz: »Hallo, Robin! Ich hab dich schon gehört! Die neue Ausgabe von *Snurps galaktische Abenteuer* ist heute gekommen und wartet schon auf dich.«

Die Stimme gehörte einem etwas pummeligen Mann, der aus einem Kiosk heraustrat und einen Comic-Band in der Luft herumschwenkte. Altmodische Hosenträger zogen das Beinkleid auf Nabelhöhe, weiter unten blitzten eine rote und eine blaue Socke hervor. Ein Haarkranz säumte die kugelrunde Glatze und endete in zwei nahezu waagerecht abstehenden Büscheln über den Ohren. Die Augenmuscheln wurden vollkommen von einer schwarz glänzenden Gletscherbrille bedeckt. Doch niemandem in Oaksend käme es je in den Sinn, sich über das eigentümliche Äußere von Mr Hooper lustig zu machen. Dafür war er einfach ein zu netter Mensch.

Und er war blind.

Erst vor Kurzem hatte er sich in Oaksend niedergelassen und mit viel Liebe aus dem verlotterten Kiosk eine schmucke Fundgrube gemacht. Neben Zeitschriften, Briefmarken und Süßigkeiten konnte man von Anisdrops über Haarnetze bis hin zu Wundertüten so gut wie alles bei ihm bekommen.

»Guten Tag, Mr Hooper! Wie geht es Ihnen heute?« Robin nahm den Comic entgegen und legte einige Geldstücke in Mr Hoopers rechte Hand, die nur noch dreieinhalb Finger hatte. Vom Ringfinger fehlte die Hälfte, der kleine Finger war nur noch ein winziger Stummel. Es hieß, Mr Hooper habe mal einen schlimmen Autounfall gehabt.

»Mein lieber Robin, wenn du kommst, geht's mir immer gut!« Er befühlte die Münzen. »Oh danke, du hast es passend!« Er runzelte die Stirn. »Ich habe gehört, Rufus ist wieder weggefahren?!«

Robin nickte. Dann fiel ihm ein, dass Mr Hooper es ja nicht sehen konnte. »Ja, aber er kommt Montag wieder zurück.«

Mr Hooper schüttelte den Kopf und machte *tss tss*. »Rufus muss sehr stolz auf dich sein – so jung und schon so erwachsen. Sollte ich jemals Enkel bekommen, dann wünsche ich mir, dass sie alle so werden wie du.«

»Oh, äh, danke ...« Robin wusste vor Verlegenheit gar nicht, wo er hingucken sollte. Gleichzeitig wünschte er sich, Rufus wäre hier und hätte gehört, was Mr Hooper gerade gesagt hatte.

Da sah er Imogen über den Platz zuckeln. Sie trug etwas, das aussah wie ein Ganzkörperpullunder. Ihren Beutel hatte sie quer umgehängt, sodass sie die Hände frei hatte. Robin konnte sich nicht erinnern, Imogen jemals ohne diesen Beutel gesehen zu haben. Der Stoffsack hing an ihrem Bauch wie ein Fledermausjunges am Muttertier. Als sie den Kiosk erreichte, lächelte sie verträumt in die Runde: »Guten Tag, Mr Hooper!« Die Augen hinter ihrer dicken Brille richteten sich auf Robin. »Hallo, Robin. Dein Referat heute war sehr interessant. Das Wichtigste hast du allerdings vergessen: Nachdem Sir Thakeray seine Frau umgebracht hat, erhängte er sich im Schlossbrunnen von Beauregard. Seinen Leichnam fand man aber erst eine Woche später. Nur noch sein Kopf hing an der Brunnenwinde – der Rest war schon abgefault und in den Schacht gefallen. Wusstest du, dass man bei Vollmond ein Stöhnen im Brunnen hören kann? Das ist der Rumpf, der nach seinem Kopf ruft.«

Das alles sagte sie in einem Tonfall, als ob sie lediglich ein Rezept für Haferkekse vorlesen würde. Ohne den sprachlosen Robin weiter zu beachten, wandte sie sich an Mr Hooper: »Ist die neue Ausgabe *Phänomene der Wissenschaft* schon da?«

»Noch nicht, aber morgen bestimmt.«

Imogen blinzelte ins Leere: »Ach …«

Mr Hooper beugte sich zu ihr: »Was wird denn diesmal Interessantes drinstehen?«

»Im letzten Heft wurde ein Bericht angekündigt über die Chromotorphilität der pazifischen Tiefseeoktopoden.«

Die Augenbrauen über Mr Hoopers Gletscherbrille schossen in die Höhe: »Ach …«

Robin hatte es auf einmal sehr eilig: »Äh, ja, dann vielen Dank, Mr Hooper, ich muss für Rufus noch etwas erledigen.« Er drehte sich auf dem Absatz um und lief über den Marktplatz auf einen Laden zu, über dessen Schaufenster ein Schild hing: *Apollonia McNuff, Antiquariatsbuchhandlung* stand da in verblassten Goldlettern.

»Warum hattest du es plötzlich so eilig?«, wisperte es zu seiner Rechten.

Robin wisperte zurück: »Es ist nur wegen Imogen … Sie ist so …«, er suchte nach einem passenden Wort, »… so *anders*! Nicht nur, wie sie aussieht … Jedes Mal, wenn sie den Mund aufmacht, kommt etwas Verrücktes heraus. Chromo… chromotolo… achwasweißich … pazifischer Tiefseeoktopoden! Welcher normale Mensch interessiert sich denn für so was? Weißt du, was sie mich mal gefragt hat? Ob ich wüsste, wie Steine unter Wasser atmen!«

»Moment mal«, entgegnete Melvin. »Nichts gegen Tiefseeoktopoden! Zugegeben, sie sind grottenhässlich und immer übel gelaunt, aber sie sind unglaublich …«

In dem Moment stieß Robin die Tür zum Antiquariat auf und das Gebimmel der Türglocke schnitt Melvin das Wort ab.

Der Geruch von alten Ledereinbänden und Papier hüllte sie ein. Ringsum erstreckten sich prall gefüllte Bücherregale bis zur Decke. Ein großer Tisch in der Mitte des Ladens quoll über mit allem, was dort nicht mehr hineingepasst hatte. Sogar auf dem Fußboden stapelten sich Bücher.

Hinter der Theke stand Apollonia McNuff, von allen Polly genannt, und sortierte Bücher. Strähnen hatten sich aus ihrem Haarknoten gelöst und ihre aprikosenfarbene Rüschenbluse hing zur Hälfte aus dem Rockbund heraus.

»Guten Tag, Polly!«, sagte Robin.

Fahrig hob sie den Kopf und blickte Robin wie aus weiter Ferne an: »Guten Morgen …«

»Ist alles in Ordnung?«, fragte er und trat näher. Da sah er, dass Pollys Augen gerötet waren.

»Gar nichts ist in Ordnung!«, brach es aus ihr heraus, »stell dir vor, hier wurde letzte Nacht eingebrochen!«

Sie schluchzte auf. Ihre Hand tastete auf der Theke herum. Robin griff nach der Box mit Taschentüchern, die zwischen den Büchern steckte, und hielt sie ihr hin. Polly rupfte ein ganzes Bündel heraus und schnäuzte sich geräuschvoll.

Robin fragte: »Was wurde denn gestohlen?«

»Das ist ja das Seltsame – die Kasse wurde nicht mal angerührt, aber sämtliche Regale sind durchwühlt. Was für ein Durcheinander!«

Robin sah sich um. Auf den ersten Blick konnte er keinen Unterschied feststellen. Pollys Laden sah immer durcheinander aus. Besonders schlau konnte dieser Einbrecher ja nicht gewesen sein. Wer kam schon auf die Idee, ausgerechnet in einen Buchladen einzubrechen?

»Es wird Wochen dauern, das alles wieder zu sortieren!«, jammerte Polly und ließ sich auf einen Hocker sinken.

Auf der Ladentheke erblickte Robin eine Kanne, Tassen, einen Teller mit Keksen und etwas, das aussah wie ein verunglückter Marmorkuchen.

Robin goss eine Tasse Tee ein. Mit bebenden Fingern nahm Polly sie entgegen und schniefte: »Vielen Dank! John … äh, ich meine … Mr Hooper hat mir den Tee gebracht. Ist das nicht nett? Ein Glück, dass er heute eine Lieferung erwartete und deshalb schon so früh auf den Beinen war – er hat sofort gemerkt, dass etwas nicht stimmte und sich gleich um alles gekümmert. Die Polizei war auch schon da. Aber weißt du, die haben ja ein Benehmen … ach, ich weiß nicht so recht … dagegen Mr Hooper … Er ist ja so ein netter Mensch, immer freundlich und fürsorglich – und das trotz dieses entsetzlichen Schicksalsschlags! Hätte ich so einen schrecklichen Autounfall gehabt, Frau und Kind verloren und obendrein mein Augenlicht, dann wüsste ich nicht, ob ich mir noch so viel Sonne im Herzen hätte bewahren können.« In einem jähen Anfall von Stolz warf sie das Kinn hoch: »Und ich dummes Huhn heule hier wegen eines Einbruchs! Nein, nein, man muss ihn einfach bewundern, diesen Mr Hooper! So ein guter und tapferer und feinfühliger Mensch …« Ihre Stimme verlor sich, und ihr Blick wanderte zum Schaufenster, durch das man den Kiosk sehen konnte. Ihre Augen bekamen einen seltsamen Glanz.

»Äh, Polly?«

Sie schrak hoch: »Robin … Was wolltest du eigentlich?«

Er reichte ihr den Abholschein.

Sie nestelte eine Brille aus den Rüschen ihrer Bluse hervor und blinzelte durch sie hindurch auf den Schein. »Ja, richtig, das vermaledeite Buch, das Rufus so dringend haben wollte! Es war so schwer zu beschaffen. Ich musste um die halbe Welt telefonieren, aber ich habe es schließlich gefunden! Stell dir vor – in einem Antiquariat in Alexandria hatten sie noch ein letztes Exemplar ... Es war wochenlang mit der Post unterwegs ... aber wo habe ich es nur hingestellt? Hmm ...« Sie verschwand zwischen den Regalreihen.

Robin seufzte und lehnte sich gegen die Ladentheke. Sein Blick fiel auf ein Buch mit dem Titel *Almanach der Seuche, Anno 1347 – 1352*. Aus Langeweile fing er an, darin zu blättern. Grobe Holzschnitte zeigten verschiedene Pflanzen und Wurzeln, seltsame Instrumente und bizarre Kostüme. Daneben gab es Listen mit Zahlen und Notizen. Die Schrift war verschnörkelt und altertümlich. Robin konnte sie nicht entziffern. Nur die Zahl am Ende der Reihe war deutlich zu lesen, und je weiter er blätterte, desto mehr Stellen bekam sie.

Undeutlich drang Pollys Stimme zwischen den Regalreihen hervor: »*Die Acht Säulen* ... vielleicht unter A? Mal sehen ... Architektur, Antike Baukunst, Abenteuerromane, Altphilologie, Anleitungen zur Autoreparatur, Aristoteles, Artussagen, Asiatische Küche ...«

Robin achtete nicht auf das Gemurmel und blätterte weiter. Die nächste Seite zeigte einen mittelalterlichen Straßenzug. An sämtliche Haustüren waren Kreuze gemalt, davor standen Karren, auf denen sich Menschenleiber stapelten, übersät mit ...

Hastig schlug er das Buch zu.

»Ich weiß genau, dass ich es irgendwo gesehen habe.« Polly tauchte aus den Tiefen der Regalreihen wieder auf, eilte zur Theke und suchte mit flattrigen Händen die Bücherstapel ab. »Sapperlot, wo ist es nur?«

Da öffnete das, was Robin auf den ersten Blick für einen Marmorkuchen gehalten hatte, ein neongelbes Auge und gähnte. Robin zuckte zurück. Dieser verflixte Punchkiss!

Er war der hässlichste Kater, den Robin je gesehen hatte. Sein struppiges Fell war eine Explosion aus Braun und Gelb, und man musste schon sehr genau hinsehen, um in der wilden Kleckserei vorne von hinten unterscheiden zu können.

Der Kater sah Robin tückisch an, dann dehnte und streckte er sich und spazierte über die Bücherstapel auf der Theke hinweg. Sein buschiger Schwanz fuhr Polly durchs Gesicht.

»Oh, Punchkiss, jetzt nicht!« Sie wuchtete den Kater auf einen Stapel Post. Er warf ihr einen pikierten Blick zu und begann, seine Krallen am obersten Paket zu wetzen.

»Punchkiss! Lass das!«, rief Polly.

Der Kater sprang weg und stieß dabei mit den Hinterpfoten den Stapel um. Eine Flut von Briefumschlägen und Päckchen ergoss sich auf den Boden.

»Oh, nein!« Polly war wieder den Tränen nahe und bekam Schluckauf. Robin half ihr, das Durcheinander aufzusammeln. Plötzlich hielt sie inne und hickste: »Da … hicks … da!«

Sie zog einen Umschlag aus dem Haufen und öffnete ihn. Ein schmales Buch kam zum Vorschein, nicht größer als eine Postkarte. Es musste sehr alt sein, dachte Robin, als er den Einband sah. Polly schob es in den Umschlag zurück und klebte ihn sorgfältig wieder zu. »Gib gut darauf acht!«, sagte sie, »Rufus muss das Buch sehr wichtig sein!«

Als Robin bezahlte, gab er ihr im Stillen recht. Rufus schien das Buch wirklich wichtig zu sein, sonst hätte er den stolzen Preis für ein so schäbiges Buch niemals akzeptiert. Rufus war geizig wie zehn Schotten zusammen.

Später, als er den Marktplatz hinter sich gelassen hatte und in den Mistelweg einbog, vernahm Robin ein Knuspeln neben sich. »Diese Polly ist ja sehr nett«, sagte Melvin mit halb erstickter Stimme und hustete Kekskrümel aus. »Nur vom Backen hat sie keine Ahnung – die Kekse sind staubtrocken. Aber der Kater ist schwer in Ordnung.«

»Punchkiss? Dieses grässliche Vieh? Wie kommst du denn darauf!?«

»Ich hab mich mit ihm unterhalten.«

Robin fiel die Kinnlade runter. »Unterhalten?«

»Na ja, unterhalten ist zu viel gesagt. Macht wohl nicht gern viele Worte, dieser Punchkiss. Aber er hat das Herz am rechten Fleck, das spürt man glei…«

»ROBIN PAUL MILLER! DU MISSRATENER BENGEL! WILLST DU WOHL RESPEKT ZEIGEN!«

Eine Spatzenkolonie stob panisch aus einem Busch hervor. Erschrocken wirbelte Robin herum. Er hatte gar nicht gemerkt, wie nah sie schon dem Nachbarhaus gekommen waren. Wie lange saß Mrs Stickforth schon auf der Veranda? Hatte sie ihn belauert? Hatte sie etwas bemerkt? Nicht auszudenken, wenn Rufus zu Ohren käme, dass sein Enkel neuerdings Selbstgespräche führte.

Mrs Stickforth beugte sich in ihrem Schaukelstuhl vor, ihre knotigen Hände umklammerten die Verandabrüstung. Rufus hatte mal erzählt, dass sie schon 90 Jahre alt sei. Sie behauptete, dass sie nur deshalb so alt geworden sei, weil sie sich jeden Tag eisern der Frischluft aussetzte, selbst bei Sturm und Hagel. Robin hatte aber den Verdacht, dass das nur eine raffinierte Ausrede war, um auf der Veranda zu hocken und die Nachbarschaft ausspionieren zu können. Und was das Alter betraf, war er sich sicher, dass Mrs Stickforth log, denn sie sah eher so aus, als sei sie schon mindestens 190.

Wie immer war sie in mehrere Wolldecken eingewickelt. Der schrumpelige Schädel ragte aus dem Bündel hervor, und Robin musste an eine Made denken, die sich gerade aus einem Apfel herausfraß.

»Hallo!«, presste er heraus.

»WAS WAR DAS?«, kreischte sie. Ungeachtet ihres Alters hatte sie eine erstaunlich kräftige Stimme.

»Mach ihr ein Kompliment, das wirkt immer!«, wisperte Melvin, »sag ihr, wie hübsch sie heute aussieht!«

Eine Welle von Übelkeit schwappte in Robin hoch.

»Na, los doch!« Melvin gab ihm einen Stups.

Robin holte Luft. »Guten Tag, Mrs Stickforth!«, rief er, »Sie sehen, äh, sehr hübsch aus heu...«

»ROTZBENGEL, VERDAMMTER! LÜGT, SOBALD ER SEINEN FRECHEN MUND AUFMACHT! MACH, DASS DU WEGKOMMST, DU, DU ...« Doch bevor sie richtig in Fahrt kommen konnte, überfiel sie ein rasselnder Hustenanfall.

Robin nahm die Beine in die Hand und rannte nach Hause. Er stürmte durch die Tür und ließ sich mit dem Rücken dagegenfallen.

Neben der Treppe erschien Melvin. Seine Nackenhaare standen senkrecht ab. »Wer war DAS?«, rief er empört.

»Das war Mrs Stickforth.«

»Was für eine Schreckschraube!«, schnaufte Melvin, »beim großen Oktopus! Bist du sicher, dass sie ein Mensch ist – sie hat verdammt viel von einem Giftstachler!«

Robin musste lachen. Er wusste zwar nicht, was ein Giftstachler war, aber er musste sofort an ein widerwärtiges Reptil denken. Das Wort passte perfekt zu Mrs Stickforth. Robin spürte, wie gut es ihm tat, dass Melvin sich sofort auf seine Seite schlug.

Rufus hätte das ganz anders gesehen.

Melvin konnte es immer noch nicht fassen: »Wie kann ein so kleiner Mensch nur eine so große Menge Hass in sich ansammeln? Sie müsste schon längst geplatzt sein.«

»Das eben war noch gar nichts. Sie war heute nicht mal richtig in Form. Sie hat sich nur ein bisschen warmgeschimpft.«

Argwöhnisch spähte Melvin durch die Gardine zum Nachbarhaus hinüber. »Oder ist sie krank? Vielleicht hat sie die Tollwut?«

Robin überlegte. Ihm fiel etwas aus dem Biologieunterricht

ein. Was hatte Mr Merryweed doch gleich über Tollwut erzählt? Eine hochansteckende Virusinfektion, sehr gefährlich, nahezu unheilbar und – ach ja!

»Das kann nicht sein!«, sagte er, »Tollwut kommt nur bei Warmblütern vor. Aber Mrs Stickforth ist kalt wie Eis.«

Kapitel 5

Die Kammer

DER NÄCHSTE TAG WAR EIN SAMSTAG. Robin wachte erst auf, als die Sonne schon hoch am Himmel stand. Ihre Strahlen fielen durch das Balkonfenster und kitzelten seine Füße. Wohlig rekelte er sich unter den Decken. Gestern Abend war es spät geworden.

Melvin hatte ihm ein neues Kartenspiel beigebracht – Alibaba. Die Regeln waren ziemlich kompliziert und recht eigenwillig. Robin hatte eine Weile gebraucht, bis er sich etwas daran gewöhnt hatte, dass man bei diesem Spiel die Karten verkehrt herum hielt. Das eigene Blatt sah man gar nicht, man sah nur das Blatt des anderen Spielers. Dafür durfte man alles setzen, was nicht gerade fest verwurzelt oder einbetoniert war. Sie hatten bis drei Uhr nachts gespielt, und Robin taten die Bauchmuskeln noch immer weh, so sehr hatte er gelacht.

Er war jetzt stolzer Besitzer eines selbstschärfenden Taschenmessers, einer Dose Thunfisch, eines Rezeptes für Biest im Schlafrock, eines Tiegels mit Dr. Flurrys Wunderfellantine und eines geflochtenen Lederbands mit einer handtellergroßen dicken Schuppe, die auf einer Seite wie grobes Schmirgelpapier aussah, auf der anderen jedoch kostbares Perlmutt offenbarte. Melvin behauptete, sie stamme von einem Bronfer, einem nordischen Rundschuppler, und dass man damit wasserfestes Feuer machen könne.

Umgekehrt hatte Robin fünf Bände *Snurps galaktische Abenteuer* verloren, fast alle seine Buntstifte, sein selbst gebasteltes Planetensystem, eine alte Patchworkdecke, ein Poster seiner Lieblingsband, der *Blasting Beasts*, seine Nachttischlampe und die Hälfte seiner Murmelsammlung. Melvin war fast ausgeflippt, als er die Murmeln sah. Er meinte, sie sähen Glitschaugen täuschend ähnlich, und murmelte etwas davon, dass man sich damit an Leuten rächen könnte, die haarsträubende Märchen über Rasensprenger verbreiteten.

Aus dem Erdgeschoss drang ein gedämpftes Scheppern herauf und erinnerte Robin an das Schlachtfeld in der Küche. Seine gute Laune bekam einen Dämpfer. Er warf die Bettdecke von sich, schlüpfte in seine Klamotten und lief nach unten. In der Küche begrüßte ihn Melvin: »Guten Morgen!«

Robin sah sich verblüfft um. Einen Augenblick lang dachte er, er sei im falschen Haus. Die Küche blitzte und funkelte, wie er sie noch nie hatte blitzen und funkeln sehen. Von der gestrigen Küchenschlacht war keine Spur mehr zu sehen. Sogar die Wand unterhalb der Küchenuhr sah wieder völlig unschuldig aus. Nichts ließ erahnen, dass dort gestern Nachmittag ein

Ei zerschellt war und ein abstraktes Spritzgemälde hinterlassen hatte. Es musste Stunden gedauert haben, das vertrocknete Eigelb von der Tapete zu kratzen.

Robin bekam ein schlechtes Gewissen: »Warum hast du mich nicht geweckt? Ich hätte dir doch geholfen!«

»Ach was! Ging zippzapp!« Melvin stellte einen Glaskrug mit einer purpurfarbenen, knubbeligen Flüssigkeit auf den Tisch.

Den Tisch zierte eine rot-weiß karierte Decke. Robin hatte gar nicht gewusst, dass es in Rufus' Haushalt überhaupt so etwas wie Tischdecken gab.

Melvin balancierte eine Platte mit einem Turm Pfannkuchen durch die Küche und stellte sie neben den Krug. Die Pfannkuchen leuchteten in einem satten Karmin. »Frühstück?«

Was das Essen betraf, schien Samstag der rote Tag der Woche zu sein. »Klar!« Heißhungrig langte Robin zu und stopfte sich mit den Fingern ein großes Stück Pfannkuchen in den Mund. Augenblicklich schien er in Flammen aufzugehen. Er würgte und hustete und lief hochrot an.

Melvin hielt ihm hastig den Krug hin. Robin griff danach und nahm einen Riesenschluck. Das Brennen ließ sofort nach.

Als er wieder zu Atem kam, keuchte er: »WAS IST DAS?«

Melvin nahm ihm den Krug ab und übergoss seine Pfannkuchen mit der purpurfarbenen Flüssigkeit: »Chilipfannkuchen. Sie schmecken am besten mit Kirschsirup-Marshmellow-Shake.« Melvin hielt inne und sah ihn besorgt an: »Ist der Shake zu süß geworden?«

Robin schüttelte matt den Kopf und wankte zum Kühlschrank, um sich ein paar Eiswürfel für seine brennenden Lippen zu holen.

Bei der nächsten Portion machte er es wie Melvin und goss zuerst den Shake über die Pfannkuchen. Vorsichtig nahm er einen kleinen Bissen. Es war jetzt gar nicht mehr scharf, sondern prickelte angenehm auf der Zunge. Es schmeckte wie Omelett mit Brausepulver.

Melvin fragte mit vollem Mund: »Übrigens – an der Wand ganz hinten in der Vorratskammer ist so ein komischer Lattenvorhang. Was ist das?«

»Meinst du die Klappe vom Speisenaufzug?«

»Ein Speisenaufzug? Ihr fahrt Lebensmittel spazieren?«

Robin musste lachen. »Nein! So was wurde früher gebraucht, als man noch Dienstboten hatte. Die Köchin hat die Speisen hier unten hineingestellt und nach oben ins Esszimmer geschickt. Rufus hat mir mal erzählt, dass der Aufzug durch einen Blitzeinschlag eine Macke abgekriegt hätte. Das ist schon Ewigkeiten her, da war er noch ein kleiner Junge. Jedenfalls ist das Ding seitdem manchmal von ganz alleine losgerast. Einer Köchin soll es einen Arm eingequetscht haben. Da haben sie den Aufzug abgeklemmt und alle Zugänge verschlossen.«

Melvin schob den Teller von sich, stand wortlos auf und ging in die Vorratskammer.

Robin folgte ihm. »Was hast du vor?«

Melvin antwortete nicht. Er legte den Kopf schief und

betrachtete das Vorhängeschloss. Schließlich drehte er Robin den Rücken zu, sodass dieser nicht sehen konnte, was Melvin da eigentlich tat. Er hörte nur ein Geschabe, dann ein Schnappen. Jäh schnellte der Rollladen empor und setzte eine dicke Staubwolke frei.

Robin hustete: »Wie hast du das gemacht?«

Melvin ließ die Kralle seines kleinen Fingers rausschnappen – sie war oben abgewinkelt zu einem umgekehrten L.

»Eigentlich eine Missbildung«, sagte Melvin, »aber ziemlich praktisch. Ähm, das bleibt besser unter uns, okay?«

»Okay!«

Gespannt linsten sie in den Speisenaufzug. Es roch nach jahrzehntealtem Muff. An der Wand entdeckte Robin dunkle Spritzer.

»Ist das etwa … Blut?«

Melvin befeuchtete einen Finger, strich über die Spritzer und steckte ihn sich in den Mund. Nachdenklich lutschte er daran herum: »Hmm, schmeckt nordeuropäisch, Blutgruppe B negativ, weiblich, rechter Unterarm … ich würde sagen, eindeutig Köchin!«

Robin wich erschrocken zurück.

Melvin gluckste: »Quatsch, ist nur versteinerte Bratensoße!«

Robin gab ihm einen Knuff in die Seite. Melvin knuffte zurück. Kichernd rangelten sie miteinander, jeder wollte als Erster in den Aufzug. Schließlich schafften sie es, sich gleichzeitig hineinzuquetschen. Zu spät merkten sie, dass das keine gute

Idee gewesen war. Jetzt waren sie eingekeilt wie Thunfisch in der Dose. Melvins Gesicht war platt gegen die Rückwand gepresst, und Robins Kopf klemmte unter einem Knie, sodass er auf dem linken Ohr nur noch gedämpft hören konnte.

Als Melvin versuchte, sich umzudrehen, bekam Robin ein Horn ins Auge. »AU!« Er schnellte mit dem Arm hoch und stieß gegen einen klobigen Schalter. »AAAHHH!«

Ein heftiger Ruck, der Schalter flackerte giftgrün auf, und der Aufzug setzte sich knirschend und ächzend in Bewegung. Robin vergaß vor Schreck seinen pochenden Ellbogen. Im Schneckentempo ging es immer weiter nach oben. Erdgeschoss, Obergeschoss …

Robin rechnete schon damit, dass sie gleich durch das Dach brechen würden, als es fürchterlich quietschte und der Speisenaufzug wippend zum Stillstand kam.

Robin gelang es, einen Fuß durch den gemeinsamen Körpersalat zu wurschteln und den Rollladen aufzustoßen. Rasselnd fuhr er hoch und gab den Blick frei. Sie waren auf einem Dachboden gelandet.

Robin war sprachlos. Er hatte gar nicht gewusst, dass das Haus überhaupt einen Dachboden hatte. Nirgendwo gab es eine Tür oder Treppe, die hier hinaufführte.

»Lass dir ruhig Zeit!«, quetschte Melvin hervor.

Robin schälte sich aus der Kabine, Melvin stolperte hinterher und rieb sich die Nase. »WOW!«

Staunend sahen sie sich um. Es war, als ob man auf einer

fernen Insel gestrandet sei, angespült mit Treibgut aus einer längst vergangenen Zeit. Wo man auch hinsah, türmte sich Gerümpel. Ramponierte Möbelstücke, vollgestopfte Regale, Schränke und Kommoden standen kunterbunt durcheinander, dazwischen ragten Stapel von Kisten, Körben und Kartons bis zum Dachfirst hinauf. Eine fingerdicke Staubschicht lag über allem. Spinnweben wogten sanft im Luftzug. Hier war schon seit Jahren niemand mehr gewesen.

Direkt vor ihnen dämmerte ein Plüschsofa vor sich hin, aus dessen Polstern die Füllung quoll. Darunter lugte eine Ledertasche hervor. Robin zog sie zu sich heran und öffnete sie. Ein schwacher Geruch nach Medizin drang ihm in die Nase. Die Tasche enthielt museumsreife Pinzetten, Spritzen, Kanülen und eine Sammlung von Fläschchen, deren Inhalt zu einem bröckeligen Bodensatz verkrustet war. Melvin beugte sich über ihn und zog ein Paar lange Gummi-Ohrstöpsel heraus. »Was ist das?«, kicherte er.

»Das ist ein Stethoskop«, sagte Robin, »Ärzte benutzen das, um in Körper hineinzuhören.«

»Echt jetzt?« Während Melvin sich das Ding aufsetzte und damit begann, Kartons abzuhorchen, betrachtete Robin nachdenklich die Tasche. Rufus sprach kaum über die Familie – eigentlich sprach er über nichts besonders gerne –, aber Robin wusste, dass das Haus schon seit Ewigkeiten den Rumfords gehörte. Nach alter Familientradition waren alle männlichen Nachkommen Ärzte oder Apotheker geworden. Rufus war der erste Rumford gewesen, der mit dieser Tradition gebrochen hatte.

»Diese Doktortasche muss meinem Urgroßvater gehört haben«, überlegte Robin laut, »oder sogar meinem Ururgroßvater.«

Als er hochsah, war Melvin verschwunden.

»Melvin?« Robin bahnte sich einen Weg durch das Labyrinth aus Gerümpel. Als er um eine gewaltige Standuhr bog, blieb er wie angewurzelt stehen.

Melvin stand stocksteif vor einem wahren Monster von Kleiderschrank, stierte es mit offenem Mund an und sah … nun ja, ein bisschen doof aus – etwa so wie Robins Mitschüler Pat MacFinn, wenn er mal wieder im Stehen eingeschlafen war.

Lachend stolperte Robin einen Schritt zurück, fiel über eine Fußbank und krachte rücklings durch den Deckel eines Weidenkorbs. Er klappte zusammen wie ein Taschenmesser und sackte tief in einen Haufen Kleider. Im Nu roch es streng nach Mottenkugeln.

Melvin drehte sich noch nicht einmal um. Selbstvergessen schmachtete er das Riesenmöbel weiter an. Geschnitzte Verzierungen schlangen sich an allen Ecken und Kanten entlang und vereinigten sich oberhalb eines ovalen, halb blinden Spiegels zu einer Krone aus Weinranken, Trauben und seltsamen Mischwesen, halb Mensch, halb Ziege, die wohl Waldgeister darstellen sollten.

Robin wippte im Korb herum. Er war eingeklemmt wie

in einer Hummerfalle. »Äh, Melvin? Könntest du mir mal helfen?«

Keine Reaktion.

»MELVIN!«

Melvin wirkte wie hypnotisiert. Vielleicht fielen Monster beim Anblick von Spiegeln in Trance? Robin warf sich wild hin und her. Währenddessen öffnete Melvin die Spiegeltür und stieg in den Monsterschrank.

SPLITTER! Endlich kippte der Korb um und brach auseinander. Robin strampelte sich frei. »Kannst du mir mal sagen, was das soll?«

Ein lachsfarbenes Damenmieder flog an ihm vorbei, gefolgt von einer Hutschachtel und einem Paar gestreifter Gamaschen. Erst als der Kleiderhaufen bis an Robins Knie reichte, steckte Melvin den Kopf heraus und rief aufgeregt: »Hinter dem Schrank ist etwas. Ich kann eine Kammer sehen!« Eine weinrote Herrenfliege baumelte an seinem rechten Horn.

»Was heißt das – du kannst eine Kammer sehen? Hast du Röntgenaugen? Kannst du durch Wände gehen?«

»Nicht ich kann durch Wände gehen«, er tippte sich an ein Horn, »sondern das Echolon!«

»Echolon?«

»Damit kann ich Wellen machen; die können Wände durchdringen. Das Echo, das zurückkommt, zeigt mir, was dahinter ist.«

Robins Mund klappte auf.

Melvin stieg aus dem Schrank: »Los, hilf mir mal schieben!«

Mit aller Kraft stemmten sie sich gegen den Schrank. Es ging nur millimeterweise voran. Robin kam der Verdacht, dass der Schrank gar nicht aus Holz bestand, sondern aus einem einzigen Granitblock herausgehauen worden war.

Nach einer halben Ewigkeit standen sie schwitzend und keuchend vor einer Holzwand, die so aussah, als hätte ein verrückter Zimmermann ein Mosaik erschaffen wollen. Robin musste an die Patchworkdecke denken, die er gestern Nacht beim Alibabaspielen verloren hatte. Was die Kammer betraf, hatte sich Melvin jedoch getäuscht. Robin sah keine Tür. Nur eine Kolonie aufgescheuchter Spinnen flitzte in alle Richtungen davon, eine besonders dicke quetschte sich durch ein Astloch.

Melvin grinste und steckte einen Finger hinein. Die Zunge zwischen den Lippen, tastete er in dem Loch herum. Dann knarrte es plötzlich. Ein Stück Wand schwang beiseite und gab den Blick auf eine dämmrige Kammer frei.

Nachdem sie durch die Öffnung gestiegen waren, blieben sie ernüchtert stehen. Die Kammer war leer – bis auf einen altmodischen Überseekoffer. Die Messingbeschläge glänzten matt in dem schwachen Licht, das durch einen dichten Vorhang aus Spinnweben fiel, der ein kleines rundes Giebelfenster fast vollkommen verdeckte.

Das vernarbte Leder des Koffers war gepflastert mit verblichenen Aufklebern von Schifffahrtslinien und Fluggesellschaften.

PAN AM ließ sich auf einem Aufkleber entziffern. Robin erinnerte sich dunkel, den Namen in irgendeinem alten Film gesehen zu haben.

Melvin beugte sich über die Schlösser: »Schau mal, hier sind Buchstaben eingraviert.«

»RR«, überlegte Robin laut, »das steht für Rufus Rumford.«

Melvin ließ die Schlösser aufschnappen und hob den Deckel an. Ein exotischer Duft entstieg dem Koffer.

In Robins Kopf stieg ein verschwommenes Bild auf: Er saß auf dem Boden eines sonnendurchfluteten Zimmers. Fremdartige Masken und Holzfiguren standen und hingen überall herum. An einem Schreibtisch saß eine Frau und schrieb eifrig. Ein Mann trat ein und stellte einen Becher neben sie. Er beugte sich zu ihr herunter und streifte mit den Lippen ihr Haar. Erst da bemerkte sie ihn, hob den Kopf und lächelte ihn an. Dann beugte sie sich wieder über ihre Arbeit. Der Mann ließ sich neben Robin nieder, schlüpfte mit der Hand in Mr Moon und ließ ihn fantastische Geschichten erzählen. Robin war noch zu klein, um die Worte zu verstehen, doch er lauschte der Stimme, die wie eine sanfte Melodie klang. Dabei wanderten seine Augen über die Masken und Holzfiguren, die mit ihren übergroßen Köpfen, ihren hervorquellenden Bäuchen und den aberwitzig langen Beinen so seltsam aussahen – und einen exotischen Geruch verströmten. Den Geruch von Sandelholz.

Melvins Stimme brachte ihn in die Wirklichkeit zurück:

»Dein Großvater Rufus hat ja einen merkwürdigen Geschmack ...« Er zog ein zart geblümtes Seidentuch aus dem Koffer.

»Das ist nicht Rufus' Koffer«, sagte Robin heiser, »der Koffer muss meiner Mutter gehört haben – RR, Rose Rumford. Als sie meinen Vater geheiratet hat, hieß sie dann Miller, so wie er – und wie ich.«

Melvin sah ihn an. Robin musste sich räuspern, ehe er weitersprach: »Meine Eltern sind gestorben, als ich noch klein war. Zum Geburtstag hatte sich meine Mutter einen Musical-Besuch gewünscht. Sie sind deshalb übers Wochenende nach Banston gefahren. Spätabends, auf dem Weg zurück ins Hotel, sind sie überfallen worden. Der Dieb hatte eine Pistole. Mein Vater warf sich vor meine Mutter, um sie zu schützen. Der Schuss ging durch ihn hindurch und traf auch sie. Die Polizei sagte, sie seien sofort tot gewesen.«

»Und der Mörder?«

Robin schüttelte den Kopf: »Den hat man nie gefunden.« Er zuckte mit den Schultern. »Seitdem lebe ich jedenfalls bei Rufus.«

Melvin nickte nur. Robin war froh, dass er nicht weiter nachbohrte und stattdessen fragte: »Was macht Rufus eigentlich?«

»Rufus ist Ethnologe. Das sind Leute, die erforschen, wie andere Völker leben. Rufus war sein Leben lang auf Expeditionen in Ozeanien, Südamerika und Asien und hat irgendwelche

Stämme erforscht, die im Urwald leben. Als meine Eltern starben, kehrte Rufus von seinen Forschungsreisen nach Oaksend zurück, um für mich zu sorgen.« Robin stockte. Er verschwieg, dass er manchmal das Gefühl hatte, Rufus würde ihm das übel nehmen, und dass er viel lieber im Urwald bei seinen Expeditionen geblieben wäre. Hastig wechselte er das Thema. »Ich frage mich nur, warum Rufus diesen Koffer hier oben versteckt hat.«

Er hob ein schweres Buch heraus. *Ansichten der Kordilleren und Monumente der eingeborenen Völker Amerikas* stand auf dem Einband. Er schlug das Buch auf und fand auf der ersten Seite eine Widmung: *Für meine Tochter Rose! Alles Gute zum sechzehnten Geburtstag!* Robin erkannte Rufus' kantige Handschrift.

Melvin griff nach einem Blechkarussell und drehte es verwundert hin und her. Auf dem gestreiften Baldachin war eine Aufschrift zu erkennen: *WOBL* stand da zu lesen, und etwas kleiner darunter: *William O. Blueford, Spielzeugfabrik Oaksend.* Robin drehte an der Kurbel und das Karussell setzte sich schnarrend in Bewegung. Vier Blechpferdchen ruckelten im Kreis auf und ab. Melvin bekam große Augen.

Sie wühlten sich weiter durch den Koffer und holten jede Menge Plunder heraus: einen verbeulten Tropenhelm, eine Spieldose, einen Stapel uralter National-Geographic-Magazine, einen einäugigen Teddybären, ein dickes Notizbuch und einen Beutel aus Fell. Er enthielt jedoch nur Krimskrams: Muscheln,

Schneckenhäuser, seltsam geformte Holzstücke, Steine und ein tropfenförmiges Stück Schildpatt, das irgendwie seltsam roch. Mit spitzen Fingern überließ Robin es Melvin, der es interessiert untersuchte.

Gespannt schlug Robin das Notizbuch auf – und erlebte eine Enttäuschung. Die Seiten waren leer. Er fand nicht eine einzige Eintragung. Rose war wohl nicht mehr dazu gekommen, es zu benutzen. Traurig legte er das Notizbuch zurück und griff nach der Spieldose.

Melvins Gesicht bekam einen verzückten Ausdruck, als Robin den Deckel hob und eine Melodie ertönte. In der Dose lagen zwei abgegriffene Fotos und ein schmales Bündel Luftpostbriefe.

Auf dem ersten Foto sah man einen Mann vor einem Zelt stehen. Er hielt ein kleines Mädchen auf dem Arm, das einen viel zu großen Tropenhelm trug. Mit einer Hand schob es die Krempe hoch und lugte darunter hervor. Beide lachten in die Kamera. Auf der weißen Umrandung des Fotos stand unten in verblasster Tinte: *Expedition Samoa, fünfter Geburtstag von Rose!* Robin hatte noch nie ein Kinderbild seiner Mutter gesehen.

Rufus dagegen war zweifelsfrei zu erkennen. Solch buschige Augenbrauen gab es kein zweites Mal. Und doch schien es ein ganz anderer Rufus zu sein. Vielleicht lag es daran, dass es sich um ein Schwarz-Weiß-Foto handelte? Oder daran, dass Rufus auf dem Foto viel jünger war? Seine Haare waren dunkler und er trug noch keinen Bart.

Melvin beugte sich über Robins Schulter und betrachtete das Foto. »Die beiden sehen sehr glücklich aus!«, sagte er, »wer ist das?«

Und da wurde Robin klar, warum Rufus so anders aussah: Er war glücklich, er lachte. Robin hatte seinen Großvater noch nie zuvor lachen sehen.

»Das sind Rufus und meine Mutter Rose, als sie noch sehr klein war.«

»Campingurlaub?«

Robin tippte auf die Beschriftung: »Nein, das Foto wurde auf Samoa gemacht. Rufus hat Rose immer auf seine Expeditionen mitgenommen. Sie ist im Dschungel groß geworden.«

Das zweite Foto war eine Farbaufnahme und zeigte Rose als junge Frau. Das Foto musste auf dem Marktplatz von Oaksend aufgenommen worden sein, im Hintergrund konnte man das Brunnendenkmal erkennen. Rose stand unter der alten Linde.

Sie war wunderschön. Ihr blondes Haar reichte bis zur Hüfte und leuchtete im Sonnenlicht wie ein goldenes Vlies. Sie trug ein knallbuntes Minikleid, um ihren Hals schmiegte sich das geblümte Seidentuch. Sie strahlte in die Kamera wie eine kleine Sonne und lehnte sich an einen Mann.

Der Unterschied zwischen den beiden hätte nicht größer sein können.

Der Mann war schmächtig und blass, und obwohl er nicht viel älter sein konnte als dreißig Jahre, zeichnete sich unter dem lichten mausfarbenen Haar bereits eine Glatze ab. Hose,

Hemd und Pullunder hatten die gleiche Farbe wie sein Haar und schienen allesamt aus einem Bekleidungsgeschäft zu stammen, das von älteren Herrschaften bevorzugt wurde. Das einzig Farbige an seiner Erscheinung war eine weinrote Fliege. Sie wirkte an ihm wie eine von diesen seltenen Wüstenblumen, die nur alle zehn Jahre blühen.

Der Mann blickte in die Kamera, als könnte er sein Glück nicht fassen.

»Deine Eltern?«

Robin nickte: »Meine Eltern: Walter und Rose Miller.«

»Du siehst deiner Mutter nicht besonders ähnlich.«

»Nein.«

»Du kommst mehr nach deinem Vater.«

»Ich weiß.«

Das sagte Rufus auch immer.

»Dein Vater hatte gute Augen.«

Das hatte Rufus noch nie gesagt. Aber wie konnte Melvin an einem Foto erkennen, ob jemand gut sah? War das wieder so ein Trick, so eine Art Echolon? »Wie meinst du das?«

»Sie verstecken sich nicht«, meinte Melvin, »die Augen sind ein Spiegel des Herzens, sagt man bei uns. Dein Vater hatte bestimmt ein Riesenherz.«

Robin starrte auf das Foto und versuchte, in den Augen seines Vaters etwas von dem zu finden, was Melvin sah.

»War dein Vater auch ein Forscher?«, fragte Melvin.

»Nein, er war Bibliothekar.«

Robin legte die Fotos sorgfältig in die Dose zurück und nahm sich das Bündel Briefe. Der oberste war adressiert an *Rose Rumford, Campus der Dunmore-Universität, Fakultät für Altertumsforschung und Ethnologie, Banston*. Der Brief musste aus der Universitätszeit von Rose stammen. Damals waren sein Vater und seine Mutter noch nicht miteinander verheiratet. Vorsichtig zog Robin den Brief aus dem Umschlag. Das Papier war dünn wie ein Schmetterlingsflügel.

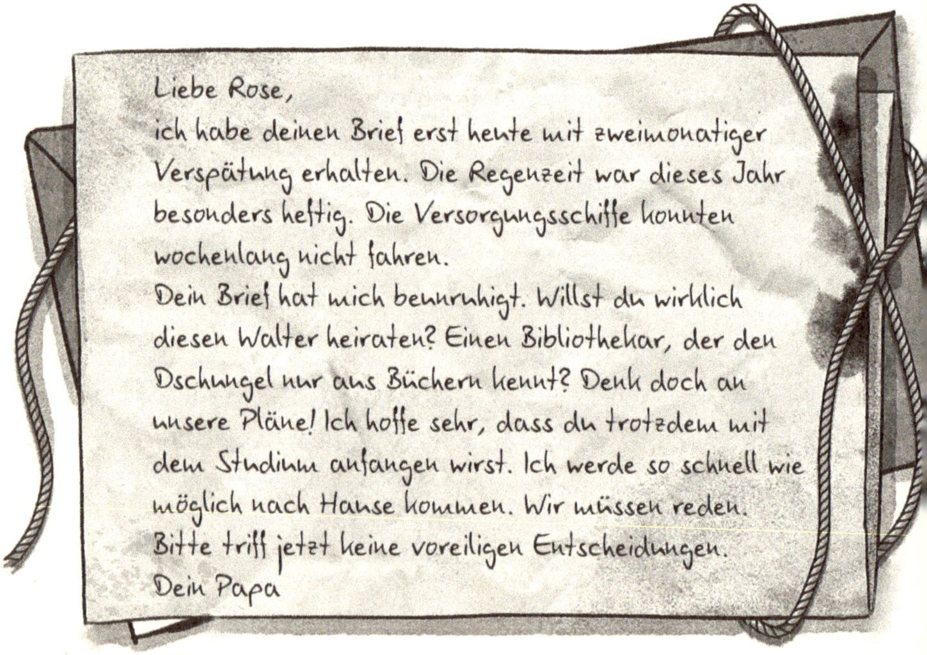
Liebe Rose,
ich habe deinen Brief erst heute mit zweimonatiger Verspätung erhalten. Die Regenzeit war dieses Jahr besonders heftig. Die Versorgungsschiffe konnten wochenlang nicht fahren.
Dein Brief hat mich beunruhigt. Willst du wirklich diesen Walter heiraten? Einen Bibliothekar, der den Dschungel nur aus Büchern kennt? Denk doch an unsere Pläne! Ich hoffe sehr, dass du trotzdem mit dem Studium anfangen wirst. Ich werde so schnell wie möglich nach Hause kommen. Wir müssen reden. Bitte triff jetzt keine voreiligen Entscheidungen.
Dein Papa

Robin hatte plötzlich das Gefühl, jemanden nackt im Badezimmer überrascht zu haben. Durfte er diese Briefe überhaupt lesen? Er war hin und her gerissen zwischen Neugier und der Scheu davor, in fremden Sachen herumzuwühlen. Andererseits …

Rose war immerhin seine Mutter gewesen. Also ging ihn das doch auch etwas an, oder?

Ein altbekanntes Gefühl stellte sich ein. Wie schon so oft kam er sich vor wie ein halb fertiges Puzzle, das jemand vor langer Zeit aufgegeben hatte.

Und doch war heute etwas anders. Denn hier auf dem Dachboden mit seiner geheimen Kammer und inmitten all der Dinge, die seiner Familie gehört hatten, dämmerte ihm, warum das so war. Ihm wurde klar, wie wenig er über seine Eltern, ja, über die Vergangenheit seiner Familie wusste. Rufus brauchte er gar nicht danach zu fragen. Der würde ihn nur abwimmeln wie eine lästige Fliege. Aber er musste ihn vielleicht gar nicht mehr fragen, denn hier oben schien sich ein Riesenschatz an fehlenden Puzzlesteinen zu befinden. Er musste sie nur ausgraben und richtig zusammensetzen.

Eine warme Welle lief durch ihn hindurch. Unwillkürlich fing er an zu lächeln. Es musste ein gutes Gefühl sein, sich eines Tages *ganz* zu fühlen.

Beherzt griff er nach dem nächsten Brief, als ein scheußliches Knirschen die Stille zerriss. Melvin und Robin starrten einander erschrocken an. Der Aufzug!

Sie stolperten aus der Kammer und hetzten über den Dachboden zum Speisenaufzug zurück. Als sie um die Standuhr bogen, sahen sie gerade noch, wie die Aufzugskabine Funken schlagend im Schacht verschwand. Sie sauste hinab und schlug in der Tiefe donnernd auf. Eine Rauchwolke schoss nach oben. Plötzlich roch es nach überhitztem Metall. Ein gerissenes Stahlseil baumelte verloren im Schacht. Robin bekam weiche Knie.

Melvin wedelte den Rauch weg und steckte den Kopf in den Schacht. Seine Stimme hallte: »Mannomonster! Sieh dir das an – das Ding ist platt wie 'n Hatchpatch! Stell dir vor, wir wären da drin gewesen!«

Genau das versuchte Robin gerade nicht zu tun. Ihm war schlecht. »Wie kommen wir hier jetzt wieder raus?« Doch dann fiel ihm etwas ein. »Mit dem Hatchpatch?«

Melvins Kopf schnellte zurück. »Klar, kein Problem … Aber fragst du dich nicht auch, wie die Sachen hierhergekommen sind? Sie können die Möbel ja nicht im Aufzug nach oben gebracht haben. Es muss noch einen anderen Weg hier hinauf geben.«

Robin sah sich um. Wie sollten sie in diesem Chaos den Ausgang finden? Sie mussten dafür wohl oder übel alle Möbel, Kisten und Kartons Stück für Stück beiseiterücken. Das konnte Stunden, ja Tage dauern.

»Hey!« Melvin lachte Robin an: »Bin ich jetzt dein Schutzmonster oder nicht?« Er deutete auf seine Hörner: »Schon vergessen? Echolon!«

Er bekam wieder den dösigen Gesichtsausdruck und begann,

sich langsam um die eigene Achse zu drehen. Plötzlich stoppte er. »DA! Dahinter ist etwas!« Er deutete auf einen altmodischen Wandschirm, der am anderen Ende des Dachbodens stand. Aufgeregt kraxelten sie über Kisten und Körbe hinweg. Sie hatten den Wandschirm schon fast erreicht, als sich Melvins Fuß in einem Schmetterlingsnetz verfing.

Er stolperte, ruderte mit den Armen und griff Halt suchend um sich. Seine Hand stieß gegen den Wandschirm, der polternd vornüberfiel und eine gruselige Entdeckung freigab.

Beide schrien im selben Moment auf und hechteten hinter eine Kommode. Melvins Fell wurde vor Schreck fahlgrau. »W… W… Was ist das?«

»Die Frage ist nicht WAS, sondern WER!« Robins Herz raste. Er nahm all seinen Mut zusammen und lugte vorsichtig über die Kommode.

Ein Skelett glotzte ihn aus leeren Augenhöhlen an und schwang sachte hin und her. Die Füße schwebten eine Handbreit über dem Boden. Robin stutzte. Dann sah er auch, warum das so war. Das Skelett hing an einem rollbaren Ständer. Erleichtert lachte er auf. »Das ist kein echtes Skelett! Das ist nur ein künstliches Anatomieskelett! Das muss noch aus der Arztpraxis meines Urgroßvaters stammen!« Er ging zum Ständer und gab den Rippen einen Hieb, woraufhin das Skelett in einen Boogie-Woogie verfiel. »Siehst du? Es ist aus Plastik!«

Melvin kam argwöhnisch näher und schnupperte.

»Konnte dein Echolon das Skelett denn nicht sehen?«, wunderte sich Robin und bereute die Frage sofort. Melvins Fell färbte sich dunkelrosa. Er senkte den Kopf und begann, mit der Fußspitze kleine Kreise in den Staub zu malen.

»Echotik war nicht gerade mein stärkstes Fach«, nuschelte er, »aber versuch du mal, in einer grauen Bildermatsche einen Türknopf von einem Igel zu unterscheiden ... Das Echolon gibt nur verschwommene Grautöne wieder. Man muss lange üben, um die Bilder richtig zu deuten. Tote Materie wie Plastik ist ganz schwer zu orten. Daran können sogar erfahrene Schutzmonster scheitern.« Trotzig hob er den Kopf: »Und außerdem habe ich nicht nach billigen Plastikattrappen gesucht, sondern danach ...«

Er schob den Ständer beiseite und deutete auf einen Eisenring, der im Boden eingelassen war.

Eine Luke. Der Ausgang!

Robin hatte das Gefühl, etwas wiedergutmachen zu müssen.

»Oh, verstehe ...«, murmelte er und begann nun seinerseits mit der Fußspitze in den Staub zu malen. Zögernd gestand er: »In der ersten Klasse hatte ich Probleme mit Lesen und Schreiben. Ich hab die Buchstaben einfach nicht auseinanderhalten können. Polly hat jeden Nachmittag mit mir geübt. Wäre sie nicht gewesen ... Rufus hatte mich schon längst aufgegeben.«

Melvin nickte anerkennend.

»Schule!«, sagte Robin verächtlich.

»Schule!«, schnaubte Melvin.

Sie grinsten einander an, griffen gleichzeitig nach dem

Eisenring und stemmten die schwere Luke hoch. Darunter kamen Stufen zum Vorschein. Schon nach der ersten Biegung verloren sie sich im Dunkeln.

Melvin ging voran, Robin folgte ihm dicht auf den Fersen. Nach wenigen Schritten blieb er jedoch stehen. »Melvin, es ist zu dunkel, wir brechen uns noch den Hals! Lass uns umkehren. Vielleicht finden wir oben in dem Gerümpel eine Lampe oder einen Kerzenstum...«

»Keine Sorge, halt dich einfach an mir fest. Ich kann im Dunkeln sehen!« Zielsicher stapfte Melvin voran. Robin griff ins Dunkel hinein und bekam ein Büschel Fell zu fassen. Er musste grinsen. So ein Schutzmonster war ja eine prima Sache: Es konnte sich unsichtbar machen, Schlösser knacken, mit seinem Echodings Verborgenes aufspüren und sogar im Dunkeln sehen. Er fragte sich, was wohl als Nächstes kommen würde. Fliegen wäre klasse!

Doch das Grinsen verging ihm, als er in ein Geflecht aus klebrigen Spinnweben geriet. Panisch fuchtelte er mit den Händen herum und stieß dabei gegen Melvin.

»HEY!« Melvin verlor das Gleichgewicht, sie kugelten die Treppe hinunter und donnerten gegen eine Wand. Irgendetwas knirschte hässlich, die Wand gab nach und sie stürzten geradewegs hindurch. Augenblicklich prasselten Pullover, Jacken, Hosen, Hemden, T-Shirts, Pyjamas und Kleiderbügel auf sie nieder.

Robin tauchte aus dem Kleiderberg auf und spuckte die

Fransen eines gestreiften Schals aus – seines Schals. Das waren seine Kleider. Sie waren in seinem begehbaren Kleiderschrank gelandet!

Verdutzt blickte er hoch. An der hinteren Wand des Schrankes klaffte eine niedrige Tapetentür auf. Wo kam die plötzlich her? Auf der Innenseite baumelte ein Vorhängeschloss. Es war bei ihrem Aufprall gebrochen. Um die Außenseite der Tür herum lief die gleiche Zierleiste, mit der auch alle anderen Wände des Schranks in dekorative Rechtecke geteilt worden waren. Robin fuhr mit den Fingern an der Leiste entlang und entdeckte eine Fuge, in der sich ein Schnappriegel verbarg. Probeweise schloss er die Tapetentür: Sie verschmolz nahtlos mit der Wand.

»Melvin!«

»MHMPFH!«

Robin tastete den Kleiderberg ab und fand Melvin unter seinem Schneeanzug. Sein Kopf steckte in einer Pyjamahose.

»Melvin! Ist das nicht irre?!« Aufgeregt rüttelte Robin ihn durch. »Wir haben einen Geheimgang entdeckt! Wir sind in meinem Kleiderschrank gelandet!«

Melvin schälte sich die Hose aus dem Gesicht. Benommen schielte er ihn an: »Der Pfannkuchen-Palast wäre ja auch zu schön gewesen.«

KAPITEL 6

Ein Monster zieht um

IN DIESER NACHT SCHLIEF ROBIN SCHLECHT. Er träumte von fliegenden Sofas, Kleiderschränken und einem Überseekoffer, der eine Bande fetter Waldgeister ausspie. Gackernd umringten sie Robin und schoben ihn vor sich her auf eine Dschungellichtung. Ein Skelett brach aus dem Blätterdach hervor und schwang sich an Lianen von Baum zu Baum. In seinen Augenhöhlen kullerten zwei große Glasmurmeln. *Gute Augen muss man haben*, krähte es, griff in einen Beutel und schleuderte Pfannkuchen in die Luft, als seien sie Frisbeescheiben …

Jäh fuhr Robin aus dem Schlaf hoch. Draußen zeigte sich der erste fahle Lichtschimmer des Morgens. Er tastete nach dem Wecker. Es war erst fünf Uhr. Er wickelte sich wieder in seine Decken und versuchte weiterzuschlafen. Doch in seinem Kopf setzte sich unmerklich ein Gedankenkarussell in Bewegung.

Was hatte es nur mit dem Dachboden auf sich? Warum war er verschlossen worden? Was verbarg sich da oben schon außer

Gerümpel? Und wieso war der Überseekoffer versteckt worden? Was war so wertvoll an ramponiertem Spielzeug, alten Briefen und einem geblümten Seidentuch?

Unruhig warf sich Robin hin und her. An Schlaf war nicht mehr zu denken. Schließlich warf er die Decken von sich, tapste in den Kleiderschrank und schob die Kleider auf der Stange zur Seite.

Nachdenklich betrachtete er die Wand mit der Tapetentür. Am Abend zuvor hatten Melvin und er noch lange gerätselt. Irgendjemand hatte sich sehr viel Mühe gegeben, den Zugang zum Dachboden verschwinden zu lassen. Aber wer? Und warum?

Robin fuhr an der Fuge entlang, ertastete den Schnappriegel und drückte ihn hinunter. Lautlos schwang die Tür auf.

Das zerbrochene Vorhängeschloss hing auf der Innenseite der Tür. Das hieß, dass derjenige, der es angebracht hatte, den Dachboden nur mit dem Speisenaufzug wieder hatte verlassen können. Rufus kam nicht infrage, hatte er doch erzählt, dass er noch ein kleiner Junge gewesen war, als die Köchin verunglückte. Damals war auch der Aufzug stillgelegt und verbarrikadiert worden. Also musste der Dachboden schon vor sehr langer Zeit verschlossen worden sein. Von Rufus' Vater vielleicht, dem Arzt? Wie hieß er noch gleich? Harrison. Dr. Harrison Rumford. Aber, nein, das konnte nicht stimmen. Rose war ja zu der Zeit noch gar nicht auf der Welt. Also musste der Dachboden doch später verschlossen worden sein. Hatte Rose selbst ihren Koffer dort versteckt? Aber vor wem? Vor Rufus – oder womöglich vor Walter? Was hatte sie nur verbergen wollen? Oder – war es Walter selbst gewesen, der den Koffer versteckt hatte? Robin kratzte sich am Kopf. Das alles ergab keinen Sinn.

Also doch Rufus? Aber sosehr Robin dieses Puzzlestück auch drehte und wendete, es wollte nicht passen. Robin dachte an das Foto von Rufus und Rose, das er in der Spieldose gefunden hatte. *Sie sehen sehr glücklich aus*, hatte Melvin gesagt und gemutmaßt, dass Rose Rufus wohl ziemlich viel bedeutet haben müsse. Genau das könnte auch der Grund gewesen sein, ihre Sachen wegzusperren. Vielleicht hatte Rufus nach dem Tod von Rose den Anblick ihrer Sachen einfach nicht mehr ertragen können?

Jetzt dachte Robin wieder über Melvins Bemerkung nach und vor seinem inneren Auge zog eine Reihe von Momentaufnahmen vorbei …

Rufus' verkniffene Miene, wenn Robin – als er noch klein gewesen war – *Opa* zu ihm gesagt hatte. *Ich heiße nicht »Opa« – genauso wenig, wie du »Enkel« heißt. Ich heiße Rufus!*, hatte er dann immer geknurrt. Rufus, der Robins Frage, ob man nicht das Baumhaus reparieren könne, mit einer Handbewegung beiseitewischt: *Was willst du mit einem Baumhaus? Das ist etwas für kleine Kinder! Bist du etwa noch ein kleines Kind?* Rufus, der sich weigert, Robins Geburtstagswunsch zu erfüllen – ein Besuch im Pfannkuchen-Palast. Rufus, der ihm stattdessen einen

Teller Kartoffelpuffer hinstellt und hurtig Zimt und Zucker über die angebrannten Stellen streut. Rufus' Gesichtsausdruck, als ihm Robin seinen verstauchten Fußknöchel zeigt. Sein Schnauben, als er Robin den Verbandskasten in die Hand drückt.

Rufus und Gefühle? Robin schüttelte den Kopf. Es fiel ihm schwer, sich das vorzustellen. Sein Großvater hatte das Gemüt eines Betonpfeilers!

Womit er wieder am Anfang war: Wer hatte dann den Dachboden verschlossen?

Robin schwirrte der Kopf. Frustriert schloss er die Tapetentür und trat aus dem Kleiderschrank. Draußen war es inzwischen hell geworden.

Er tapste im Schlafanzug nach unten. Die Küche war tipptopp aufgeräumt. Im Abtropfkorb neben der Spüle stapelte sich blitzsauberes Geschirr. Melvin hatte wohl gestern Abend noch gespült. Robin trat auf die Veranda. Die Bohlen unter seinen nackten Füßen waren quietschnass. In der Nacht musste es geregnet haben. Der Regen hatte die Luft merklich abgekühlt. Nach der Hitze der letzten Wochen tat das richtig gut. Es war sogar fast kalt. Robin fröstelte und ging wieder in die Küche. Er machte sich einen heißen Kakao, kauerte sich auf einen Stuhl und sah zum Küchenfenster hinaus.

Was den Garten betraf, ließ Rufus die Dinge so laufen, wie sie gerade wollten. Er beschränkte sich darauf, am Brombeerstrauch herumzuschnippeln, wenn dessen Zweige wieder mal bis in den Nachbargarten vordrangen und Mrs Stickforths Hortensien belästigten.

Drohten die Dinge völlig außer Kontrolle zu geraten, ließ Rufus Big Ben kommen. Robin war der schweigsame Riese unheimlich. Jahraus, jahrein trug er denselben fleckigen Overall, der irgendwann einmal grün gewesen sein mochte, und einen Schlapphut, dessen Krempe einen tiefen Schatten über seine Augen warf. Wie eine Geschwulst ragte eine rotgeäderte Nase hervor, darunter baumelte ein verfilzter Bart, der verdächtig nach Wacholderschnaps roch. Big Ben hauste bei den Tramps am alten Viadukt und hielt sich mit Gelegenheitsarbeiten über Wasser.

Einmal hatte Robin ihn heimlich im Garten beobachtet, und etwas an der Art und Weise, mit der Big Ben seine Sense durch das hüfthohe Gras sausen ließ, hatte ihm einen Schauer über den Rücken gejagt. Er sieht überhaupt nicht aus wie ein Gärtner, hatte Robin damals gedacht, er sieht aus wie ein – *Henker.*

Robin fröstelte erneut und umschloss den heißen Becher mit beiden Händen.

Seitlich des Rasens ragte eine Eiche empor und schien das Haus mit ihren Ästen umarmen zu wollen. In ihrem Schatten stand eine efeuüberwucherte Garage. Dahinter ragten die Reste eines Lattenzauns hervor. Irgendjemand hatte dort einmal Gemüse anbauen wollen. Die einzigen Überlebenden waren ein paar verwilderte Kürbisse, die erstaunlicherweise jedes Jahr aufs Neue wuchsen – zur Freude von Schnecken, Amseln und Igeln.

Aus dem Kürbisgeschlinge sprang plötzlich ein Eichhörnchen hervor und flitzte den Stamm der Eiche hinauf. Robin verfolgte es mit den Augen, bis es im Blätterdickicht verschwand. Dabei blieb sein Blick an einem verwitterten Gebilde hängen. Das marode Baumhaus.

Robin nahm noch einen Schluck Kakao. Es stimmte schon – er war kein kleines Kind mehr. Aber gerade weil er kein kleines Kind mehr war, konnte ihm Rufus auch nicht mehr so viel vormachen wie früher. Robin hatte schon seit geraumer Zeit den Verdacht, dass Rufus das Baumhaus nur deshalb nicht reparieren ließ, weil er einfach zu knausrig war …

Die Haustür klapperte. Patschende Schritte tapsten durch den Flur. Kurz darauf erschien Melvin im Türrahmen. Robin verschluckte sich fast an seinem Kakao. Melvin sah übel aus. Im zotteligen Fell klebten Erdklumpen und Moosstückchen. In der Küche roch es plötzlich nach nassem Hund.

Melvin erschauerte und schlang die Arme um den Oberkörper: »Du solltest Rufus sagen, dass die vordere Veranda repariert werden muss. Es regnet durch.« Er schnappte sich ein Geschirrhandtuch und begann, sich trocken zu rubbeln. Im Nu war es schwarz vor Dreck.

»Du hast unter der Veranda geschlafen?«, fragte Robin betreten.

Er war bisher gar nicht auf die Idee gekommen, dass Melvin

ja irgendwo schlafen musste. Irgendwie hatte er gedacht, er würde einfach in seinem Hatchpatch verschwinden.

»Nichts gegen die Veranda!«, schniefte Melvin, »darunter ist es nicht übel, viel Platz und schönes weiches Moos …« Er nieste.

Robin nahm ihm das Geschirrhandtuch weg und schob ihn aus der Küche: »Was du jetzt brauchst, ist eine heiße Dusche! Sind Monster eigentlich wasserscheu?«

Als Melvin unter dem heißen Wasserstrahl stand und vor Wohlbehagen grunzte, sagte Robin: »Melvin, du musst nicht unter der Veranda schlafen. Warum schläfst du nicht bei mir im Zimmer?«

»Das würde ich ja gern«, drang es hinter dem Duschvorhang hervor, »aber das könnte schwierig werden. Wo soll ich schlafen? Etwa unter deinem Bett? Ich weiß, es gibt dieses hartnäckige Gerücht, dass Monster sich gern unter Betten aufhalten. Aber das ist Quatsch. Monster schlafen natürlich nicht unter Betten – es ist viel zu eng, zu hart und es riecht nach alten Socken!«

»Ich habe eine Luftmatratze«, sagte Robin.

Der Duschvorhang schob sich ein Stück zur Seite, und Melvin, das Schaummonster, lugte zwischen Dampfwolken hervor: »Und wie erklärst du das Rufus?«

Stimmt, dachte Robin. Rufus kam zwar so gut wie nie in sein Zimmer – aber falls er doch mal auftauchen sollte …

Robin grübelte. Wie konnte man eine Luftmatratze erklären? Wozu war sie sonst zu gebrauchen? Als Punching-Ball? Trampolin? Huckleberry Finns Floß? Ein neues Kuscheltier? Rufus würde ihn für verrückt erklären. Genauso gut könnte Robin behaupten, er hätte einen unsichtbaren Freund.

Vielleicht konnte er sagen, dass er neuerdings einen unruhigen Schlaf habe und die Luftmatratze als Schutzmatte diene, falls er aus dem Bett falle?

Das hörte sich ja an, als ob es von Imogen käme. Schleunigst verwarf er den Gedanken.

Der Duschvorhang flog zur Seite. Melvin stand tropfnass in der Wanne. Sein Fell klebte am Körper, und Robin war verblüfft, wie dünn Melvin in Wirklichkeit war. Aus heiterem Himmel musste er an eine halb ertrunkene Perserkatze denken. Rasch gab er vor, Handtücher holen zu wollen, um sich in Ruhe schlapplachen zu können. Im Kleiderschrank fiel sein Blick auf die Tapetentür und plötzlich kam ihm eine Idee. Er schnappte sich einen Stapel Handtücher, flitzte zurück – und lief geradewegs in einen Platzregen hinein. Melvin schüttelte sich wie ein Hund. Im Nu war Robin klatschnass.

»Ah!«, seufzte Melvin, »das tat gut!« Er stieg aus der Wanne, stellte sich vor den Spiegel und massierte mit den Fingerspitzen die Stellen rechts und links vom Kehlkopf.

Robin warf sich ein Handtuch über den Kopf und begann, sein Haar trocken zu rubbeln.

»Melvin«, sagte er, »ich habe da eine Idee …«

Ein seltsames Geräusch unterbrach ihn. Robin schlug das Handtuch zurück und sah, wie Melvin eine goldgelbe Masse hervorwürgte.

Robin verzog das Gesicht »Urgh! Was … Was ist das?«

»Monsterfett«, sagte Melvin, »macht das Fell wasserdicht.«

Sorgfältig begann er, die Masse in sein Fell einzumassieren. Im Badezimmer breitete sich der Geruch von Moschus aus.

»Also, was ich sagen wollte …« Robin verstummte gleich wieder, als er sah, wie Melvin eine Handvoll Disteln aus seinem Fell hervorzog. Er steckte sie sich in den Mund und begann zu kauen. Robin zuckte bei jedem Knacken zusammen.

»Melvin, was tust du da?«

Melvin schluckte die Disteln hinunter: »Zähneputzen. Was sonst?«

Robin sank auf den Toilettendeckel.

Melvin legte den Kopf schief: »Was willst du mir die ganze Zeit eigentlich sagen?«

»Was? Ach so! Also, ich habe mir überlegt, ob du nicht in der kleinen Kammer oben auf dem Dachboden schlafen möchtest?«

Melvin erstarrte. Seine Augen weiteten sich.

Robin redete hastig weiter: »Zugegeben, sie ist sehr klein, und wir müssten da erst mal sauber machen, aber sie ist wenigstens trocken, und da oben wärst du völlig ungestö…«

Weiter kam er nicht. Melvin riss ihn an sich und quetschte ihn, als ob er eine Orange auspressen wollte.

»MOMBAWOMBA!«, rief er. »Hab ich ein Glück. Du bist nicht nur ein prima Schützling, du bist ein echter Kumpel.« Er stürmte aus dem Badezimmer. »Ich hol schnell meine Sachen …«

Etwas benommen blieb Robin zurück und zupfte sich ein langes blaues Haar aus dem Mund.

Sie schufteten den ganzen Vormittag. Es war erstaunlich, wie viel Dreck sich in einer so kleinen Kammer ansammeln konnte. Am ekligsten war es, die Spinnweben zu beseitigen. Sie waren klebrig und steckten voll toter Fliegen. Zweimal musste Robin den verstopften Staubsauger auseinandernehmen und wieder zusammensetzen.

Gegen Mittag hatten sie das Gröbste geschafft und fingen an, die Kammer einzurichten. Aus dem Fundus des Dachbodens schleppten sie einen Ohrensessel, eine Kommode und einen Flickenteppich herbei. Die Patchworkdecke, die Melvin beim Alibaba gewonnen hatte, verwandelte er geschickt in eine Hängematte. Robin holte Kissen und Decken und hängte zum Schluss das Poster der *Blasting Beasts* auf.

Nun kam der schwerste Teil.

Mit vereinten Kräften schoben sie den Monsterschrank wieder an seinen ursprünglichen Platz vor die Kammer. Melvin stieg hinein und begann, ein Rechteck aus der Rückwand herauszuschneiden, passgenau mit der dahinterliegenden Tür zur Kammer. Mühelos fuhr seine Kralle durch das Holz. Dann befestigte er das Rechteck an der Kammertür und schloss sie probeweise. Der Plan ging auf.

Man musste schon Monsteraugen haben, um zu erkennen, dass die Rückwand des Schrankes nun eine Geheimtür war.

Robin sammelte inzwischen die Kleider zusammen. Dann hängten sie den Schrank wieder voll. Unter die Kleider stapelten sie sicherheitshalber noch Hutschachteln, ein Bärenfell und eine Federboa. Robin schloss die Spiegeltür des Schranks. Melvin nickte zufrieden. Alles sah aus wie zuvor. Für den unwahrscheinlichen Fall, dass sich jemand eines Tages tatsächlich mal auf den Dachboden verirren könnte, war Melvins neues Zuhause, die Kammer, nun doppelt und dreifach vor Entdeckung geschützt.

Melvin schlug vor, sein neues Heim mit einem Picknick einzuweihen. Wenig später saßen sie in der Kammer auf einer Picknickdecke und mampften Brote, die bestrichen waren mit einer Paste aus zerstampftem Gorgonzola, Oliven und Pistazieneis. Dazu gab es saure Gurken und Waldmeisterlimo. Robin staunte immer wieder, was Melvin alles aus der Vorratskammer hervorzauberte. »Daff follten fir öfter maffen«, sagte er mit vollem Mund.

Melvin fummelte eine Gurke aus dem Glas: »Was, putzen?«

»Nein, so ein Picknick!«

»Hast du denn noch nie ein Picknick gemacht?«

»Doch. Nein …«

»Was denn jetzt?!«

»Na ja, nicht so richtig ...«

Robin erzählte Melvin vom letzten Klassenausflug. Sie waren ans Meer gefahren. Mr Merryweed, ihr Biologielehrer, hatte ihnen die Gezeiten erklärt und alles über Muscheln, Algen und Wattwürmer. Die Wattwürmer hatten es dem Lehrer besonders angetan. Er fand und fand kein Ende. Und während seine Mitschüler mit zunehmend leerem Blick Mr Merryweeds Ausführungen über sich ergehen ließen, hatte es Freddy irgendwie geschafft, sich unauffällig zu verdrücken; der kleine Pat MacFinn war im Stehen eingeschlafen, und Imogen hockte etwas abseits im Sand und plauderte mit einem leeren Schneckenhaus.

Eine halbe Ewigkeit später schien alles über Wattwürmer gesagt worden zu sein, und Mr Merryweed verteilte endlich die Sandwichpakete. Allen knurrte der Magen, denn Seeluft macht hungrig. Robin biss gierig in sein Käsesandwich – und hielt verdutzt inne. Der Käse war steinhart. Und dann ...

Nie wieder würde Robin vergessen, wie diese Mayo-verschmierte Krabbe zwischen Emmentaler und Salatblatt hervorquoll und ihn empört anglotzte, während ihre Scheren nach seiner Nase schnappten.

»Und dann höre ich Freddy hinter mir gackern«, schloss Robin aufgebracht und machte Freddys hämische Stimme nach: »Hey, Miller, was sagst du zu meinem Krabbensalat? Ist der nicht schnappfrisch?«

In der Erwartung, dass sein Freund genauso empört war wie

er selbst, sah er zu Melvin. Der kniff auch die Lippen zusammen – aber nicht vor Entrüstung, sondern um ein Kichern zu unterdrücken.

»Was gibt's da zu lachen?«, fragte Robin säuerlich.

Melvin platzte heraus: »Krabbensalat! Entschuldige, aber … pffffrrrrr … gib's zu, das ist schon ziemlich lustig!« Melvin schlug mit der flachen Hand gegen die Holzwand. »Alle mal herhören, hier gibt's Krabbensalat. Schnappfrisch!« Er kippte zur Seite und hielt sich den Bauch. Sein Lachen war ansteckend. Robin versuchte, dagegen anzukämpfen. Immerhin fand er das damals nicht so lustig. Doch seine Empörung schmolz zusehends dahin.

»Zappelfrisch!«, gluckste Melvin.

»Knusprigfrisch!«, kicherte Robin widerstrebend.

»Zwickfrisch!«

»Zwackfrisch!«

»Knackfrisch!«

»Außen knackig, innen cremig!«, japste Robin und fiel hintenüber.

Doch plötzlich richtete sich Melvin stocksteif auf. »Psst!«

Robin wischte sich hastig die Lachtränen weg. Angestrengt lauschte er, konnte aber nur sein eigenes Herzklopfen hören. »Was ist denn?« Unwillkürlich flüsterte er.

»Da draußen ist jemand«, wisperte Melvin.

»Rufus?«, wunderte sich Robin. »Aber der wollte doch erst morgen zurückkommen!«

Melvin runzelte die Stirn. »Nein, kleiner, vierbeinig … irgendetwas schleicht hinten im Garten herum.«

»Bestimmt nur eine Katze?«, raunte Robin und wunderte sich, wie Melvin es fertigbrachte, hier oben überhaupt irgendetwas zu hören. Das Haus war alt, hatte dicke Mauern und die Kammer lag hoch oben unterm Dach. Robin hätte noch nicht einmal einen rasenden Elefanten bemerkt, ganz zu schweigen von einer schleichenden Katze.

Melvin schüttelte den Kopf und legte einen Finger auf den Mund. Seine Ohren zuckten. Er schloss die Augen und drehte den Kopf wie eine Radarschüssel. Wahrscheinlich machte er wieder sein Echodings. Noch immer konnte Robin nichts hören, doch plötzlich glaubte er etwas zu spüren. Es fühlte sich so an, als ob die Luft kribbeln würde. Gebannt starrte er auf Melvins Hörner. Im Dämmerlicht der Kammer schienen sie bläulich zu pulsieren. Das Kribbeln wurde immer stärker.

Plötzlich brach es ab und Melvin riss die Augen weit auf. »RATZE!«, stieß er hervor, schoss in die Höhe und riss die Picknickdecke mit. Teller schepperten, Besteck klirrte, das Gurkenglas kippte in Robins Schoß. Melvin sprang über ihn hinweg und stürmte aus der Kammer.

Hey! Was …?« Robin rappelte sich auf und stolperte hinterher. »Warte doch!«

Melvin sprintete im Zickzack durch das Gerümpel und tauchte mit einem Hechtsprung in die Luke, die zu Robins Zimmer führte. Robin jagte ihm nach. In seinem Zimmer angekommen, hörte er unten in der Küche die Verandatür zuschlagen. Er glitt auf dem Treppengeländer hinunter, schlitterte in die Küche und stürzte auf die Veranda. Wo war Melvin?

Während er sich noch umblickte, bildete sich wie aus dem Nichts eine Schneise in der Wiese. Das Gras plättete sich, als ob es von unsichtbaren Fäden nach unten gezogen würde. Gebannt folgte Robins Blick dem Geisterpfad, der geradewegs auf das wilde Gebüsch ganz hinten im Garten zulief. Dahinter verbarg sich eine Ruine – das alte Brunnenhaus. Rufus hatte Robin strengstens verboten, dort zu spielen. Er hatte ihm sogar mit dem Waisenhaus gedroht, sollte er ihn eines Tages auch nur in der Nähe erwischen. Die Drohung war eigentlich überflüssig: Brennnesseln und dornige Sträucher schützten die Ruine besser, als es jeder Palisadenzaun vermocht hätte.

Konnten Brennnesseln und Dornen Melvin etwas anhaben? Wahrscheinlich schützte ihn sein dickes Fell. Aber es schützte ihn nicht vor herabstürzenden Ziegelsteinen …

Schon wollte Robin losschreien, da schlug er sich die Hand vor den Mund.

Mrs Stickforth!

Sie lauerte bestimmt wieder irgendwo. Sie würde ihn hören – und bei Rufus verpetzen. IHR MISSRATENER ENKEL HAT AM HEILIGEN SONNTAG IM GARTEN RANDALIERT!

Allerdings konnte er Melvin auch nicht folgen. Was, wenn Mrs Stickforth ihn am Brunnenhaus sehen würde?

UND AN VERBOTE HÄLT SICH DIESES BALG AUCH NICHT. ICH HAB IHN AM BRUNNENHAUS GESEHEN. HA, WENN DIE KATZE AUS DEM HAUS IST, TANZEN DIE MÄUSE!

Robin versuchte, gleichzeitig zu wispern und zu schreien: »Melviiiiiiin …« Er presste die Luft aus den Lungen, bis er das Gefühl hatte, seine Rippen würden sich ineinander verknoten. Umsonst. Der Geisterpfad erreichte das Gestrüpp und verschwand zwischen den Brennnesseln.

KRACK!

Holzsplitter flogen durch die Luft.

RUMMS. BUMMS. QUIEK. KRAWUMM!

Dann – Totenstille.

Zum Teufel mit Mrs Stickforth! Robin war schon mit einem Fuß auf der Verandatreppe, da schrillte das Telefon. Oh nein, das war sie bestimmt. Wenn er nicht antwortete, würde sie womöglich auf ihrem Stock herbeigehumpelt kommen und herumschnüffeln.

Er hetzte in den Flur und griff nach dem Hörer. In Erwartung eines schrillen Gezeters hielt er die Muschel einen halben Meter vom Ohr weg. Doch statt Mrs Stickforths Gekeife vernahm er nur ein Rauschen und Knistern. Wie fast alles im Haus war auch das Telefon steinalt und hatte seine Macken.

Zum ersten Mal in seinem Leben war Robin dankbar für Rufus' Geiz. Er warf den Hörer auf die Gabel und flitzte wieder den Flur entlang. Im Türrahmen blieb er abrupt stehen.

Melvin stand in der Küche.

Aber es war ein ganz und gar anderer Melvin.

Kapitel 7
Todfeinde

Melvins sonst so flauschiges Fell hatte sich in ein düsteres Borstenkleid verwandelt, die Hörner pulsierten in einem üblen Schwefelgelb, sein Atem ging schwer und stoßweise, und aus seiner Kehle drang ein Geräusch, das einem Fauchen erstaunlich nahe kam.

So ähnlich sah Punchkiss aus, wenn ihn das Jagdfieber gepackt hatte. Bis auf die Hörner natürlich.

Und die Augen. Noch nie hatte Robin bei Pollys Kater dieses seltsame Glimmen in den Pupillen gesehen.

Melvin sah ja fast aus – wie ein Monster.

Er ist ein Monster, wisperte eine Stimme in seinem Kopf. Unwillkürlich wich Robin einen Schritt zurück.

Durch Melvins Körper lief ein Zittern, stöhnend langte er mit der Hand über seine Schulter, und als er sie zurückzog, war sie voller Blut. Schlagartig fiel alles Bedrohliche von ihm ab. Das Glimmen in den Pupillen erlosch so plötzlich, dass Robin sich fragte, ob er es sich nur eingebildet hatte. Melvin richtete seinen Blick jetzt auf Robin, seine Lider begannen zu flattern, er wurde schneeweiß, schwankte, wankte …

Robin stürzte zu ihm und konnte Melvin gerade noch auffangen. Er half ihm auf einen Stuhl. Als er sich die Wunde genauer ansah, sog er scharf die Luft ein. Ein scheußlicher Schnitt zog sich quer über das Schulterblatt.

»Ich … Ich hole Verbandszeug!«, rief er und wollte davonstürzen. Doch Melvin hielt ihn zurück. »Nein, warte, ich habe alles bei mir!«, sagte er mit schwacher Stimme.

Stimmt. Melvin hatte ja diese unglaublich vielen Taschen im Fell.

»Halt die Hand auf.«

Robin tat, wie ihm geheißen. Doch statt in eine seiner Taschen zu greifen, spuckte Melvin in Robins Handteller. Robin widerstand tapfer der Versuchung, zum Spülbecken zu rennen.

»Auf die Wunde.« Melvin hechelte. »Bitte!«, setzte er hinzu, als er Robins Blick sah.

Ungläubig rieb Robin die Spucke auf die Wunde. Seine Gedanken überschlugen sich. Was sollte Spucke bei so einer grässlichen Wunde ausrichten können? Melvin brauchte einen Arzt. Aber konnte er Melvin überhaupt in ein Krankenhaus bringen? Wie sollte er das erklären? Oder besser in eine Tierklinik? Dort würde er vielleicht weniger auffallen …

Unter seiner Hand wurde es plötzlich warm, es zischte leise und Rauchkringel stiegen empor. Robin zog erschrocken die

Hand zurück. Die Spucke schäumte, löste sich auf und hinterließ eine milchige Schicht auf der Wunde. Kein Tropfen Blut drang mehr hervor. Melvin atmete auf und sein Fell bekam wieder Farbe.

Robin sank auf einen Küchenstuhl und bestaunte seinen Handteller. Melvin lächelte matt. »Danke!«

Erleichtert sprudelte Robin los: »Es tut mir so leid, ich wollte dich warnen, aber Mrs Stickforth … Das Brunnenhaus ist schon lange baufällig und kann jeden Moment einstürzen. Hat dich ein Balken erwischt? Ein Ziegelstein?«

Melvin schüttelte den Kopf: »RATZE.«

»Ratze?«

Melvin riss den Arm empor und hielt ein kleines Fellbündel hoch. »Müllpiraten, Kanalwölfe, Seuchenschleudern!« Er warf das Bündel von sich und es klatschte auf den Steinboden. Eine tote Ratte starrte Robin an.

»Die wollte es sich im Brunnen gemütlich machen.«

Der kleine Körper war klapperdürr, im struppigen Fell klafften kahle Stellen. Die Ratte sah eigentlich nicht besonders gefährlich aus, fand Robin, nur sehr alt und krank. Dennoch zog er die Beine an.

»Ein Verräter weniger!« Melvin gab der Ratte einen Kick. Eine Blutspur hinterlassend, schlitterte der Kadaver unter den Küchenschrank.

»Wieso … Verräter?«

»Weil die Ratzen jeden betrügen – wirklich jeden –, sei es

Monster, Tier oder Mensch. Ratzen lieben es zu lügen. Es ist ihre Natur. Trau nie einer Ratze. Niemals.«

»Aber …«

»Schon mal was von der Pest gehört?«

Mit Schaudern erinnerte sich Robin an das Buch, das er in Pollys Laden durchgeblättert hatte, an die Kreuze an den Häusern, an die schnabelartigen Masken, an die Karren voller Leichen, übersät mit tennisballgroßen Beulen …

Melvin schien seine Gedanken erraten zu haben und nickte ihm düster zu. »Und wer hat die Pest verbreitet? Die Ratzen! Sie sind unsere Todfeinde.«

Todfeinde. Das fand Robin nun aber doch etwas übertrieben. Ihm kam der Verdacht, dass sich Melvin mit diesen Gruselgeschichten vor ihm aufspielen wollte.

»Moment mal, das ist doch schon Ewigkeiten her, die Pest ist seit … also bestimmt seit vielen Jahrhunderten ausgerottet.«

Melvins Augen verengten sich. »Das sollte man meinen«, raunte er, »aber lass dir eins sagen, die Pest hat viele Gesichter.«

Robin lief ein Schauer über den Rücken. Sein Blick wanderte zum Küchenschrank.

In dem Moment klingelte erneut das Telefon. Er fuhr zusammen. Oh, nein, nicht schon wieder Mrs Stickforth!

Als er den Hörer abhob, war zunächst wieder nur ein Rauschen und Knistern zu hören. Dann explodierte Rufus' Stimme an seinem Ohr.

»Robin, bist du das?«

Bevor Robin antworten konnte, knirschte es fürchterlich in der Leitung, und er konnte nur abgehackte Satzfetzen aufschnappen: »Hast du … *Knack* … Buch? *Knirsch* … Komme … *Rausch* … dann bis gleich! *Tüüüüüüüt* …«

Bis gleich?! Robin stürzte in die Küche.

»Rufus kommt zurück!«, rief er. Er blickte auf den Küchenboden und auf die Blutspur, die sich zum Küchenschrank zog. »Die Ratte!«, keuchte er.

»Die Tapetentür!«, rief Melvin.

»Der Speisenaufzug!«

Melvin sprang auf die Füße: »Geh du nach oben. Ich mach hier unten klar Schiff.«

Robin hetzte nach oben, verschloss die Tapetentür und schob seine Kleider davor. Als er am Badezimmer vorbeikam, blieb er vor Schreck stehen. Melvin hatte einen sagenhaften Schmutzrand in der Wanne hinterlassen. Die Dose mit Scheuerpulver entglitt Robins fahrigen Händen. Augenblicklich war alles zugestaubt. Hustend schrubbte und wischte er blindlings drauflos. Als sich der Nebel lichtete, entdeckte er Dutzende blauer Haare auf dem Boden und im Spülbecken. Fieberhaft klaubte er sie zusammen, schnappte sich die nassen Handtücher und stopfte alles unter sein Bett. Dann fiel ihm siedend heiß etwas ein. Das Buch, das er für Rufus geholt hatte. Wo hatte er es nur hingelegt? Melvin rief von unten: »Küche ist klar!«

Robin beugte sich über das Treppengeländer: »Wo ist die Ratte?«

»Fachgerecht entsorgt«, rief Melvin von unten herauf und rülpste.

Robin wollte lieber nicht wissen, was das zu bedeuten hatte, und es war ihm in dem Moment auch egal. Er sauste das Treppengeländer hinunter. Er musste schleunigst das Buch finden.

Melvin warf ihm etwas zu. »Suchst du das?«

Erleichtert fing Robin den Umschlag auf, stürzte in Rufus' Arbeitszimmer und legte ihn auf den Schreibtisch. Als er sich umdrehte, prallte er gegen Melvin, der ihm gefolgt war und sich jetzt mit großen Augen umsah. »Holla, was haust denn hier …?«

Das Zimmer erstreckte sich über die gesamte Länge des Hauses bis zur hinteren Veranda. Es war einmal der Empfangssalon gewesen. Dienstboten hatten ihn nicht durch die Flügeltür betreten dürfen. Eigens für sie hatte es einen kleinen Durchgang im hinteren Bereich des Salons gegeben, gegenüber der Küche. Doch das war lange her. Jetzt war es Rufus' Reich.

Auf einem alten roten Perserteppich stand ein überladener Kartentisch von der Größe eines kleinen Swimmingpools. Links davon zog sich eine meterlange Pinnwand entlang. Notizzettel, Zeitungsausschnitte, Skizzen und Fotos hingen wild durcheinander. An den anderen Wänden drängten sich Bücherregale und Aktenschränke. Auf jeder freien Fläche stapelten sich weitere Bücher, Notizen, Aufzeichnungen und

Manuskriptseiten. Dazwischen hingen, lagen oder standen fremdartige Statuen, Stelen und unzählige Masken. Sie waren aus Holz, Federn, Bast, Fell oder Tierhaut gefertigt, aufwändig geschnitzt, geflochten oder bemalt. Manche ähnelten Menschengesichtern, manche sahen aus wie Tierfratzen, andere schienen geradewegs von einem anderen Stern zu kommen. So unterschiedlich sie jedoch in Material und Beschaffenheit waren, so hatten sie doch eines gemeinsam: Alle Masken hatten riesige Augen, die jeder Bewegung der Eindringlinge zu folgen schienen.

Robin hielt sich nicht gern in Rufus' Zimmer auf, nicht nur wegen der Masken. Melvin winkte ihnen jedoch unbekümmert zu und beäugte neugierig ein Regal, das vollgestopft war mit Zeitschriften, die Titel trugen wie *Tontafel aktuell*, *Animismus heute* oder *Die Buschtrommel*. Hinter dem Regal entdeckte er ein ungemachtes Feldbett.

»Da schläft Rufus«, erklärte Robin, als er Melvins fragenden Blick sah. Robin wusste auch nicht, warum Rufus hier unten schlief. Im ersten Stock gab es neben Robins Zimmer noch zwei weitere. Doch aus irgendeinem Grund zog es Rufus vor, hier unten auf einem Feldbett zu schlafen.

»Los, komm jetzt«, drängte Robin und schob Melvin vor sich her aus dem Zimmer. Als sie den Kartentisch passierten, blieb er jedoch wie angewurzelt stehen.

»Was ist denn?«, fragte Robin ungehalten.

Melvin starrte auf ein Regal. Im obersten Fach dämmerten

Rufus' Expeditionsgeräte vor sich hin: ein Sextant, ein Kompass, ein Feldstecher, ein Mikroskop, ein Funkgerät, ein Buschmesser …

Melvin deutete auf einen verschlissenen Tropenhelm. »Ist das etwa ein Lalamobil?«, rief er.

»Ein was?«

»Ein Lalamobil, ein … Na, wie nennt ihr das gleich? Ach ja – ein Rodeo?«

Robin sah Melvin verwirrt an, der jedoch nichts weiter erklärte und kurzerhand einen sorgfältig geordneten Stapel Papiere von einem Hocker fegte.

»NEEIIIN!« Robin fiel auf die Knie und sammelte hastig die Papiere ein. »Bist du verrückt? Bring bloß nichts durcheinander. Rufus ist sehr heikel, was seine Ordnung angeht.«

Melvin war schon auf den Hocker gestiegen und hangelte nach dem Tropenhelm. »Ach, wer braucht schon Ordnung?«, ächzte er und stellte sich auf die Zehenspitzen. Der Hocker kippelte bedrohlich.

»Wenn Rufus merkt, dass wir in seinen Sachen herumgewühlt haben, setzt es Hausarrest bis Silvester!«

»Hab dich!«, rief Melvin, schob den Tropenhelm beiseite und zog dahinter einen Weltempfänger hervor. Ehrfürchtig betrachtete er das zerschrammte Radio, als sei es aus purem Gold. Von der Seite baumelten altmodische Ohrstöpsel herunter.

»Hey, dieses Lalamobil hat ja sogar ein Stethoskop …«

Er steckte sich die Stöpsel in die Ohren und drehte am

Schalter des Radios. Sofort bekam sein Gesicht einen verzückten Ausdruck. Er sprang vom Hocker und begann, sich hin und her zu wiegen.

Endlich hatte Robin alle Papiere aufgesammelt, stellte den Hocker wieder auf seinen Platz und legte den Stapel darauf. Sah es genauso aus wie vorher? Hatte nicht ein anderes Blatt obenauf gelegen? Er wusste es nicht mehr.

In diesem Moment hörte er ein Auto vorfahren. Er lief zum Fenster. Ein Taxi hielt vor dem Haus. Im Inneren sah er Rufus, der sich mit dem Fahrer zankte. »Raus hier«, keuchte er, »SCHNELL!«

Doch Melvin sah und hörte nichts. Die Stöpsel tief in die Ohren gesteckt, tanzte er mit geschlossenen Augen durchs Zimmer. Mit beiden Armen hielt er das Radio umschlungen und drückte es an seine Brust.

Draußen war das Schmettern einer Autotür zu hören, dann Rufus' Schritte auf der Treppe der vorderen Veranda.

Melvin tanzte selbstvergessen um den Kartentisch herum.

Ein Schlüssel drehte sich im Schloss.

Robin schoss aus dem Zimmer, knallte die Flügeltüren zu und lehnte sich mit dem Rücken dagegen.

Im gleichen Moment flog die Haustür auf und Rufus' breites Kreuz schob sich in den Flur.

»Halsabschneider!«, brüllte er dem Taxi hinterher, das mit quietschenden Reifen davonfuhr. »Räuber, Dieb, Wegelagerer!« Er knallte seinen Koffer mit solcher Wucht auf die Dielen, als ob er ein Loch hineinstanzen wollte. Da entdeckte er Robin. »Oh, hallo, Junge! Alles klar?« Und ohne eine Antwort abzuwarten, schimpfte er los: »Die Reise war reine Zeitverschwendung. Die haben doch tatsächlich diesen Spinner Lundström eingeladen, ohne mir was davon zu sagen!«

Lauritz Lundström war Professor für Ethnologie an der Universität von Uppsala und Rufus' härtester Konkurrent, Rivale und Todfeind. Seit Robin denken konnte, beharkten sich die beiden in einem Dauerkrieg.

»Aber denen habe ich es gezeigt! Soll Lundström doch seine billigen Theorien meistbietend zu Markte tragen. Ich bin ein seriöser Wissenschaftler. Ich habe es nicht nötig, meine Forschungen an einen Haufen aufgeblasener Hobbyarchäologen zu verschwenden. Keine Sekunde länger habe ich das ausgehalten.«

Durch die Tür hinter seinem Rücken vernahm Robin ein schräges Summen. Lauthals plapperte er drauflos: »Rufus, wie wäre es mit Tee? Möchtest du nicht Tee? Wir setzen uns in die Küche, und du erzählst mir alles, während ich dir eine schöne, heiße Tasse Tee mache?«

Rufus drehte sich zu ihm um: »Was schreist du so, ich bin nicht taub. Nein, danke, keinen Tee, ich hatte im Flugzeug schon welchen. Ich will gleich an die Arbeit. Wo ist das Buch?«

Robin öffnete den Mund, bekam aber keinen Ton heraus, denn in dem Moment erspähte er an Rufus' Seite vorbei Melvin. Der wirbelte aus der hinteren Tür des Arbeitszimmers in den Flur, drehte eine Pirouette und verschwand in der Küche.

Rufus' Augenbrauen senkten sich unheilvoll. »Robin, du hast doch nicht vergessen, das Buch zu holen?«

Robin schnappte nach Luft. Hinter Rufus' Rücken trudelte Melvin soeben aus der Küche ins Esszimmer hinein und legte eine ziemlich schräge Rumba hin.

Rufus donnerte: »ROBIN! WO IST DAS BUCH!?«

Melvin riss erschrocken die Augen auf, sah Rufus, lief grün an und bluffte sich augenblicklich weg.

Robin fand endlich seine Stimme wieder: »Auf deinem Schreibtisch«, krächzte er, »das Buch liegt auf deinem Schreibtisch.«

Rufus schob ihn zur Seite, riss die Flügeltür auf und ging ins Arbeitszimmer. Robin hörte das Rascheln des Umschlages und ein zufriedenes Brummen. Eine Sekunde später steckte Rufus den Kopf in den Flur. »Ich will heute nicht mehr gestört werden!«

Die Tür knallte zu.

Halb ohnmächtig blieb Robin im Flur zurück. Seine Nerven vibrierten. Ihm war schlecht vor Aufregung. Allmächtiger, war das knapp gewesen!

Da raunte eine Stimme in sein Ohr: »Entspann dich! Das mag böse ausgesehen haben, aber ich hatte alles im Griff!«

Kapitel 8
Das Noogle

Nach dem ungewöhnlich heissen und langen Sommer brach der Herbst umso plötzlicher mit heftigen Stürmen über Oaksend herein.

Wochenlang rüttelten scharfe Böen an Fenstern und Türen, fetzten das Laub von den Bäumen und wehten an einem Sonntagmorgen sogar das Dach von Mr Hoopers Kiosk weg. Rory Gilligan fand es einen Tag später auf dem Friedhof, wo es auf dem Mausoleum der Thakerays gelandet war.

Ende Oktober zogen die Stürme endlich ab und hinterließen eine frostige Kälte. In Fenstern und auf Veranden tauchten nach und nach ausgehöhlte Kürbisse auf und grinsten in die Herbstdämmerung.

Als am Donnerstagnachmittag die Schulglocke läutete, strömten die Kinder noch schneller als sonst aus dem Gebäude. Aufgeregt schnatternd strebten sie dem Schultor zu. Sie prahlten mit ihren Kostümen, vereinbarten Treffpunkte für den Abend, tauschten ihre Erfahrungen darüber aus, welche Viertel die größte Ausbeute versprachen, und fachsimpelten darüber, welche Tüte die beste sei. Papiertüten waren untauglich, sie rissen zu schnell, Stofftaschen waren in der Regel zu klein, und bei Plastiktüten leierte der Griff schnell aus und schnitt in die Handflächen, sobald die Tüte ordentlich gefüllt war.

Richie Gilligan schwor auf Säcke für Gartenabfälle: Die waren aus Kunststoffgewebe, hatten einen verstärkten Boden und einen Schultergurt.

Hinter Robin trat Imogen aus dem Schulgebäude und kämpfte mit ihrem Beutel. Es sah aus, als versuchte sie, ihn in ihren Plüschmuff zu zwängen. Robin sah eine Weile zu, dann nahm er ihr den Muff ab und hielt ihn auf. Imogen sah ihn überrascht an: »Das ist wirklich nett von dir«, sagte sie und ließ den Beutel hineingleiten. Ein Hauch von Limburger umwehte Robin. »Sag mal ... warum trägst du eigentlich immer dieses Ding mit dir rum?«

Imogen drückte den Beutel sanft an ihre Brust. »Weil er natürlich mein Freund ist«, sagte sie, »er kann prima zuhören, weißt du.«

Sie hüpfte die Stufen hinunter und lief über den Schulhof. Robin starrte ihr hinterher. Warum hatte er auch gefragt?

Er sah zu, wie sie zusammen mit der Schülerschar durch das Tor lief. Die Menge strebte in alle Himmelsrichtungen davon, nach Hause, wo Mütter noch eiligst letzte Hand an Kostüme legten und Süßigkeiten bereitstellten, wo Väter die Garagen abschlossen, Hund und Katze ins Haus holten und sich dann einen Schnaps genehmigten, um sich für den abendlichen Geisterangriff zu stärken.

Robin dachte an das alte Haus am Mistelweg, an Rufus und an sein eigenes Halloween-Kostüm. Er seufzte, und sein Atem verwandelte sich in der kalten Luft in weiße Wölkchen, die sich unmittelbar in nichts auflösten. Sofort musste er an Melvin denken und lächelte.

Er band sich den Schal enger um und lief über den mittlerweile verlassenen Schulhof. Als er das Tor passierte, schlug er den Weg zum Marktplatz ein. Rufus hatte ihm eine Bestellung mitgegeben, die er im Antiquariat abgeben sollte.

Als er sich dem Marktplatz näherte, sah er schon von Weitem, dass heute etwas anders war. Vor Pollys Laden standen üblicherweise Grabbelkisten mit Ladenhütern. Heute war der Bürgersteig wie leer gefegt. Stattdessen stand Big Ben vor dem Schaufenster und spähte hinein. Er musste Robin in der Spiegelung des Fensters bemerkt haben, denn als dieser die Straße überquerte, drehte Big Ben sich um, warf ihm einen düsteren Blick zu und ging rasch davon. Robin sah ihm verwundert nach und stolperte über die Bordsteinkante. Er fing sich, sah hoch und stellte fest, dass im Laden alles dunkel war. Er drückte die Türklinke hinunter. Abgeschlossen.

Vielleicht war Polly nur schnell etwas besorgen gegangen und würde gleich wiederkommen? Robin beschloss, etwas zu warten. Er zog die Schultern hoch und steckte die Hände in die Jackentaschen. Während er von einem Fuß auf den anderen trat, fiel sein Blick auf den Kiosk. Vielleicht wusste Mr Hooper, wann Polly zurückkommen würde? Robin überquerte die Straße und lief über den Marktplatz. Mr Hooper trat gerade mit einem Stapel Zeitungen aus dem Kiosk.

»Hallo, Mr Hooper!«

Mr Hooper wandte sich um. Erst jetzt sah Robin den Kratzer, der sich über seine Wange zog.

»Oh, hallo Robin. Ist das nicht schrecklich?«

Einen Augenblick lang war Robin verwirrt. So schlimm sah der Kratzer nun auch wieder nicht aus.

Mr Hooper schüttelte traurig den Kopf: »Die arme Pol… äh, ich meine Miss McNuff.«

»Polly?«

Jetzt war Mr Hooper verwirrt.

»Ja, weißt du es noch nicht? Sie hatte einen Unfall.«

»Einen Unfall?«

»Sie ist von der Leiter gestürzt, die Arme. Sie hatte sich mal wieder ein neues Ordnungssystem ausgedacht und seit Tagen ihre Bücher umsortiert. Gestern Abend wollte sie noch die obersten Regalfächer umräumen, da ist es dann passiert. Sie ist unglücklich gefallen und hat sich beide Beine gebrochen. Trümmerbruch.«

Trümmerbruch. Das klang böse. Robin blickte zum Antiquariat und sah in seiner Fantasie Polly auf dem Boden liegen, die Beine in absonderlichem Winkel von sich gestreckt …

Mr Hooper tastete nach Robins Schulter. »Kopf hoch! Das

wird schon wieder. Aber sie wird wohl lange Zeit im Krankenhaus bleiben müssen.« Er wiegte nachdenklich den Kopf. »Wer weiß, ob ihr die Ruhe dort nicht sogar guttut. Diese Einbrüche in letzter Zeit haben ihr sehr zugesetzt.«

»Gab es denn noch mehr Einbrüche?«, fragte Robin erstaunt, »ich habe nur von einem gewusst.«

Mr Hooper nickte düster. »Also, wenn du mich fragst, das kann nur einer von diesen Tramps gewesen sein, die am alten Viadukt hausen. Ganz schön schlau, nicht das Geld aus der Kasse zu stehlen, sondern immer nur einzelne wertvolle Bücher. Das fällt zunächst gar nicht weiter auf, zumal Polly selbst keinen Überblick über ihren Bestand hat – du weißt ja, wie schusselig sie ist. Die Polizei hat ihr schon gar nicht mehr geglaubt. Die dachten sie sei ... na ja ...« Er pochte mit dem Finger an die Schläfe. »Verdammt, ich hätte ihr so gern geholfen. Ich hätte mich ja nachts auf die Lauer gelegt und es diesem Gauner schon gezeigt, wenn ich nur nicht ...«

Seine verstümmelte Hand fuhr unwillkürlich an die Blindenbrille. Robin hatte das Gefühl, es wäre besser, das Gespräch in eine andere Richtung zu lenken. »Wie lange wird sie fort sein?«, fragte er.

»Die Ärzte sagen, wahrscheinlich bis Weihnachten.«

»So lange!«, stieß Robin aus.

Plötzlich schlug sich Mr Hooper an die Stirn. »Da wir gerade von Feiertagen sprechen ... Heute ist doch Halloween. Ich habe da etwas für dich.« Er tastete sich in den Kiosk hinein. Ein dumpfes Poltern erklang und etwas, das sich wie ein Zischen anhörte.

Als Mr Hooper wieder heraustrat, lutschte er an einem frischen Kratzer auf seinem Handrücken. Mit einem gequälten Lächeln sagte er: »Ich habe versprochen, mich um Punchkiss zu kümmern. Wir müssen uns wohl erst aneinander gewöhnen.« Er reichte Robin ein Päckchen. »Für dich. Alles Gute zum Geburtstag.«

Und bevor Robin sichs versah, stimmte Mr Hooper mit wohlklingendem Bariton »Happy Birthday« an. Noch nie hatte jemand für Robin gesungen, und schon gar nicht an seinem Geburtstag. Mr Hooper beendete seinen Vortrag mit einem dreifachen »Hurra!« und strahlte Robin an. Sprachlos starrte der auf das Päckchen. Auf dem Geschenkpapier tummelten sich aprikosenfarbene Rosen, obenauf thronte eine gewaltige Schleife.

»Polly hat es für mich eingepackt. Ich bin in solchen Dingen nicht so geschickt«, sagte Mr Hooper, »aber den Inhalt habe ich ausgesucht. Gefällt es dir?«

Robin riss Schleife und Papier weg. Ungläubig betrachtete er die goldenen Buchstaben auf dem Einband. »Die Jubiläumsausgabe von *Snurps galaktischen Abenteuern*«, rief er, »Mr Hooper, das … Das … Das ist 'ne Wucht! Vielen Dank!«

»Freut mich, dass es dir gefällt. Übrigens, als was wirst du dich heute Abend verkleiden?«

Robins Stimmung bekam einen Dämpfer. Wie jedes Jahr

hatte er Rufus angebettelt, ihm doch endlich ein Kostüm zu schenken. Etwas richtig Gruseliges wie Frankenstein, Dracula oder wenigstens ein Skelett. Doch Rufus hielt nicht viel von Halloween.

»Als Lumpenmonster«, nuschelte er.

»Lumpenmonster?«, rief Mr Hooper, »was für eine originelle Idee! Endlich mal was anderes als Zombie und Vampir. Wie bist du denn darauf gekommen?«

Robin fand es sehr freundlich von Mr Hooper, so etwas zu sagen, aber selbst vor ihm mochte er nicht zugeben, dass die Idee aus der Not heraus geboren war. Aus der Altkleidersammlung hatte er sich ein paar Sachen zusammengeklaubt und versucht, etwas daraus zu basteln, was als Kostüm durchgehen mochte. Glücklicherweise blieb ihm eine Antwort erspart, denn in dem Moment hob Mr Hooper den Kopf und richtete seine schwarz glänzenden Brillengläser über Robin hinweg auf die andere Seite des Marktplatzes. »Na, wenn das nicht Rory Gilligans zarte Elfenschritte sind, die ich da höre«, rief er.

Ein Hüne von einem Mann in einem olivgrünen Overall walzte auf sie zu. Sein Kreuz war so breit, dass er die Schultern einziehen musste, wenn er durch eine Tür ging. Früher hatte er in der Rugby-Nationalmannschaft gespielt, heute züchtete er Petunien.

Seine Frau Tess kümmerte sich um den Gasthof, den sie großherzig *Hotel Majestic* genannt hatte und mit dessen Leitung sie hoffnungslos überfordert war. Dennoch war die Gaststube immer gut besucht. Tess liebte Menschen und die Menschen liebten sie. Mit ihrem Lachen hätte sie eine ganze Armee im Handumdrehen entwaffnen können. Wer wollte bei so viel Charme noch kleinlich sein und Nichtigkeiten bekritteln, wie zum Beispiel eine Schnecke im Salat? (Es war wirklich nur eine klitzekleine Babyschnecke gewesen.)

»Hallo, ihr zwei«, rief Rory, »wisst ihr, woran ich erkenne, dass Halloween ist? Meine Spezialsäcke für Gartenabfälle bekommen plötzlich Beine!« Er schüttelte den Kopf. »Richie meint, ich bekomme nicht mit, dass er sie mopst und an seine Klassenkameraden verhökert. Dieser Racker!«, schimpfte er. Doch man sah ihm an, dass er insgeheim stolz war auf seinen draufgängerischen Sohn. »Tess hat schon Tonnen von Süßigkeiten zurechtgelegt. Halloween wird dieses Jahr die reinste Folter für sie – sie hat gerade zwölf Wochen Kiwi-Diät hinter sich.« Er senkte die Stimme: »Einen Unterschied sieht man aber kaum. Was soll's, erspart das Kostüm. Sie geht locker als Fesselballon durch.«

Robin fand es ziemlich respektlos, wie Mr Gilligan von seiner Frau sprach. Obwohl … sie war schon ziemlich dick. Wenn Tess durch eine Tür ging, waren nicht die Schultern das Problem.

»Und du, John, welches Kostüm hast du dir für heute ausgedacht?«, wandte er sich an Mr Hooper.

»Ich dachte, ich verkleide mich als Blindenhund.«

Rory sah ihn einen Augenblick verdutzt an, dann röhrte er

los: »John, dein Humor ist schwärzer als deine verdammte Brille!« Er schüttelte sich vor Lachen, legte ein paar Münzen hin und nahm sich drei Gartenzeitschriften. »Das muss ich sofort Tess erzählen. Blindenhund, du liebe Güte!« Glucksend ging er über den Marktplatz auf das *Majestic* zu. Bevor Mr Hooper wieder auf das Thema Kostüm zurückkommen konnte, nahm auch Robin Abschied.

»Äh, ich muss dann auch los. Rufus wird wissen wollen, was Polly passiert ist. Also dann, nochmals vielen Dank für das Geschenk und Ihnen ein schönes Halloweenfest!«

»Dir auch. Viel Spaß und fette Beute«, sagte Mr Hooper. Als Robin schon ein paar Schritte gegangen war, rief er ihm noch hinterher: »Du weißt doch, was man sagt, oder? An Halloween Geborene können Geister sehen.« Er winkte ihm nach und tastete sich wieder in seinen Kiosk hinein. Diesmal war Punchkiss' wütendes Fauchen bis auf die andere Straßenseite zu hören.

Auf dem Heimweg dachte Robin über Mr Hooper nach. Woher hatte er nur gewusst, dass Robin heute Geburtstag hatte? Vielleicht hatte Polly es ihm verraten? Und wie ritterlich von Mr Hooper, dass er sich bereit erklärt hatte, sich um ihren grässlichen Kater zu kümmern. Ehrfürchtig strich Robin mit der Hand über die Jubiläumsausgabe. Noch nie hatte er ein so tolles Geschenk bekommen. Melvin würde vor Neid gelb anlaufen.

Er hielt inne. Ihm schoss der Gedanke durch den Kopf, dass Melvin irgendwie auch eine Art Geschenk war, denn seit seinem Auftauchen hatte sich Robins Leben gewaltig verändert.

Nach einer Reihe rätselhafter Vorkommnisse machte Freddy inzwischen einen großen Bogen um ihn. Robin musste lächeln, als er an den ersten Schultag nach den Ferien zurückdachte.

Nach der großen Pause stand Heimatkunde an. Als Robin in seine Schultasche langte, um sein Buch herauszuholen, zuckte er erschrocken zurück. Ein Dutzend fetter Kakerlaken wuselte zwischen seinen Büchern und Heften herum. Er drehte sich zu Freddy, doch der guckte nur konzentriert an die Decke. In dem Moment forderte Mrs Keeman Robin auf, das Kapitel über die Schlacht von Galomé vorzulesen.

Sollte Robin in das grausige Gewimmel hineingreifen? Oder lieber sagen, dass er das Buch vergessen habe? Dann würde er allerdings eine saftige Strafarbeit bekommen.

Robin schüttelte es vor Ekel. Mit zugekniffenen Augen langte er in seine Tasche – doch nichts passierte. Überrascht schlug er die Augen auf. Die Kakerlaken waren verschwunden.

Im nächsten Augenblick stieß die dicke Noralee Simpson einen spitzen Schrei aus und sprang erstaunlich behände auf ihren Tisch. Ihr bebender Zeigefinger deutete auf das Lehrerpult. Mit Ausnahme von Imogen, die nur milde interessiert aufsah, geriet die gesamte Klasse in Panik, als aus Mrs Keemans Federmäppchen eine Kakerlake nach der anderen herauskroch.

Mrs Keeman selbst verzog keine Miene. Nur ihre Augen verengten sich leicht, als ihr Blick der Insektenarmee folgte, die sich von der Kante ihres Schreibtisches zu Boden fallen ließ, schnurstracks auf Freddy zumarschierte und zutraulich in seine Tasche krabbelte. Mrs Keeman sagte keinen Ton, aber der Blick, mit dem sie Freddy fixierte, erinnerte an eine angriffslustige Kobra.

In den folgenden Wochen verbrachte Freddy viel Zeit in der Schulaula, wo er den arg mitgenommenen Boden polierte. Mit einer Zahnbürste.

Als Robin Melvin später fragte, wie er das nur hingekriegt hatte, sagte dieser: »Kakerlaken sind viel besser als ihr Ruf. Man muss sie nur höflich fragen.«

Von Melvin lernte Robin überhaupt eine Menge Dinge.

Da waren beispielsweise die neuen Spiele. Neben Alibaba gab es noch Knaddelpaddel, Ratzfatz oder Snoogle. Robin konnte sich gar nicht mehr erklären, was er an Mau-Mau so spannend gefunden hatte. Die Karten verstaubten im Regal.

Eines Tages fand Melvin im Gerümpel des Dachbodens einen Campingkocher und zeigte Robin, wie man Popcorn machte. Die langen, stürmischen Herbstnachmittage verbrachten sie in seiner Kammer, stöberten in den alten Sachen herum oder lasen Comics und futterten Popcorn, das je nach Wochentag rot, blau, lila, grün, gelb, orange oder pink war. Seit er Melvin kannte, wusste Robin zudem, dass Igel eine Schwäche für Graupen hatten.

Als Robin in den Mistelweg einbog, dämmerte es schon. Die Veranden und Fenster der Häuser waren mit Kürbissen, Plastikfledermäusen, Gummiskeletten und Lampions dekoriert. Nur die letzten beiden Häuser der Straße waren ungeschmückt und sahen düster und traurig aus.

»Fröhliches Halloween, Mrs Stickforth!«, rief er, als er am ersten vorbeiging.

»WERD NICHT FRECH, MILLER!«, schoss es von der Veranda zurück.

Mrs Stickforth hielt genauso wenig von Halloween wie Rufus. Wenn Kinder bei ihr klingelten und um Süßigkeiten bettelten, warf sie ihnen eine Handvoll Nussschalen in die Tüten.

Kaum hatte Robin die Haustür aufgeschlossen, stürmte Rufus aus seinem Arbeitszimmer. »Wo warst du denn so lange?«

Robin berichtete von seinem vergeblichen Weg zum Antiquariat und von Pollys Unfall. »Mr Hooper sagt, die Ärzte hätten gesagt, dass sie bis Weihnachten im Krankenhaus bleiben muss.«

Rufus starrte ihn an. »Bis Weihnachten?«, wiederholte er. Seine Augenbrauen zogen sich zu einem buschigen Balken zusammen. »Das kann sie mir doch nicht antun!«, polterte er los, »verdammt, wo kriege ich jetzt meine Bücher her? Wie in aller Welt kommt sie überhaupt auf die Idee, ihren Laden aufzuräumen!«

Er wollte sich schon abwenden, da schien ihm etwas einzufallen. Seine Hand schoss vor und drückte Robin ein Päckchen an die Brust. »Alles Gute zum Geburtstag.« Es klang wie ein Pistolenschuss. »Also dann ... auf dem Herd steht Graupensuppe. Die magst du doch so gern. Ich ... Ich muss noch arbeiten.« Kopfschüttelnd wandte er sich ab: »Von der Leiter gefallen!«, grollte er, stapfte in sein Zimmer und schlug die Tür hinter sich zu.

»Danke«, murmelte Robin in den leeren Flur hinein und betrachtete das Päckchen. Das krumpelige Packpapier wurde von einem Schnürsenkel zusammengehalten. Als Robin es auswickelte, fiel ihm ein Bündel Hefte entgegen. Auf der Banderole stand in fetten Lettern: *Hausaufgabenplaner: zehn für den Preis von drei!*

Robin seufzte und ging in die Küche. Er schöpfte die Hälfte der Graupensuppe in eine Schüssel, öffnete die Verandatür und stellte sie unter die Treppe. Dann ging er in sein Zimmer hinauf. Er öffnete die unterste Schublade seines Schreibtisches und legte Rufus' Geburtstagsgeschenk zu den anderen. Mit den Jahren hatte sich ein beachtlicher Stapel unberührter Hausaufgabenplaner angesammelt. Die Schublade ließ sich kaum noch schließen.

Robin schnappte sich den Jubiläumsband, vergewisserte sich, dass die Zimmertür fest geschlossen war, und spannte eine Schnur um die Klinke. Die Schnur führte durch den begehbaren Kleiderschrank zum Dachboden hinauf und endete an Harrisons Brustbein – so hatten Melvin und er das Skelett getauft. An seinen Rippen baumelten Dutzende kleiner Glöckchen, die Robin in einer Kiste mit altem Weihnachtsschmuck gefunden hatte. Rufus kam zwar so gut wie nie in sein Zimmer, aber falls doch …

Er ging in seinen Kleiderschrank, schob die Kleider auf der Stange zur Seite, schlüpfte durch die Tapetentür und erklomm die Treppe zum Dachboden. Oben angekommen, wand er sich durch das Gerümpel hindurch zum Monsterschrank, öffnete die Spiegeltür und stieg über Bärenfell und Federboa. Kaum hatte er die Hand gehoben, um an die Geheimtür zur Kammer zu klopfen, die Melvin so geschickt in die Rückwand gebaut hatte, öffnete der sie schon schwungvoll von innen.

Robin zuckte zurück.

Einen verrückten Augenblick lang dachte er, die Kammer stünde in Flammen, so sehr glühte sie in leuchtendem Orange. Wo man auch hinsah, flackerte und flimmerte es in ausgehöhlten Kürbissen und Lampions. Melvin strahlte ihn an. Sein Fell glänzte tieforange und irgendetwas hatte er mit seinen Tupfen angestellt. Offenbar hatte er versucht, sie wie Totenköpfe aussehen zu lassen, sie sahen aber eher aus wie knubbelige Kartoffeln.

»Herzlichen Glückwunsch, Kumpel!«, rief er und zog ihn in die Kammer hinein.

Robin war überwältigt.

»Mensch, Melvin …« Er plumpste in den Sessel und bestaunte eine Wolke von Glühwürmchen, die in der Luft herumschwirrte. Abwechselnd bildete sie die Worte: *Happy Birthday, Robin* und *Alles Gute zum elften Geburtstag.* Melvin zauberte eine Torte hinter seinem Rücken hervor. Den Rand zierte eine Reihe von Kerzen.

»Kürbis-Karamell-Bombe«, verkündete Melvin stolz, »die Schrumpfköpfe sind aus Marzipan!« Schwungvoll schnitt er die Torte an und reichte Robin einen Teller mit einem knappen Drittel des gesamten Kuchens. Während sich Robin hungrig daraufstürzte, eilte Melvin zum Weltempfänger. Es rauschte und knackste, als er an den Knöpfen drehte. Robin lächelte in sich hinein. Es hatte eine Weile gedauert, bis er begriffen hatte, dass Monster zwar über eine Menge außergewöhnlicher Sinne verfügten, jedoch unfähig waren, Musik zu machen. Dabei waren sie ganz verrückt danach.

Endlich fand Melvin den Radiosender, den er suchte. Aus dem Lautsprecher knisterte es los: *Ein Freund, ein guter Freund, das ist das Beste, was es gibt auf der Welt …*

Melvin schnappte sich ein Stück Torte, ließ sich in seine Hängematte fallen und warf Robin einen Beutel in den Schoß. »Das ist für dich.«

Überrascht zog Robin an der Lederschnur, die den Beutel zusammenhielt, und ein seltsames Objekt glitt heraus. Es war kaum größer als sein Handteller und bestand aus einem ziselierten Messingring, in dessen Mitte etwas hing, das an eine halbierte Murmel erinnerte. Im Licht der Kerzen funkelte sie geheimnisvoll.

»Danke!«, sagte er, »es ist wunderschön. Aber … äh, was ist das?«

»Das ist ein Noogle«, sagte Melvin, »ein Nachtauge. Damit kann man im Dunkeln sehen.«

»Du machst Witze, oder?«

»Versuch's mal!«

Robin drehte sich zum Fenster und hielt das Noogle vor ein Auge. Vor Staunen glitt er fast vom Sessel. Klar und deutlich zeichnete sich jede Einzelheit im stockfinsteren Garten ab.

»Dreh mal am Ring«, sagte Melvin.

Robin drehte den Ring halb herum und stieß einen kleinen Schrei aus. In hundertfacher Vergrößerung erschien eine Ameise, die gerade ihre Kieferzangen in einen Kürbiskern grub.

Er drehte das Rad etwas zurück, schwenkte nach rechts und entdeckte einen Igel, der seine winzige Schnauze in die Luft streckte. Robin konnte jedes einzelne Tasthaar erkennen. »Wo hast du das her? Das muss ziemlich wertvoll sein.«

Hinter seinem Rücken lief Melvin rosa an, murmelte etwas von einem Onkel Melrose und Nachtblindheit und stopfte sich rasch noch ein Stück Torte in den Mund. Doch Robin bemerkte es gar nicht, er war zu sehr damit beschäftigt, den Igel zu beobachten, der nun aus dem Kürbisbeet trat und zielstrebig auf die Verandatreppe zuwatschelte, wo Robin die Schüssel mit Graupensuppe hingestellt hatte. Er grinste: »Gigantisch!«

Melvin schleckte sich die Finger ab und griff nach dem Jubiläumsband. »Hat Rufus dir das geschenkt?«

Robin riss sich vom Fenster los und verstaute das Noogle sorgfältig in seiner Hosentasche. »Nein, von Rufus gab es das Übliche – einen Stapel Hausaufgabenplaner. Das da hat mir Mr Hooper geschenkt.«

Melvin blätterte andächtig die Seiten um: »Wow! Er ist ein prima Kerl, nicht?«

»Ja, er ist echt nett.« Robin überlegte. »Vielleicht sogar zu nett.«

»Wie meinst du das?«

»Stell dir vor, er kümmert sich jetzt um Punchkiss.« Robin berichtete von Pollys Unfall, den rätselhaften Einbrüchen im Antiquariat und von Mr Hoopers Verdacht. »Mr Hooper meint, das kann nur einer von den Tramps sein, die am alten Viadukt hausen.«

»Was sind Tramps?«, fragte Melvin.

»Vagabunden. Landstreicher. Obdachlose.«

»Obdachlose?«

»Leute, die kein Zuhause haben.«

»Kein Zuhause?«

»Sie trinken und prügeln sich andauernd. Die Leute mögen Tramps nicht besonders. Aber solange sie sich nur gegenseitig verprügeln … Noralee Simpson behauptet sogar, sie fangen Stinktiere, Opposums und Ratten – und *essen* sie!«

»Hört sich an wie eine Bande Grontscher.«

»Grontscher?«

»Kaukasische Spitzschuppler. Jähzornige Gesellen. Sperr einen allein in einer Höhle ein und er fängt eine Schlägerei mit sich selbst an.«

»Mit sich selbst?!«

Melvin öffnete den Mund, um zu antworten, kam jedoch nicht dazu. Wie von der Tarantel gestochen, sprang er aus der Hängematte und tastete hektisch sein Fell ab.

»Was hast du?«

»Mein Hatchpatch vibriert. Wo habe ich es nur – ah!« Er fingerte den Stofffetzen aus einer Tasche und warf ihn an die Wand. Kaum hatte er sich festgesogen, schoss aus dem Loch ein Briefumschlag hervor, wirbelte über ihre Köpfe hinweg, schlug einen Salto und segelte dann vor Melvins Füße.

»Was ist das?«, fragte Robin.

Melvin starrte den Briefumschlag an.

»Ein Brief von der Prüfungskommission«, sagte er tonlos.

»Ist das gut oder schlecht?«, fragte Robin.

Melvin schluckte: »Kommt drauf an, was drinsteht.«

Sein Fell wurde blassblau.

Kapitel 9

Monsterpost

Stumm sahen sie auf den Briefumschlag der Prüfungskommission hinunter. Das Siegel war rot wie Blut.

»Man könnte den Brief aufmachen und nachsehen«, schlug Robin schließlich vor.

»Ja, das könnte man …« Melvin rührte sich nicht von der Stelle.

»Soll ich vielleicht …?«, bot sich Robin an.

Melvin nickte und kniff die Augen zu.

Robin hob den Briefumschlag auf, brach das Siegel und zog zwei Blätter aus dem Umschlag heraus. Das Papier war steif und dick, den Briefkopf zierte eine erhabene Goldprägung mit der Aufschrift: *St. Ulfried Akademie, gegründet 1649.* Robin räusperte sich und las vor:

ERGEBNISSE DER ABSCHLUSSPRÜFUNG, TEIL 1

THEORIE

ASPIRANT: Melvin Theophilus Montgomery,
SPEZIES: Pelsitus, Europäisch Semi-Langhaar, Blue Tabby

ERGEBNISSE DER EINZELFÄCHER

Bluffen:	18 Punkte
Navigation:	15 Punkte
Naturkunde:	13 Punkte
Heilkunde:	10 Punkte
Geschichte:	10 Punkte
Humanistik:	10 Punkte
Echotik:	6 Punkte
Alte Sprache:	3 Punkte
Dromologie:	1 Punkt

Ihre Gesamtpunktzahl beträgt 86 von 100 möglichen Punkten
(Mindestpunktzahl: 85)

Sie haben somit die Zulassung zur Abschlussprüfung, Teil 2, Angewandte Praxis, erlangt.
Die spezifischen Details entnehmen Sie bitte dem beiliegenden Anhang.

Melvin riss die Augen auf: »Ich hab's geschafft?«, rief er ungläubig, packte Robin an den Schultern und wirbelte ihn herum. »Ich hab's tatsächlich geschafft!« Melvin ließ Robin abrupt los und hüpfte auf den Sessel. »Geschafft, geschafft, geschafft!«, rief er und hopste auf und nieder.

Taumelnd rappelte sich Robin auf und besah neugierig den Brief. Er fand es ungeheuer interessant, welche Fächer ein Monster hatte. Geschichte und Naturkunde, das sagte ihm was, unter Navigation und Heilkunde konnte er sich etwas vorstellen, aber was um Himmels willen bedeutete Dromologie?

Während Melvin zum Radio rannte und einen anderen Sender suchte, überflog Robin das zweite Blatt:

ABSCHLUSSPRÜFUNG, TEIL 2
ANGEWANDTE PRAXIS

PRÜFUNGSAUFGABE: Erläutern Sie die Acht Säulen:

· WER HAT SIE ERSCHAFFEN?
· AUS WELCHEM MATERIAL WURDEN SIE ERBAUT?
· BENENNEN SIE IHRE ZEICHEN.

Wir weisen Sie darauf hin, dass Sie nur drei Versuche haben.
Ihre Antwort muss spätestens bis Belthane erfolgen.
Beachten Sie, dass Sie den Titel »Schutzmonster, Klassifikation 1«
erst nach erfolgreichem Abschluss des praktischen Teils erlangen.

Mayella Foggyweather
Stellvertretende Prüfungskommissarin

Aus dem Radio schmetterte Blasmusik. Melvin verfiel in einen Siegesmarsch.

»Äh, Melvin …«, Robin hielt den Brief hoch, »… ich unterbreche dich ja nur ungern, aber hier steht noch was von einer praktischen Prüfung.«

»Ja, ich weiß!«, winkte Melvin ab und ließ sich in die Hängematte fallen. »Reine Formsache. Was ist es denn? Soll ich einem Bronfer die Schuppen polieren?«

»Nein. Du sollst nur erklären, was die, äh, *Acht Säulen* sind.«

Melvin hob verdutzt den Kopf: »Was WAS ist?«

»Acht Säulen.« Er reichte Melvin den Brief. Irgendetwas regte sich schwach in Robins Hinterkopf. Ihm kam es fast so vor, als hätte er schon mal davon gehört.

»Keine Ahnung, was das sein soll«, murmelte Melvin und setzte sich auf. Seine Augen huschten über die Zeilen, dann erhellte sich seine Miene: »Hey, hier steht, ich habe noch bis Belthane Zeit, also bis zum 1. Mai!« Er stopfte das Papier in eine seiner Felltaschen und sprang aus der Hängematte. »Vergiss es, das sind fünf Monate. Darüber zerbrech ich mir doch jetzt nicht den Kopf. Heute ist Halloween! Los, höchste Zeit, auf Beutezug zu gehen!« Er öffnete den Überseekoffer und zog ein Kostüm heraus.

Robin schossen eine Menge Fragen durch den Kopf, doch bevor er auch nur eine stellen konnte, hatte Melvin ihm das Kostüm schon übergestülpt und half ihm, sich hineinzuwurschteln. Als Robin nach einigen vergeblichen Versuchen den Kopf durch eine Öffnung zwängte und wieder zu Atem kam, japste er: »Was ist eigentlich Dromologie?«

»Traumdeutung«, schnaubte Melvin, drehte Robin hin und her und zupfte das Kostüm zurecht. »Die Lehre der Traumsymbole und was sie bedeuten ... etwa in der Art wie ... äh ... *Spinne auf dem Bett* heißt: *Dir steht eine Prüfung bevor, Spinne unter dem Bett* weist auf Blasenschwäche hin ...«, er stockte, »oder war es umgekehrt? Ach egal, ich habe mir den ganzen Quatsch sowieso nie merken können. Zum Glück war es nur ein Nebenfach.«

Melvin hielt plötzlich inne, trat einen Schritt zurück und beäugte ihn. Robins Kopf lugte aus einem Hosenbein hervor, sein rechtes Bein aus einem Ärmel und sein linkes Bein aus der Halsöffnung.

Irgendetwas fehlte.

Melvin kratzte sich am Hinterkopf: »Wo zum Teufel ist dein zweiter Arm geblieben?«

Melvin und Robin waren den ganzen Abend unterwegs, und es ging schon auf Mitternacht zu, als sie den Weg nach Hause einschlugen. Robins Tüte schleifte schwer über den Boden, und Melvins Taschen waren so prall gefüllt, dass er mit den Armen und Beinen weit ausholen musste, um das Gleichgewicht zu halten. Sie schleppten sich über den im Mondlicht schlafenden Marktplatz und ließen sich auf die Stufen des Brunnens fallen. Die kahlen Äste der Linde warfen ein Schattengespinst über den Brunnen. In die nächtliche Stille hinein drang das leise Plätschern der Wasserspeier.

Robin rieb sich die schmerzenden Arme. Er hätte schwören können, dass sie im Laufe des Abends einige Zentimeter länger geworden waren. Neben ihm raschelte es leise, und kurz darauf hörte er ein Schmatzen: »Mmh, Kokosnuss …«

Robin musste grinsen.

Noch nie zuvor hatte er an Halloween so viele Süßigkeiten erbeutet. Allerdings war er auch noch nie zuvor an Halloween mit einem echten Monster unterwegs gewesen, das durch Mauern und Türen hindurch erschnuppern konnte, ob dort Äpfel, Nüsse und selbst gebackene Müslischnitten bereitlagen oder fette Schokoriegel, Gummibärchen, Lakritzstangen und Mäusespeck.

Dabei war es beim ersten Haus, das Melvin ausgesucht hatte, fast zum Streit gekommen.

Als nämlich Robin gerade auf die Klingel drücken wollte, nahm er eine Bewegung aus dem Augenwinkel wahr. Irritiert wandte er den Kopf und erblickte Melvin. Der war von Kopf bis Fuß …

»Melvin, du bist sichtbar!«, zischte Robin.

Melvin nickte eifrig und wisperte: »Ja, genau! Das ist das Beste an Halloween. Ich muss mich nicht verstecken. Die einzige Nacht des Jahres, in der ich mich zeigen kann.«

»Bist du übergeschnappt?«

»Keine Sorge! Überleg doch mal, die Leute werden glauben,

das ist ein Kostüm.« Voller Vorfreude strahlte er Robin an: »Vertrau mir, ich habe alles im Griff!«

Das letzte Mal, als Robin diese Worte gehört hatte, war Melvin um ein Haar von Rufus entdeckt worden. Er wollte protestieren, doch Melvin langte flink an ihm vorbei und drückte den Klingelknopf.

Ein stummes Gerangel brach aus, als Robin versuchte, Melvin über das Verandageländer ins Gebüsch zu schubsen. Da flog die Tür auf und eine Frau in einem giftgrünen Hexenkostüm erschien.

Melvin hüpfte in den Lichtkegel hinein, der vom Flur auf die Veranda fiel. Die Frau zuckte zurück, ihr Mund bildete ein stummes O. Da machte Melvin riesengroße Kulleraugen und blickte die Frau von unten herauf an wie ein verlorenes Kätzchen.

»Süßes oder Saures?«, schnurrte er los.

»HHHIIIII!«, kreischte die Frau, »seid ihr aber süüüüüß!«

Kieksend verschwand sie mit wehendem Umhang im Haus, um gleich darauf mit einem Wäschekorb voller Süßigkeiten wiederzukommen. »Was bist du denn, mein Kleiner?«

»Ein Lumpenmonster«, sagte Robin, während er staunend zusah, wie sie haufenweise Schleckereien in seine Tüte füllte.

»Wie originell!«, giggelte sie, »und du?«

Melvin streckte die Brust heraus: »Ein Schutzmonster.«

»HHHIIIII! Ist das süüüüüß …«

So oder so ähnlich war es ihnen auf der ganzen Halloweentour ergangen. Wo immer sie geklingelt und ihren Spruch aufgesagt hatten, waren sie mit stürmischem Hallo begrüßt, die Kostüme mit vielen *Ahs* und *Ohs* bewundert und die Tüte so reichlich gefüllt worden, dass sie schon bald zu platzen drohte. Zum Glück hatte Melvin noch so viele Taschen in seinem Fell.

Melvin fischte das Hatchpatch heraus, warf es vor sich auf den Boden und begann, seine Taschen zu leeren. Knisternd verschwanden die Süßigkeiten nach und nach in dem Loch. Das erinnerte Robin an etwas, das er Melvin schon lange hatte fragen wollen.

»Melvin, wie ist das eigentlich so, wenn man unsichtbar ist?«

»Wie meinst du das?«

»Na ja, wie fühlt es sich an?«

Melvin ließ Brausezuckerstangen ins Hatchpatch gleiten: »Also am Anfang ist es ziemlich ungewohnt, es fühlt sich an wie …«, er überlegte, »es fühlt sich an, als ob dein Fell gegen den Strich gebürstet wird. Aber daran gewöhnt man sich mit der Zeit.«

Er schaufelte Schokoriegel ins Loch.

»Macht es auch Spaß?«

»Schon. Nur bei Dauereinsätzen wird es unangenehm. Nach ein paar Tagen fängt es an zu jucken. Dann bist du froh, wenn du wieder mal in deiner eigenen Haut steckst.«

Darüber musste Robin nachdenken. Halloween war für ihn das Größte, es fand aber nur einmal im Jahr statt. Er versuchte sich vorzustellen, wie es wäre, wenn er sich jeden Tag verkleiden und sich jedes Mal in sein Lumpenkostüm zwängen müsste, bevor er das Haus verlassen würde, ganz zu schweigen davon, wie es wäre, wochenlang darin herumlaufen zu müssen. Unvermittelt spürte er ein Jucken am Hals.

Melvin füllte Riesenmarshmallows ins Loch. »Glaubt man einer alten Legende, soll es mal eine Zeit gegeben haben, in der sich Monster gar nicht unsichtbar machen mussten, in der sie ganz normal mit den Menschen zusammenlebten ... Oh, Mist, die sind ja vielleicht klebrig ...« Er griff an den Rand des Hatchpatchs und rüttelte energisch daran. Mit einem rülpsenden Geräusch löste sich die Verstopfung.

Robin achtete nicht darauf, denn etwas auf der anderen Seite des Marktplatzes hatte seine Aufmerksamkeit erregt. Er starrte zu Pollys Laden hinüber. Still und dunkel lag er da – und doch glaubte er, eben etwas gesehen zu haben.

Melvin fuhr nachdenklich fort: »Damals sollen die Menschenwelt und die *Mentora*, also die Welt der Monster, noch eins gewesen sein, und Monster hießen noch *Mentores* ... Was für ein verstaubtes Wort. Klingt nach etwas, was man aus dem Museum ausgebuddelt hat, was?«

»Hmm ...« Robin nickte, ohne die Augen vom Antiquariat abzuwenden, doch die Schaufenster blieben stockdunkel. Er hatte sich wohl getäuscht.

Melvin griff sich Robins Tüte und stülpte sie um. Knisternd und raschelnd rauschten die Süßigkeiten ins Hatchpatch.

»Also, wenn du mich fragst, *Monster* hat doch viel mehr Klasse. Was meinst du?«

Da! Da war es wieder! Im Antiquariat glomm für den Bruchteil einer Sekunde ein Licht auf.

»Sag mal, hörst du mir überhaupt zu?« Melvin stupste ihn in die Seite. Doch statt einer Antwort packte Robin Melvins Arm und deutete auf die andere Seite des Marktplatzes.

»Was …?«, fragte Melvin, doch in diesem Augenblick sah er es.

Im Inneren des Antiquariats glommen Lichter auf, irrten kurz umher und verschwanden wieder.

»Da ist jemand im Laden!«, zischte Robin.

Melvin linste argwöhnisch auf die andere Straßenseite und schnupperte. »Vielleicht Punchkiss?«

Kurz darauf spürte Robin wieder ein Kribbeln in der Luft, und er sah, dass Melvins Hörner schwach pulsierten.

»Und, was siehst du?«, fragte er ungeduldig.

Melvin schüttelte den Kopf: »Nichts zu machen. Es sind zu viele Regale dazwischen. Aber Punchkiss ist es nicht. Was auch immer im Laden ist, es ist viel größer und bewegt sich auf zwei Beinen.«

Robin musste an Polly denken, die mit zertrümmerten Beinen im Krankenhaus lag. Jäh durchlief ihn eine Welle heißer Wut. »Ich gehe nachsehen«, sagte er grimmig und huschte los.

»Hey, Moment!« Melvin verstaute hastig das Hatchpatch und hetzte hinterher.

Robin schlug einen Bogen um das Antiquariat und schlich in eine Seitengasse zum Hintereingang. Melvin holte ihn ein. »Was hast du vor?« Doch da hatte Robin schon die Hand auf die Klinke gelegt.

Vorsichtig schlichen sich die beiden hinein und fanden sich in einer winzigen Teeküche wieder, in der es durchdringend nach Katzenfutter roch. Gegenüber erkannten sie eine halb geöffnete Tür, die in den Laden führte. Sie schlängelten sich durch den Spalt und huschten lautlos in die nächste Regalreihe. Mit klopfendem Herzen lauschten sie. Ein leises Scharren drang von irgendwo weiter vorne zwischen den Regalen hervor. Melvins Nackenhaare stellten sich senkrecht. Er machte stumme Zeichen, doch noch bevor Robin begreifen konnte, was er vorhatte, war Melvin schon verschwunden.

POLTER!

Robin stockte der Atem. Was war passiert? Mit klopfendem Herzen tastete er sich an der Regalreihe entlang und schielte um die Ecke. In der Dunkelheit des Ladens konnte er die Umrisse einer massigen Gestalt ausmachen. Sie beugte sich vornüber und zerrte an etwas. Schnaufend richtete sie sich auf und …

Wo normalerweise die Augen eines Menschen sein sollten, blitzten für den Bruchteil einer Sekunde zwei glutrote Schlitze auf.

Robin schnellte zurück und biss sich in die Hand, um nicht laut aufzuschreien. Was war das? Und wo war Melvin? Wenn es nur nicht so dunkel wäre! Da fiel ihm das Noogle ein. Mit zitternden Händen fummelte er es aus der Tasche, nahm all seinen Mut zusammen und spähte erneut um die Ecke.

Ein markerschütterndes Gebrüll ließ augenblicklich den ganzen Laden erzittern. Robin ließ vor Schreck das Noogle fallen, und im nächsten Moment bekam er einen gewaltigen Stoß, wurde über den Haufen gerannt und landete in einem wilden Knäuel aus Armen, Beinen und Fell.

Verzweifelt trat und boxte er um sich, bekam etwas zu fassen und krallte sich daran fest. Jemand jaulte auf, ein gewaltiger Ruck – und dann traf Robin etwas mit der Wucht eines Medizinballs in den Magen. Sein Innerstes schien zu explodieren, tausend bunte Lichter tanzten vor seinen Augen und jäh wich alle Kraft aus ihm. Bevor er ohnmächtig wurde, merkte er noch, wie jemand grob an ihm zerrte. Dann versank er in tintenschwarzem Nichts.

Kapitel 10

Unter Tramps

Robin flog.

Mit ausgebreiteten Armen glitt er über Wälder und Wiesen dahin. Ein leichtes Drehen der Handflächen genügte, und schon sank oder stieg er, wie es ihm gerade gefiel. Noch nie hatte er sich so leicht und frei gefühlt. Übermütig schlug er einen Salto – und merkte sofort, dass das ein Fehler gewesen war. Wie ein Amboss schoss er in die Tiefe. Wild mit Armen und Beinen rudernd, versuchte er, wieder an Höhe zu gewinnen – umsonst. Er sah die Waldlichtung auf sich zurasen, erkannte den Druidenstein, sah den scharf gezackten Spalt … Robin kniff die Augen zusammen.

FLUMPH!

Er fiel noch immer. Verdutzt blickte er um sich. In einem Schauer kunterbunter Süßigkeiten rauschte er durch eine dämmrige Röhre. In den Wänden waren Dutzende Schubladen und Nischen eingelassen. Er erhaschte einen Blick auf eine Nische voller Schneebesen, in einer anderen baumelten kopfüber Fledermäuse, in der nächsten spie ein Topf buntes Popcorn aus. Und vor einer lampiongeschmückten Nische, die einem Kamin ähnelte, saßen Rose und Walter auf einem Überseekoffer und winkten ihm zu.

Robin riss vor Staunen den Mund auf. Prompt schoss ein Riesenmarshmallow hinein und riss ihn nach hinten. Er geriet ins Kreiseln, trudelte hilflos um sich selbst, wusste nicht mehr, wo oben und unten war, drehte sich immer schneller, und dann breitete sich in seinem Mund auch noch der Geschmack des Marshmallows aus. Statt Vanille oder Erdbeere schmeckte Robin verbrannte Graupensuppe.

RRRRRR … RRRRRR … RRRRR …

Langsam kam er zu sich. Er hielt ganz still. Ihm war furchtbar schlecht, und er hatte Angst davor, sich übergeben zu müssen, rührte er auch nur einen Finger.

RRRRRR … RRRRRR … RRRRR …

Dankbar fühlte er, wie die Übelkeit etwas nachließ. Was war das nur für ein Geräusch? Mühselig öffnete er die Augen und erkannte verschwommen sein Zimmer wieder. Draußen war es schon hell. Er lag in seinem Bett. Vorsichtig wandte er den Kopf. Neben ihm saß Melvin und sah ihn besorgt an. Das Geräusch kam von ihm. Er schnurrte.

RRRRRR … RRRRRR … RRRRR …

Übelkeit und Schwindel verflogen, aber irgendetwas stimmte noch nicht mit Robins Augen. Melvin hatte drei Hörner.

»Wasnlos?«, nuschelte Robin.

Melvin atmete erleichtert auf. »Du hast mir vielleicht einen Schreck eingejagt. Ich schnurre mir schon den Kehlkopf wund.«

»Was … Was ist passiert?«

»Ich dachte, das könntest du mir sagen. Ich habe einen Schlag bekommen und ging k. o.« Vorsichtig befühlte er seinen Kopf, wo sich zwischen seinen Hörnern eine beachtliche Beule gebildet hatte. »Als ich wieder zu mir kam, hast du ohnmächtig neben mir gelegen. Du warst weiß wie ein Gespenst. Kannst du dich denn an gar nichts erinnern?«

»Nein, ich habe nur einen dunklen Schatten gesehen und …« Robin schauderte bei der Erinnerung an die seltsamen glutroten Schlitze, doch das Bild wurde sofort von etwas anderem verdrängt. Heiß überlief es ihn. »Oh, nein!«, rief er, »das Noogle! Ich habe noch versucht, durch das Noogle zu sehen – es ist mir aus der Hand geflogen, als ich über den Haufen gerannt wurde.« Wütend boxte er mit der Faust auf die Bettdecke. Erst da merkte er, dass er etwas umklammert hielt. Er öffnete die Faust.

Melvin beugte sich vor: »Was ist das?«

Robin runzelte die Stirn und blickte auf einen grünlichen Fetzen: »Ein Stück Stoff. Das muss ich dem Dieb beim Kampf aus der Kleidung gerissen haben.«

Melvin nahm ihm den Fetzen aus der Hand und roch daran. Seine Nasenflügel fingen an zu beben.

»Hmm, männlich, etwa einsneunzig groß, Mitteleuropäer … riecht nach Erde, Laub, Dünger, Holzfeuer …«

Robin runzelte die Stirn: »Rory Gilligan trägt oft einen grünen Overall, und er ist Gärtner … aber warum sollte er …?«

»Moment mal.« Melvin schloss die Augen, seine Nasenlöcher blähten sich. »Da ist noch etwas …«, sagte er, »ein Hauch von Terpentin, nein, Wacholder, nein, strenger …« Plötzlich riss er die Augen auf: »Wacholderschnaps!«

Eine nachdenkliche Stille trat ein. Das Ticken des Weckers erschien Robin unnatürlich laut. Sie sahen einander an.

Wer, außer Rory Gilligan, lief in Oaksend in einem grünlichen Overall herum und roch nach Wacholderschnaps? Sie kannten nur einen. Big Ben.

Und hatte Robin ihn nicht gestern vor Pollys Laden herumlungern gesehen? Was hatte Big Ben dort eigentlich zu suchen gehabt? Hatte er vielleicht von Pollys Unfall gehört? Hatte er nachsehen wollen, ob es tatsächlich stimmte? Robin ballte die Fäuste, als er sich vorstellte, wie Big Ben sich diebisch gefreut haben musste, dass ihm der Zufall jetzt freie Bahn für seine Raubzüge verschaffte. Oder hatte er vielleicht sogar …

Robin spürte unwillkürlich ein Prickeln im Nacken. Aus Melvins bestürztem Gesichtsausdruck schloss er, dass der den gleichen Gedanken hatte. Was, wenn Pollys Unfall gar kein Unfall gewesen war? Was, wenn Big Ben ein wenig nachgeholfen hatte?

»Du musst es Rufus erzählen!«, stieß Melvin hervor.

»Auf keinen Fall! Wie soll ich ihm erklären, dass ich bis Mitternacht draußen war? Er wird mich in Streifen schneiden.

Außerdem – für jemanden, der nicht so eine Nase hat wie du, beweist dieser Fetzen gar nichts.«

In dem Moment donnerte Rufus von unten herauf: »Robin?«

Sie fuhren zusammen.

»Robin, was ist? Bist du krank? Es ist schon nach acht!«

Robin hetzte zur Tür, öffnete sie einen Spalt und rief: »Komme schon! Bin so gut wie fertig!«

Als er sich umdrehte, war Melvin verschwunden, aber eine Stimme zischte an seinem Ohr: »Ich gehe zum Antiquariat, hole das Noogle und sehe mich um. Vielleicht hat Big Ben noch weitere Spuren hinterlassen. Wir sehen uns dann nach der Schule!«

Robin schlüpfte in seine Kleider, kämmte sich mit den Fingern durch die Haare, schnappte seine Schultasche und lief nach unten.

Rufus stand in der Küche und drückte aus einer Tube Tomatenmark auf ein Stück Holzkohle. Als Robin näher kam, erkannte er, dass es nur ein Stück Toast war. Bei dem Anblick geriet sein Magen wieder bedrohlich ins Schlingern.

»Marmelade ist alle«, sagte Rufus und blickte auf. Seine Augenbrauen schnellten empor. »Ich habe im Dschungel schon Riesenmaden gesehen, die waren nicht halb so weiß wie du. Wohl zu viele Süßigkeiten gegessen, was?«

Robin presste die Lippen zusammen.

Rufus' Blick durchbohrte ihn: »Wann bist du eigentlich gestern Abend nach Hause gekommen?«

»Äh, so um neun«, nuschelte Robin und bemühte sich, ein unschuldiges Gesicht zu machen, »ich wollte dich nicht bei der Arbeit stören, bin gleich in mein Zimmer hoch …« Nervös schob er ein paar Krümel auf dem Tisch herum, doch Rufus grunzte nur, schnappte sich seinen verkohlten Toast und ging zur Tür.

»Halloween«, schnaubte er, »so ein alberner Hokuspokus! Und was hat man davon? Nichts als einen verdorbenen Magen.«

An diesem Tag bekam Robin kaum etwas vom Unterricht mit. Ob Melvin inzwischen weitere Spuren gefunden hatte? Ausgerechnet heute war der längste Schultag der Woche – mit einer Doppelstunde Heimatkunde zum Schluss. Er fieberte dem Unterrichtsende entgegen.

Als er nach der letzten Pause wieder ins Klassenzimmer kam, duckte er sich instinktiv. Ein Geschoss zischte um Haaresbreite an seinem Kopf vorbei. Die Klasse feuerte Freddy, Richie Gilligan und Moe Pugman an, die eine Partie Schlagball eröffnet hatten – mit Imogens Beutel. Diese hetzte zwischen allen hin und her und versuchte, ihren Beutel zu erhaschen. Gerade holte Richie wieder aus und warf einen gemeinen Flatterball. Freddy sprang hoch, griff daneben und der Beutel landete im Papierkorb. Imogen stürzte nach vorn, doch Richie und Moe schnappten sie und drehten ihr die Arme auf den Rücken.

Freddy beäugte angewidert den Stoffsack. »Was hast du nur mit dem ollen Ding?«, raunzte er und hob ihn mit spitzen Fingern hoch. »Er ist alt, er ist hässlich und ...«, er schnupperte und verzog angeekelt das Gesicht, »er stinkt wie zehn tote Hamster!« Die Klasse johlte. »Hast du etwa Geheimnisse vor uns? Ist da etwas Besonderes drin?« Er schüttelte den Beutel und grinste böse: »Vielleicht Taschengeld?«

Imogen blinzelte wie eine schockgefrorene Eule.

Freddy zog an der Schnur, die den Beutel zusammenhielt.

»Vorsicht!«, schrie Imogen, »da sind Disteln drin!«

»Disteln! Klar doch!« Freddy steckte seine Hand hinein. »AHHHHHH!« Augenblicklich zuckte er zurück und schleuderte den Beutel wütend von sich.

Ohne nachzudenken, machte Robin einen Satz nach vorne und fing den Beutel auf, bevor er mit voller Wucht gegen die Tafel knallen konnte.

Die Klasse verstummte schlagartig. Alle starrten ihn an.

Nein, nicht ihn. Etwas hinter ihm.

Robin wirbelte herum.

Mrs Keeman stand im Türrahmen und fixierte ihn mit ihren Echsenaugen. Musste sie denn nie blinzeln?

»Platz!«, sagte sie leise.

Alle huschten auf ihre Plätze und holten schleunigst ihre Bücher heraus. Freddy lutschte an seiner blutenden Hand und schoss mörderische Blicke auf Imogen ab. Doch die bemerkte das gar nicht. Sie riss Robin den Beutel aus den Händen, tauchte hinein und kramte hektisch darin herum. Robin fragte sich insgeheim, was sich wirklich darin befand. Er hatte noch nie von Disteln gehört, die eine solch blutende Wunde verursachen konnten wie an Freddys Hand. Aber er würde sich eher auf die Zunge beißen, als Imogen danach zu fragen. Er ahnte die Antwort schon – es würde etwas in der Art sein wie *Schnappdisteln* oder *Killerartischocken*.

Mit monotoner Stimme pflügte Mrs Keeman durch das Kapitel *Die Entwicklung von Oaksend im frühen Mittelalter*. Robin hörte kaum hin. Seine Gedanken wanderten wieder zu den Erlebnissen der letzten Nacht. Sollte er zur Polizei gehen? Aber die würden Beweise sehen wollen. Robin hatte nichts als einen kleinen Fetzen Stoff. Die Polizisten würden ihn auslachen, genauso wie sie Polly ausgelacht hatten. Wie sollte er ihnen auch erklären, dass er ein Schutzmonster hatte, das mit der Nase einen Fetzen lesen konnte, so wie Menschen ein Buch?

»Robin Paul Miller!«

Er zuckte zusammen. Mrs Keemans Blick ruhte schwer auf ihm: »Schön, dass du meinem Unterricht so aufmerksam folgst«, sagte sie giftig, »dann wirst du uns ja sicher sagen können, wer Oaksend im Jahr 1348 vor dem Schwarzen Tod bewahrt hat?«

»Äh … Prinz Eisenherz?«

»Strafarbeit, Miller! Bis zur nächsten Stunde erwarte ich von dir einen Aufsatz über den Schutzpatron von Oaksend – mit ausführlicher Quellenangabe!«

In dem Moment ging die Schulglocke los. Die Klasse stob

zur Tür hinaus. »Und wage es nicht, mir weniger als zehn Seiten vorzulegen!«, rief Mrs Keeman über den Lärm hinweg. Niedergeschlagen packte Robin seine Sachen zusammen und schlurfte hinter den anderen hinaus.

Auf dem Schulhof rief jemand nach ihm. »Robin! Hey Robin, warte mal …« Imogen eilte auf ihn zu. Auf dem Kopf trug sie etwas, das aussah wie ein umgestülptes Schwalbennest. »Ich wollte mich noch bedanken.« Ihre Brillengläser blitzten auf. »Du bist wirklich anders als die anderen, weißt du das?«

Robin wurde es trotz der Kälte plötzlich unangenehm warm. Verstohlen blickte er um sich. Zum Glück war der Schulhof schon so gut wie verlassen.

Imogen zupfte an einem losen Faden ihres Beutels herum. »Ich dachte … Also, es wäre schön … Na ja, ich wollte dich fragen, ob du nicht Lust hast, zu meiner Geburtstagsparty zu kommen?«

Robin schluckte. Eine Geburtstagsparty? Bei Imogen?

»Ich mache uns Frikos.« Die Augen hinter der Brille richteten sich auf ihn. Gequält lächelte er und suchte fieberhaft nach einer Ausrede. »Äh … Imogen, das klingt … wirklich umwerfend. Ich weiß nur nicht, ob ich Zeit habe …«

»Oh, keine Sorge, ich habe erst am 31. Januar Geburtstag.«

Eine Zentnerlast senkte sich auf Robins Schultern.

»Dann kommst du also?« Imogen wippte auf den Fußballen. »Das wird super, du wirst sehen … Ach, übrigens, der Schutzpatron von Oaksend ist St. Octavian.«

Der Themenwechsel kam so abrupt, dass Robin nur verwirrt blinzelte.

»Du weißt schon … das Brunnendenkmal auf dem Marktplatz. St. Octavian soll die Stadt vor der Pest gerettet haben. Das hat ihm aber nicht viel genützt.« Ihre Augen wurden groß wie Suppenteller. »Er wurde später wegen Ketzerei angeklagt und ist auf dem Scheiterhaufen gelandet. Er soll acht Tage lang gebrannt haben, daher auch der Name: *Octo* bedeutet acht.«

Sie winkte ihm zu und sprang leichtfüßig davon. Kaum war sie außer Hörweite, wisperte eine aufgeregte Stimme neben ihm: »Frikos? Lass uns hingehen, ja? Ja? Oh, bitte!«

Robin stöhnte auf. Wenn Imogen so kochte, wie sie sich kleidete, wollte er lieber nicht wissen, was Frikos waren.

»Du weißt nicht, worauf du dich da einlässt«, raunte er.

»Ach komm, wer Frikos macht, kann nicht so übel sein«, raunte es zurück. Tasthaare kitzelten Robins Ohr.

»Hey, lass das! Ich dachte, Monster sollen ihren Schützling nicht beeinflussen?«, zischte Robin.

Melvin schnurrte: »Und Gesetz zwei sagt: Deine Kraft diene ausschließlich seinem Wohlergehen.«

Robin konnte Melvin nicht sehen, aber er war sich sicher, dass der wieder sein Verlorenes-Kätzchen-Gesicht aufgesetzt hatte.

»Was sind Frikos überhaupt?«, fragte er matt.

»Keine Ahnung, aber es klingt lecker.«

Robin seufzte und setzte sich in Bewegung. Er wandte sich

nach links und bog in den Schleichweg ein, der am Wasserturm entlangführte. Er sah sich um, ob auch niemand in der Nähe war, und fragte dann in normaler Lautstärke: »Also, was hast du im Antiquariat gefunden?«

Melvin erschien neben ihm und guckte betreten. »Nichts.«

»Gar nichts?«

»Nicht mal eine Fussel.«

»Und das Noogle?«

Melvin schüttelte nur den Kopf.

Sie kamen am Wasserturm vorbei. Rost hatte im Laufe der Jahre Löcher aus den Wänden gefressen, die wie tote Augen auf sie herabzuglotzen schienen. Robin ging etwas schneller, doch dann blieb er abrupt stehen und schlug sich mit der Hand an die Stirn.

»Natürlich!«, stieß er aus.

Melvin sah ihn fragend an.

»Wenn das Noogle nicht mehr im Antiquariat ist, dann … dann kann es doch nur der Dieb mitgenommen haben!« Er überlegte. »Wer das Noogle hat, ist der Dieb … Und ich wette, wir finden es bei Big Ben. Mensch, dann hätten wir den Beweis!« Mit feurigen Augen sah er zu Melvin.

Der nagte an seiner Unterlippe. »Du willst bei Big Ben einbrechen?«

»Hast du eine bessere Idee?«

»Du willst tatsächlich zum Viadukt, zu diesen Tramps? Hast du nicht gesagt …«

Robin grinste. »Wie war das noch mal mit Gesetz Nummer vier? Du sollst die Entscheidungen deines Schützlings respektieren …?«

Melvin klappte den Mund zu und guckte säuerlich.

»Wir müssen eben vorsichtig sein«, sagte Robin und ging entschlossen voran. Melvin stapfte grummelnd hinterher.

Sie ließen den Wasserturm hinter sich und folgten den alten Bahngleisen in Richtung Viadukt.

Nach einer Weile verließen sie die Gleise und schlichen sich im Schutz des Gebüschs in einem weiten Bogen am Schrottplatz vorbei. Robin wollte auf keinen Fall riskieren, von Mr Sting entdeckt zu werden, der dort zwischen Autowracks und Sperrmüll in einem alten Campingwagen lebte. Die aufgeregte Stimme eines Radioreporters wehte zu ihnen herüber. *Ja, er hat ihn! Williams fängt den Ball … stürmt weiter … vorbei am Tackling von Jones und Smith … setzt an zum Drop-Kick … aber Vorsicht … da kommt Flint und … Himmel, was macht er da mit Wilsons Arm? URG! Das muss doch wehtun …*

Leise wie Apachen mogelten sie sich weiter durch das Dickicht.

Mr Sting mochte ein glühender Rugbyfan sein, Mack-Five war es offenbar nicht. Urplötzlich schlug der Höllenhund an. Sein Kläffen zerfetzte die Luft wie Granatsplitter.

Robin und Melvin gaben jede Vorsicht auf und rasten los.

Sie hörten noch das Gerassel einer schweren Kette und Mr Stings wütendes Gebrüll: »HALT'S MAUL ODER ICH

STOPF DICH EIGENHÄNDIG IN DIE SCHROTT-PRESSE!«

»Der muss mit Mrs Stickforth verwandt sein«, japste Melvin.

Robin keuchte: »Wer? Mr Sting oder der Köter?«

Hinter der Arbeitersiedlung wurde die Gegend hässlich. Die Bäume hier waren dürr und verkrüppelt, Disteln und Brennnesseln reichten ihnen bis an die Hüfte. Sie stolperten über Schrott und Gerümpel, bis sie schließlich eine Anhöhe erreichten. Von dort aus erblickten sie das Viadukt, das sich wie ein schwarzes Ungetüm in der frühen Herbstdämmerung abzeichnete. Weiter unten, zu Füßen der mächtigen Pfeiler, befand sich das Lager der Tramps.

Umgeben von windschiefen Bretterbuden, hockten Gestalten an einem Lagerfeuer. Sie waren in Lumpen gewickelt. Einer drehte einen Spieß über dem Feuer, auf dem ein kleines, unförmiges Etwas steckte. Hatte Noralee Simpson nicht behauptet, Tramps würden Stinktiere, Opossums und Ratten fangen – *und sie essen?*

Andere spielten Karten und tranken. Rohes Gelächter drang herauf. Etwas abseits erkannten Robin und Melvin einen ausrangierten Eisenbahnwaggon. Die Fenster waren dunkel. An der Seite lehnte eine gewaltige Sense.

Die Freunde robbten im Schutz des Gestrüpps zum Waggon hinunter. Zum Glück befand sich der Eingang zu Big Bens Behausung auf der vom Lagerfeuer abgewandten Stirnseite des

Waggons. Dennoch ließ Robin die Gestalten nicht aus den Augen. Inzwischen hatten sie angefangen, unanständige Lieder zu grölen, und Robin vernahm Wörter, bei denen Mrs Stickforth in Ohnmacht gefallen wäre.

Als sie nur noch wenige Meter vom Waggon entfernt waren, bedeutete Melvin ihm zu warten und bluffte. Sekunden später sah Robin die Tür des Eisenbahnwaggons wie von Geisterhand aufgehen. Melvin erschien im Türrahmen und streckte den Daumen nach oben. Robin flitzte los, hechtete auf die schmale Eisenplattform und rollte durch die Tür, die Melvin leise hinter ihm verschloss.

Als er sich aufrichtete, blickte er sich staunend um. Er hatte sich unter der Behausung eines Tramps alles Mögliche vorgestellt, aber nicht das. In Big Bens Waggon herrschte eine geradezu pingelige Ordnung. Die Einrichtung war ärmlich, aber sauber, das Bett wie mit dem Lineal gemacht. Das Sofa hing durch und bestand fast nur noch aus Flicken, doch jeder einzelne von ihnen war mit akkuraten Stichen aufgenäht worden. Auf dem blank gescheuerten Tisch stand ein Einmachglas mit feuerroten Herbstastern, der kupferne Wasserkessel auf dem Kanonenofen war verbeult, aber auf Hochglanz poliert. Auf einem Regal über der Küchenspüle standen Sachen für die tägliche Körperpflege in Reih und Glied wie Zinnsoldaten. Darunter befanden sich ein gigantischer Rasierpinsel, mit dem man ein Mammut hätte einseifen können, und eine Literflasche Wacholderschnaps.

Draußen schwoll der schräge Gesang der Tramps an. Irgendjemand fing an, auf ein leeres Ölfass zu trommeln. Robin warf einen besorgten Blick auf Melvin, doch der wippte nur mit dem Fuß im Takt und durchsuchte die Schubladen einer Kommode. Zumindest mussten sie bei ihrer Suche nicht darauf achten, leise zu sein.

Robin öffnete einen Spind und stolperte erschrocken zurück, als ihn daraus ein monströses Augenpaar anstarrte. Doch dann erkannte er, dass es sich nur um die leeren Augenschalen einer Schutzmaske handelte, die an einem Haken baumelte. Rory Gilligan trug auch so ein Ding, wenn er Gift auf Raupen sprühte, die es auf seine Petunien abgesehen hatten.

Nach einer Viertelstunde hatten sie den Waggon von oben bis unten durchsucht und sahen einander ratlos an. Vom Noogle keine Spur. Wo konnte es nur sein? Melvin machte sein Echodings und fing an, den Boden nach Hohlräumen abzusuchen.

Plötzlich brüllte jemand: »Pike, du verlauster Mistkerl! Du bescheißt schon wieder!«

Der Gesang brach plötzlich ab und etwas donnerte mit voller Wucht gegen den Waggon.

»Selber Mistkerl, hol dich die Pest!«, brüllte eine andere Stimme zurück, und Sekunden später war draußen eine wilde Rauferei im Gange.

»Raus hier!« Melvin zog Robin zum Ausgang. Plötzlich schwang die Tür auf und im Rahmen erschien eine massige

Gestalt. Trotz seiner Panik entging Robin nicht, dass sie einen funkelnagelneuen Overall trug. Vor Schreck stolperte Melvin zurück, prallte gegen Robin, und beide purzelten übereinander rücklings auf den Boden. In Big Bens Gesicht zuckte es. Seine Pranken öffneten und schlossen sich. Robin hörte das Knacken der Knöchel.

Wieder knallte etwas gegen den Waggon. Diesmal hörte es sich an, als ob Glas zersplitterte. Big Ben sah nur für eine Sekunde weg, doch das reichte ihnen. Sie sprangen auf und schossen wie zwei Pistolenkugeln rechts und links an ihm vorbei ins Freie.

Hinter sich hörten sie ein gruseliges Geräusch, eine Mischung aus heiserem Bellen und Keuchen. Verfolgte Big Ben sie etwa? Sie wagten nicht, nach hinten zu blicken. Wie von Furien gejagt, flogen sie geradezu die Anhöhe hinauf und hetzten durch das Gebüsch. Robins Herz donnerte gegen die Rippen, in seinen Ohren rauschte es, seine Lunge fühlte sich an, als wollte sie platzen.

Erst als der Wasserturm in Sicht kam, hielten sie an und rangen nach Luft. Melvin hielt sich mit schmerzverzerrtem Gesicht die Seite. »Lieber wecke ich einen Klomper aus dem Winterschlaf, als noch mal da runterzugehen.« Er sank auf die Knie. »Er muss das Noogle woanders versteckt haben.«

»Oder er trägt es bei sich …«, keuchte Robin.

»Oder er hat es schon längst weggeworfen.«

Robin schüttelte den Kopf. »Wieso hätte er es dann überhaupt mitnehmen sollen? Nein, er muss es für etwas Wertvolles gehalten haben …«

»Vielleicht dachte er, es sei ein Schmuckstück – und hat es verkauft?«

»Genau!«, rief Robin. »Das würde auch erklären, woher er das Geld für einen neuen Overall ha…« Er stockte, als ihm etwas aufging. Verdammt. Jetzt war nicht nur sein Noogle weg, sondern auch der alte Overall. Robin dachte an das Lagerfeuer. Natürlich hatte Big Ben das verräterische Kleidungsstück schon längst verbrannt. Robin stöhnte auf. Nun hatten sie überhaupt nichts mehr gegen ihn in der Hand …

KNACKS!

Vor Schreck sprangen sie einen halben Meter in die Luft. Irgendetwas raschelte im Gebüsch und im nächsten Moment sprang Punchkiss daraus hervor. Sein aufgeplusterter Schweif peitschte hin und her. Er maunzte und trabte los. Nach einigen Metern blieb er stehen, wandte sich um und starrte sie mit seinen neongelben Augen an.

Robin sah Melvin fragend an. Melvin zuckte mit den Schultern. »Schätze, er will, dass wir ihm folgen.«

Der Kater maunzte erneut und rannte wieder los.

»Los, komm!«, sagte Melvin, »es scheint wichtig zu sein.«

Sie flitzten dem Kater auf dem schmalen Pfad hinterher, am Wald entlang, quer über die Koppel und über das Gatter hinweg. Der Kater lief pfeilschnell den Mistelweg hinunter und sprang schließlich auf den Pfosten der Gartentür zu Rufus' Haus.

»Blödes Vieh!«, japste Robin, »soll das ein Witz sein? Ich weiß, wo ich wohne …« Im nächsten Moment wurde er geblendet. Etwas blitzte im Licht der Straßenlaterne gleißend auf. Als sie näher kamen, sahen sie etwas am Gartentor baumeln.

Es war das Noogle.

Kapitel 11

St. Octavian

Die blasse Dezembersonne kämpfte sich durch den Hochnebel und schaffte es, ein paar Strahlen ins Zimmer zu schicken. Sie fielen auf Robins Schreibtisch und streiften einen Turm aus Büchern, den er rechts von sich aufgestapelt hatte. Vor einer Stunde hatte er begonnen, nach etwas Brauchbarem für seine Strafarbeit über St. Octavian, den Schutzpatron von Oaksend, zu suchen, doch bisher war er über das erste Buch nicht hinausgekommen.

Melvin lag bei Mr Moon im Erker und las in Tom Sawyers Abenteuern. Es raschelte jedes Mal, wenn er eine Seite umblätterte.

Doch es war nicht nur dieses Geräusch, das Robins Konzentration störte. Er war einfach nicht bei der Sache. Gerade ertappte er sich dabei, dass er zum fünften Mal denselben Absatz las, ohne dass er auch nur ein Wort aufnahm. Er schob das Buch weg und lehnte sich zurück. Sein Blick fiel auf das Noogle, das von der Schreibtischlampe baumelte. Wer hat dich zurückgebracht?, fragte er stumm. Die katzenaugenähnliche Halbmurmel drehte sich träge im Sonnenlicht.

Seit Tagen kreisten seine Gedanken um diese eine Frage. Melvin und er hatten die Ereignisse der letzten Tage immer wieder durchgekaut. Sie waren sich so sicher gewesen, dass Big Ben der Dieb gewesen war. Alle Fäden liefen bei ihm zusammen. Alles passte … alles bis auf eines: Warum hatte er das Noogle zurückgebracht?

Oder war es doch jemand anders gewesen? Aber wer? Mr Hooper kam ihm in den Sinn. Vielleicht hatte Polly ihm den Schlüssel zum Antiquariat gegeben, solange sie im Krankenhaus war? War es möglich, dass Mr Hooper das Noogle gefunden hatte? Aber selbst wenn er es gefunden hätte – er konnte unmöglich wissen, dass es Robin gehörte.

Sein Blick wanderte zum Fenster hinaus. Die Sonne verschwand endgültig hinter dem Nebel, der sich nun immer dichter über den Garten senkte. Das Baumhaus in der Eiche war schon nicht mehr zu sehen.

Nein, dachte er, Big Ben muss der Dieb gewesen sein, da war er sich sicher. Umso mehr wurmte es ihn, dass er ihm nichts mehr anhaben konnte. Seit ihrem Abenteuer am Viadukt hatten sie Big Ben nicht wiedergesehen. In Oaksend hatte er sich nicht mehr blicken lassen. Für Robin kam das einem Geständnis gleich. Big Ben hatte sich aus dem Staub gemacht, weil er wusste, dass er aufgeflogen war.

Immerhin. Sie hatten ihn vertrieben.

Robin seufzte, zog das Buch wieder zu sich heran und beugte sich über den Text:

Octavian, Oktavius, der Achte oder der im Achten Geborene, römischer Kaiser, später Augustus, Großneffe von Cäsar …

Er schlug das Geschichtsbuch zu, legte es auf die linke Seite und griff sich das nächste Buch, ein Lexikon. Er schlug unter O nach:

Oktave: Achter und letzter Ton der Tonleiter, Intervall von acht Tönen.

Oktober: 10. Monat des Jahres, goldener Oktober, der Weinmonat, 31. Oktober, Abend vor Allerheiligen, Halloween, ursprgl. der achte Monat des altrömischen Kalenderjahres, octo = acht.

Oktopode = Achtfüßer; lateinisch: octo = acht; podos = Fuß …

Das Lexikon wanderte ebenfalls nach links.

In *Symbole des Alltags* stand zu lesen:

Oktogon oder Oktagon (Achteck): Zentralbau oder Raum mit einem Grundriss in Form eines regelmäßigen Achtecks. Das Oktagon hat seit der Antike eine symbolische Bedeutung, die auf das Urbild des achtstrahligen Sterns zurückgeht und für Vollkommenheit steht …

Der Bücherhaufen zu seiner Linken wuchs.

Im letzten Buch, *Vergessene Wahrzeichen*, wurde er schließlich fündig: *St. Octavian, 1318 – 1349, Heiler und Alchimist. 1348, bei Ausbruch der Pest, in Oaksend tätig. Seine ungewöhnlichen Methoden bei der Bekämpfung der Seuche erregten das Missfallen von Krone und Kirche, fürchteten sie doch einen Autoritätsverlust.*

St. Octavian wurde der Ketzerei und der Teufelsanbetung beschuldigt und zum Tode verurteilt. Bei der zweiten großen Pestwelle erkannte man die Richtigkeit seiner Methoden. William der Weise ließ schließlich im 15. Jahrhundert in Oaksend ein Denkmal für ihn errichten. Das Original wurde im Zweiten Weltkrieg zerstört. Nur die tragenden acht Säulen des Sockels blieben erhalten. Der Wiederaufbau aus Sandstein im romanischen Stil erfolgte 1948 nach Entwürfen von Sir Pumphrey-Waterdott.

Robin nahm sich sein Heft und schrieb den Text ab. Beim vorletzten Satz hielt er inne.

Das Original wurde im Zweiten Weltkrieg zerstört. Nur die tragenden acht Säulen des Sockels blieben erhalten.

Acht Säulen.

Sein Herz machte einen Satz.

»Melvin.« Er drehte sich um.

»Melvin!«

Melvin kehrte nur widerwillig von Tom Sawyers Abenteuer am Mississippi zurück. »Was?«

Robin deutete auf die *Vergessenen Wahrzeichen*.

»Hier steht etwas von acht Säulen.«

»Acht Säulen?«

»Deine Prüfungsaufgabe …«

»Ach ja!«

Mit zwei schnellen Schritten war Melvin bei ihm. Robin tippte auf den Absatz. Melvin bewegte stumm die Lippen. Seine Augen fingen an zu leuchten.

»Wie lautet noch mal die Prüfungsaufgabe?«, fragte Robin.

Melvin suchte seine Taschen ab und zog das inzwischen recht zerknitterte Prüfungsblatt hervor. Er strich es glatt und las vor: »*Erläutern Sie die Acht Säulen. Wer hat sie erschaffen?*«

»Hier steht: William der Weise.«

»Frage Nummer zwei: *Aus welchem Material wurden sie erbaut?*«

Robin beugte sich über das Buch. »Sandstein.«

»Frage Nummer drei: *Benennen Sie ihre Zeichen.*«

»Hmm, von Zeichen steht hier nichts.« Robin blätterte um. »Es gibt auch kein Foto. Wir müssen dieses Denkmal unter die Lupe nehmen.«

Als er hochsah, hielt ihm Melvin schon die Jacke hin.

Wenig später standen sie auf dem menschenleeren Marktplatz. Der Nebel war noch dichter geworden und dämpfte jedes Geräusch. Robin war sicher schon tausendmal an dem Denkmal vorbeigegangen, ohne ihm weitere Beachtung zu schenken. Sie umrundeten den Brunnen und nahmen jede Einzelheit in sich auf.

Das steinerne Wasserbassin war einer Muschel nachempfunden. Aus seiner Mitte erhob sich ein Sockel mit der lebensgroßen Statue St. Octavians. Sir Pumphrey-Waterdott hatte ihn mit einer üppigen Haarpracht und einem langen Bart bedacht. Er war in eine Art Tunika gekleidet, im Gürtel steckte eine Sichel. In der rechten Hand hielt er ein Buch, das er an die

Brust drückte, mit der linken Hand stützte er sich auf einen gewundenen Wanderstab.

Der Sockel bestand aus mehreren Säulen. Auf jeder dieser Säulen saß eine Eule mit gespreizten Flügeln und geöffnetem Schnabel. Im Sommer plätscherte aus den Schnäbeln Wasser. Doch jetzt im Winter war das Wasser abgestellt und das Becken leer bis auf eine Pfütze vom letzten Regen.

Sorgfältig zählten sie die Säulen. Es waren tatsächlich acht. Doch was konnte mit den Zeichen gemeint sein?

»Vielleicht das Buch und der Stab?«, meinte Melvin.

»Oder die Eulen? Sind Eulen nicht Symbole für Weisheit?«

Über ihnen ertönte ein Krächzen und aus dem Nebel flatterte eine Krähe herab. Sie ließ sich im Bassin nieder und trank aus der Pfütze.

Melvin räusperte sich und fing an zu schnurren. Die Krähe legte den Kopf schief und sah ihn mit ihren schwarzen Perlenaugen an. Dann hüpfte sie zu einer der Eulen und pickte an ihr herum.

»Hey, lass das!«, rief Robin und setzte dazu an, sie zu verscheuchen, doch Melvin hielt ihn zurück. Er gab noch ein paar kurze, abgehackte Schnurrlaute von sich, woraufhin die Krähe ihm zunickte und davonflog.

»Was sollte das?«, fragte Robin.

»Ich habe sie nach den Zeichen gefragt. Sie sagt, es gebe welche. Sie sollen in die Eulen gemeißelt sein.« Er schwang sich über den Brunnenrand.

Robin klappte den Mund wieder zu und kletterte ihm hinterher. Sie untersuchten die Eulen ganz genau. Es schien tatsächlich etwas in ihre Brust gemeißelt zu sein, aber der Stein war so verwittert, dass es kaum zu erkennen war.

»Du hast nicht zufällig Stift und Papier dabei?«, fragte Robin.

Melvin wühlte in seinen Taschen. »Geht ein Buntstift? Ich habe Pink, Blau, Grasgrün, Maisgelb … Moment, heute ist doch Samstag. Hier …«

Er reichte ihm einen roten Buntstift und ein zerknülltes Stück Butterbrotpapier. »Tschuldigung, da ist noch etwas Erdnussbutter dran.«

Robin strich das Papier glatt, hielt es gegen die Brust einer Eule und fuhr mit dem Stift darüber. Auf der roten Fläche bildete sich nach und nach ein weißes M ab.

»Das ist ja ein irrer Trick!«, staunte Melvin. »Darf ich auch mal?«

Die Zunge zwischen den Lippen, pauste er nacheinander die Zeichen der anderen Eulen ab. Als er fertig war, blickten sie auf eine Reihe von Buchstaben: MCCCXLIX.

Melvin kratzte sich am Kopf. »Emcecececixlix?«

»Vielleicht ein Name?«

»Seltsamer Name.«

»Hört sich irgendwie … keltisch an.« Robin dachte an die Keltengräber, die man in den Hügeln rund um Oaksend gefunden hatte. Vielleicht war es der Name eines Stammeshäuptlings?

Aber wieso stand der Name eines keltischen Häuptlings auf dem Sockel von St. Octavian?

»Oder eine Art Code?«, schlug Melvin vor.

Das brachte Robin auf eine Idee. Er begann die Stellen des Alphabets auszuknobeln. Das E stand an fünfter Stelle, das M an dreizehnter Stelle …

Melvin verstand und machte eifrig mit. Es dauerte eine Weile, doch schließlich hatten sie alle Ziffern zusammen. Dann dauerte es wiederum eine Weile, bis Robin sie addiert hatte. Die Summe ergab einundneunzig. Das sagte ihnen nicht viel.

»Wenn man die Quersumme bildet, kommt eine Zehn raus«, meinte Robin.

Melvin runzelte die Stirn: »Was ist eine Kwärsumme?«

»Die Neun plus die Eins.«

»Aha … und das hilft uns jetzt weiter?«

»Nicht wirklich …«

»Robin, bist du das?«

Die Freunde schraken zusammen. Sie waren so vertieft gewesen in ihre Überlegungen, dass sie Mr Hooper gar nicht hatten kommen hören. Dick eingemummt stand er vor dem Brunnen. Seine kanariengelben Ohrenschützer leuchteten in der nebligen Dämmerung. In seiner Armbeuge raschelte ein Trichter aus Seidenpapier, aus dem mindestens zwei Dutzend aprikosenfarbene Rosen hervorlugten. Pollys Lieblingsfarbe.

»Hallo Mr Hooper«, sagte Robin und bemühte sich um einen unauffälligen Plauderton.

»Was in aller Welt machst du da?«, fragte Mr Hooper.

»Äh, ich ... Ich muss einen Aufsatz für Mrs Keeman schreiben, über den Schutzpatron von Oaksend.«

»Ah, Mrs Keemann.« Mr Hooper nickte langsam. »Ich habe von ihr gehört. Heimatkunde, nicht wahr? Sie soll eine sehr gute Lehrerin sein, aber ziemlich streng, erzählt man sich.«

»Ja, ziemlich ...«

»So streng, dass du bei der Kälte im Brunnen hockst, um einen Aufsatz zu schreiben? Ich glaube, ich muss mal ein Wörtchen mit ihr reden.«

»Nein, nein! So ist es nicht ... Äh, es ist nur ... Ich wollte nur herausfinden, was die Zeichen auf den Eulen bedeuten. Vielleicht gibt es dafür eine besonders gute Note.« Er wedelte mit dem Papier.

»Zeichen?«

Robin fiel ein, dass Mr Hooper das Papier ja nicht sehen konnte. Doch der schien mit seinem feinen Gehör das Rascheln bereits bemerkt zu haben und streckte die Hand aus. Robin gab ihm das Papier. Mr Hooper runzelte die Stirn, als er mit den Fingerkuppen seiner gesunden Hand über die Abdrücke der Zeichen fuhr. »Ich kenne diese Zeichen«, sagte er. Melvin schnappte hörbar nach Luft. Robin täuschte rasch einen Hustenanfall vor, um ihn zu übertönen.

Mr Hooper reichte das Papier zurück.

»Und wenn du Heimatkunde bei Mrs Keeman hast, müsstest du sie eigentlich auch kennen.«

Robins Hustenanfall endete so abrupt, wie er angefangen hatte. Überrascht starrte er auf die Buchstaben.

»Denk nach Junge. Wem ist das Denkmal geweiht?«

»St. Octavian. Er soll Oaksend vor der Pest gerettet haben.«

»Und weißt du, was Octavian heißt?«

»Octavian kommt aus dem Lateinischen und heißt der Achte.«

»Genau. Latein. Jetzt musst du nur noch sein Todesjahr kennen, und dann weißt du, was die Zeichen bedeuten.«

»Er starb 1349 …« Robin dämmerte etwas.

»MCCCXLIX sind Zahlen! Sie bedeuten … 1349?«

Mr Hooper lächelte. »Gut gemacht. Aber jetzt mach, dass du nach Hause und ins Warme kommst. Du holst dir hier draußen noch eine Lungenentzündung. Das eben hörte sich gar nicht gut an!« Er schwang in gespielter Drohgebärde seinen Blindenstock und ertastete den Weg über den Marktplatz Richtung Bahnhof. Das Krankenhaus, in dem Polly lag, befand sich in Banston. Es war ein weiter Weg, den Mr Hooper jede Woche auf sich nahm. Robin sah ihm nach. Er hätte Polly auch gerne besucht, doch mit den paar mickrigen Münzen, die Rufus Taschengeld nannte, war an eine Fahrkarte nicht mal zu denken.

Kaum hatte der Nebel das Rascheln des Seidenpapiers verschluckt, platzte Melvin los: »Ja! Juhu! Geschafft! Ich bin Schutzmonster, Klasse eins!« Er boxte Robin übermütig in den Arm und um ein Haar wäre der vom Brunnenrand gekippt.

»Hey, vielleicht bekomme ich Extrapunkte, weil ich die Lösung so schnell herausbekommen habe.« Melvin sprang über den Brunnenrand und zog Robin mit. »Ich kann es kaum erwarten. Die werden vielleicht Augen machen!«

Kaum waren sie zu Hause und in Melvins Kammer angekommen, versuchte Melvin, die Lösung aufzuschreiben. Nachdem er vor lauter Aufregung den ersten Stift zerbrochen und mit dem zweiten so fest aufgedrückt hatte, dass das Papier riss, erbarmte sich Robin und notierte für ihn die Lösung sorgfältig auf ein neues Blatt. Melvin zappelte derweil durch die Kammer. Er war so hibbelig, dass er drei Anläufe brauchte, bis er das Hatchpatch endlich richtig an der Wand hatte. Robin faltete das Blatt sorgfältig zusammen und reichte es ihm. Doch Melvin zögerte und wurde plötzlich sehr ernst. »Gemeinsam, ja? Ohne dich hätte ich es nie so schnell herausgefunden.«

Robin spürte, wie er rot wurde. »Klar hättest du das.«

Melvin griff nach seiner Hand. »Auf drei, ja?«

Gemeinsam warfen sie die Lösung ins Hatchpatch.

»Und was passiert jetzt?«, fragte Robin.

»Jetzt bekomme ich meine Urkunde und ein Abzeichen.« Seine Augen fingen an zu glänzen. »Vielleicht bekomme ich sogar ein neues Hatchpatch? Mein altes wird langsam zu eng.« Er stockte, und seine Augen blitzten verwegen auf: »Aber weißt du, was das Allerbeste ist? Ich habe Abby geschlagen!« Er stieß eine Faust in die Luft. Robin wollte gerade fragen, wer Abby war, da erklang aus dem Hatchpatch ein Pfeifen. Es schwoll an, dann machte es PLOPP, und heraus schoss eine längliche goldfarbene Dose, nicht unähnlich einer Rohrpostbüchse. Sie prallte von Melvins Kopf ab, knallte an die Wand gegenüber und kullerte unter den Sessel.

»Das ging ja schnell«, sagte Melvin verblüfft und rieb sich die Stirn.

Er fischte die Dose unter dem Sessel hervor und schraubte sie in ihrer Mitte auseinander. Ein Brief flatterte heraus.

»Hey, wo ist das Abzeichen?« Melvin linste abwechselnd in beide Rohrhälften hinein und schüttelte sie.

Robin griff nach dem Brief. Er war gespannt, wie die Urkunde wohl aussehen würde. Doch als er das Blatt auseinanderfaltete, wurde sein Herz schwer wie Blei.

»Was ist los?«, fragte Melvin.

Robins Mund war plötzlich wie ausgetrocknet.

»Es ist ... Es ist ...« Er brachte es nicht über die Lippen. Melvin schnappte sich das Blatt und schlagartig wich alle Farbe aus seinem Fell. Er sank in den Sessel und starrte minutenlang auf die Zeilen.

Robin vermied es, Melvin anzusehen. Schließlich war er es gewesen, der Melvin auf die falsche Fährte gebracht hatte. Sein Blick heftete sich auf eine Spinne, die sich von der Decke abseilte. Knapp über Melvins Kopf stoppte sie und schaukelte leise hin und her.

»Falsch!« Melvin schnaubte, knüllte das Papier zusammen und katapultierte die Kugel in die Ecke. Erschrocken krabbelte die Spinne wieder nach oben.

»Tut mir leid«, murmelte Robin.

»Quatsch«, sagte Melvin tapfer. »Halb so wild. Ich habe ja noch zwei Versuche. Belthane läuft die Frist ab … Bleiben immer noch vier Monate. Kein Grund zur Panik.« Leise setzte er hinzu: »Es wäre einfach nur super gewesen, wenigstens einmal besser als Abby zu sein.«

»Wer ist eigentlich Abby?«

»Meine Schwester.«

Robin blickte auf.

»Abby hat die Prüfung erst beim zweiten Anlauf geschafft. Na ja, ihre Prüfungsaufgabe war auch wirklich schwer. Versuch du mal, einem Murker ein Horn zu klauen. Ganz schön glitschig, die Viecher …«

»Sie ist älter als du?«

Melvin nickte düster. »Immer weiß sie alles besser … zugegeben, Abby ist echt schlau, aber muss man das bei jeder Gelegenheit raushängen lassen?«

»Na ja, so schlau kann sie ja nicht sein, wenn sie einen zweiten Versuch gebraucht hat«, versuchte Robin ihn aufzumuntern.

Melvin lächelte nur gequält. »Schon blöd, wenn man ein Montgomery ist«, murmelte er.

»Warum?«

»Weil alle in der Familie erwarten, dass du was Besonderes wirst.«

Als er Robins fragenden Blick sah, setzte er leise hinzu: »Die Montgomerys gehören zu den ältesten Familien der Mentora. Aus unseren Reihen sind eine Menge berühmter Schutzmonster hervorgegangen, etwa Ururgroßvater Leofric. Der war das Schutzmonster von Kolumbus.«

»Kolumbus?«

»Hmm, lausiger Navigator. Ohne Leofric hätte der es noch nicht mal bis zum Ärmelkanal geschafft, geschweige denn bis nach Amerika. Oder Großonkel Alured Montgomery. Der hat sich um Edison gekümmert.«

»Wir sprechen nicht etwa von … Thomas Edison?«

»Genau der. Edison hat sich echt abgequält mit seinen Erfindungen. Hätte Alured nicht unauffällig seine Zeichnungen und Notizen korrigiert, würdet ihr immer noch im Dunkeln sitzen.«

»Ach?«

»Na ja, nicht ganz – die Kerzen gehen auf euer Konto.« Melvin stierte auf den Boden. »Mom wird es vielleicht nicht ganz so tragisch nehmen. Aber Paps …!« Er stöhnte und vergrub den Kopf in den Händen.

»Was passiert eigentlich, wenn man die Prüfung nicht besteht?«

»Dann wäre ich der erste männliche Montgomery, der nicht

Schutzmonster würde – bis auf Onkel Ruben natürlich, aber über den wird nicht geredet.«

Robin war neugierig, was aus diesem Onkel wohl geworden war, aber Melvin sah so elend aus, dass er das Thema schleunigst wechseln wollte. Er versuchte seine Stimme zuversichtlich klingen zu lassen. »Beim nächsten Mal machen wir es besser. Wir müssen die Sache einfach anders anpacken, wir müssen irgendwie … einen Plan machen!« Robin hatte keine Ahnung, was das für ein Plan sein sollte, doch dann schoss ihm etwas durch den Kopf. »Polly wird sicher bald aus dem Krankenhaus entlassen werden. Sie lässt mich bestimmt im Antiquariat stöbern. Wir suchen uns einfach alles raus, was mit Bau, Architektur und Denkmälern zu tun hat. Sie hilft uns bestimmt.«

Insgeheim war sich Robin nicht sicher, ob das wirklich eine so gute Idee war, doch dann sah er, dass Melvin den Kopf hob. Er sah nicht mehr ganz so elend aus. Sein Fell bekam wieder etwas Farbe.

»Das ist ein guter Plan!«, sagte er langsam und lächelte sogar ein wenig. »Ein sehr guter Plan. So viele Gebäude mit acht Säulen kann es ja nicht geben, oder?«

In dieser Nacht fiel es Robin schwer einzuschlafen. Er musste über Melvin nachdenken. Es wäre ihm nie in den Sinn gekommen, dass ein Schutzmonster mit all diesen großartigen Fähigkeiten überhaupt irgendwelche Probleme haben könnte. Und doch schien Melvin mit ähnlichen Schwierigkeiten zu kämpfen wie er selbst. Er dachte an Melvins Gesichtsausdruck, als dieser von seinem Vater gesprochen hatte …

Insgeheim ahnte Robin, dass es bei der Prüfung um viel mehr ging als eine Urkunde oder ein Abzeichen.

Kapitel 12

Besuch vom Giftstachler

»Zum letzten Mal: Nein!«

Ein Spucketropfen landete auf Robins Nase.

Mr Buttwickle funkelte ihn von seinem hohen Schreibpult herab an. Dieser Junge ging ihm entschieden auf die Nerven. Eigentlich ging ihm jeder auf die Nerven, der seine Bibliothek betrat. Streng genommen war es natürlich nicht seine Bibliothek, sie gehörte der Stadt Oaksend und er war nur der Bibliothekar. Doch für Mr Buttwickle war diese Bibliothek viel mehr, sie war der Heilige Gral, und jeder, der sie betrat, stand unter dem Verdacht, dieses Heiligtum entweihen zu wollen. Das galt ganz besonders für Kinder. Allein beim Gedanken an ihre klebrigen Patschhände bekam er Schnappatmung.

»Bitte, Mr Buttwickle, ich will die Bücher ja nicht mal ausleihen. Ich will sie mir doch nur kurz ansehen – gleich hier«, sagte Robin.

Mr Buttwickle schloss die Augen und zählte stumm bis zehn. Manchmal war es schwer, die Gralswürde zu wahren. Besonders dann, wenn man sehr aufgebracht und gleichzeitig sehr leise sein musste.

Er atmete tief durch.

»Ich werde dich nicht in die Erwachsenenabteilung lassen«, zischte er, »und wenn du mich noch tausendmal fragst: nein, nein, nein! Komm wieder, wenn du vierzehn bist!«

Er kletterte von seinem Hocker. Mr Buttwickle maß kaum einhundertfünfzig Zentimeter, aber jeder einzelne bebte vor Entrüstung, als er Robin zum Ausgang schob und die schwere Tür hinter ihm zuknallte.

Robin ballte die Fäuste. Es war zu blöd, dass Polly immer noch im Krankenhaus lag. Ausgerechnet jetzt fanden auch keine Kongresse statt und Rufus war die ganze Zeit zu Hause. Robin hatte keine Gelegenheit, heimlich in seinen Bücherregalen zu stöbern.

Er musste einfach in die Erwachsenenabteilung der Bibliothek gelangen. Dort standen die Bücher, die Robin und Melvin brauchten, um die Prüfungsaufgabe zu lösen.

Ein eisiger Windstoß blies ihm ins Gesicht. Er zog sich den Schal über die Nase und machte sich auf den Heimweg.

Die Schaufenster der Geschäfte waren festlich geschmückt. Rauschgoldengel, Glitzerschnee und Lametta schienen miteinander zu wetteifern. Aus der Konditorei duftete es nach gebrannten Mandeln, und als er am *Hotel Majestic* vorbeikam, drang ihm der Geruch von Tess' berüchtigtem Glühwein in die Nase.

Rory Gilligan hatte Mr Hooper geholfen, eine Lichterkette anzubringen, die ausgereicht hätte, ein Zirkuszelt auszuleuchten. Der kleine Kiosk tauchte den ganzen Marktplatz abwechselnd in rotes, grünes und blaues Licht.

Doch nichts von alledem vermochte Robin aufzuheitern. Er war wohl der einzige Junge in Oaksend, der sich nicht auf Weihnachten freute.

Das lag nicht nur daran, dass er schon wusste, was Rufus ihm schenken würde – wie in jedem Jahr einen Taschenkalender der ethnologischen Gesellschaft –, sondern vor allem daran, dass Mrs Stickforth kommen würde. Bei der Vorstellung zog sich Robins Magen schmerzhaft zusammen. Einmal hatte er all seinen Mut zusammengenommen und Rufus gefragt, warum er sie jedes Jahr einlud. Rufus hatte etwas von hilflosen alten Leuten gemurmelt.

Hilflos. Robin schnaubte.

Er tröstete sich mit dem Gedanken, dass die Weihnachtsferien angefangen hatten. Zwar war noch keine einzige Schneeflocke gefallen, doch die Kälte hatte den Weiher mit einem glitzernden Eispanzer überzogen. Melvin würde Augen machen. Er glaubte ihm immer noch nicht, dass sich Menschen unfallfrei auf Eis bewegen konnten. »Das geht nur mit Spikes!«, hatte Melvin gesagt und seine Fußkrallen herausschnappen lassen. So ein Angeber, hatte Robin gedacht und für sich behalten, dass Menschen so etwas Geniales wie Schlittschuhe erfunden hatten. Jetzt lächelte er in sich hinein, als er sich Melvins

Gesicht vorstellte, wenn er ihm auf dem Weiher davonflitzen würde.

Die Kälte stach wie Nadeln in seine Haut. Es war so kalt, dass sogar Mrs Stickforth kapituliert hatte: Der Schaukelstuhl auf der Veranda war leer.

Als Robin die Haustür aufschloss, vernahm er das Geklapper der Schreibmaschine durch die Tür des Arbeitszimmers.

»Bin wieder da«, rief er.

Jenseits der Tür erklang ein undeutlicher Brummlaut.

Robin ging in sein Zimmer, begab sich auf den Dachboden und stieg in den Monsterschrank. Auf sein Klopfzeichen hin rief Melvin: »Moment!« Sprungfedern quietschten, es polterte, dann öffnete sich die Rückwand des Kleiderschranks. »Fröhliche Weihnachten!«, sagte Melvin etwas atemlos. »Bin gerade fertig geworden ...«

Girlanden aus Tannenzweigen zogen sich kreuz und quer durch die Kammer. Sie waren geschmückt mit allerlei Glitzerkram. Erst auf den zweiten Blick erkannte Robin, dass die Lichterketten aus Leuchtpilzen bestanden. Als Weihnachtskugeln dienten Feuerwanzen, Goldkäfer und bunte Schnirkelschnecken. Das, was Robin für Engelshaar gehalten hatte, entpuppte sich auf den zweiten Blick als Spinnenseide. Dazwischen hingen – Robin traute seinen Augen kaum – Fledermäuse im Winterschlaf. Sie trugen rote Zipfelmützen.

»Was hat Mr Buttwickle gesagt?« Melvin beäugte kritisch eine Girlande und hängte ein paar Fledermäuse um.

Robin ließ sich in den Sessel fallen. »Dasselbe, was er seit zwei Wochen sagt. Bevor ich nicht vierzehn bin, lässt er mich nicht in die Erwachsenenabteilung«, sagte er.

Melvin schien fest entschlossen, sich die Weihnachtsstimmung nicht verderben zu lassen. »Halb so schlimm, irgendwann wird er nachgeben. Wir haben ja noch Zeit«, meinte er und zupfte an der Spinnenseide herum.

»Wenn ich doch nur größer wäre«, sagte Robin.

»Größe allein bedeutet gar nichts. Versuch mal zu schlafen, wenn eine Mücke im Raum ist.«

Als Robin stumm blieb, blickte er sich um. »Hey, was ist los? Es ist Weihnachten!«

»Eben«, sagte Robin düster und berichtete Melvin von Mrs Stickforths Besuch.

Melvin verzog das Gesicht. »Der Giftstachler kommt? Hey, ich weiß was! Soll ich noch mal mit den Kakerlaken reden?«

»Bloß nicht!«, sagte Robin. »Das würde alles noch schlimmer machen. Sie würden mir die Schuld geben.«

Plötzlich klapperte etwas. Melvin eilte zum Gaskocher und hob den Deckel von einem Topf. Zischend entwich eine purpurrote Wolke.

»Was ist das?«, fragte Robin.

Melvin schnurrte vergnügt vor sich hin und schöpfte dampfende Flüssigkeit in zwei Becher. Er reichte Robin einen und stieß mit ihm an.

Kaum hatte Robin einen ersten Schluck genommen, zogen

sich seine Lippen schockartig nach innen, und die Zähne verklebten. Es dauerte einige Minuten, bis er wieder sprechen konnte.

»Waff iff daff?«

»Weihnachtspunsch.« Melvin nahm noch einen Schluck und ließ ihn im Mund hin und her rollen. »Hmm, bisschen fad, oder? Was meinst du – fehlt da nicht Zucker?«

Als Robin am nächsten Morgen aus dem Fenster sah, war der Garten unter einer Schneedecke verschwunden, die bis an die Küchenveranda reichte. Vom Lattenzaun des Kürbisbeets lugten gerade noch die Spitzen hervor. Sein Herz machte einen Hüpfer. Bei dem hohen Schnee würde Mrs Stickforth bestimmt nicht kommen können.

Auf seinem Schreibtisch fand er einen alten Schuhkarton. Rufus hatte mit einem schwarzen Filzstift krakelige Sterne über die Reklameschrift gemalt. Als Robin den Deckel hob, erwartete ihn eine Überraschung. Auf den ersten Blick sah es aus wie eine tote Opossum-Familie. Es waren aber nur eine unförmige, abgetragene Fellmütze mit Ohrenklappen und ein Paar Fäustlinge. Immerhin, dachte Robin, mal was anderes als ein Taschenkalender.

Unten im Flur fand er die Doppeltür zu Rufus' Zimmer offen vor. Er lugte durch die Gardine an der Haustür und sah Rufus draußen beim Schneeschippen. In seiner Holzfällerjacke sah er noch quadratischer aus als sonst. Sein Atem dampfte. Der Weg durch den Vorgarten zur Straße war schon frei. Schulterhoch türmte sich der Schnee auf beiden Seiten. Gerade nahm Rufus den Bürgersteig zu Mrs Stickforths Haus in Angriff. Robin seufzte. Ob man mit elf Jahren schon als Schiffsjunge anheuern durfte?

Am Abend quälte er sich in einen Anzug, aus dem er schon im Jahr zuvor herausgewachsen war. Es zwickte und zwackte überall, die Hosenbeine endeten zwei Fingerbreit über den Fußknöcheln.

»Robin, was treibst du da oben?«, rief Rufus von unten. »Deck endlich den Tisch! Mrs Stickforth kommt jeden Moment.«

Mit dem Gefühl, zu seiner eigenen Hinrichtung zu gehen, ging Robin nach unten ins Esszimmer und knipste das Licht an.

Acht hochlehnige Stühle reihten sich wie strenge Richter um einen wuchtigen Esstisch. Die dazu passende Anrichte war kaum kleiner als der Monsterschrank vor Melvins Kammer. Einen seltsamen Gegensatz zu den schweren Möbeln bildeten die Gardinen. Irgendwann hatte jemand mal versucht, das düstere Zimmer mit buntem Stoff aufzuheitern. Es war ein ungleicher Zweikampf: Die Gardinen wirkten wie verblühte Blumen auf einem Grabstein.

Robin holte Geschirr und Besteck aus der Anrichte, klaubte die toten Fliegen aus den Schüsseln und fing an, den Tisch zu decken.

Aus der Küche hörte er plötzlich ein Klirren und Scheppern, dann ein Fluchen. Ein seltsamer Geruch drang ihm in die Nase. Plötzlich steckte Rufus den Kopf ins Esszimmer. Sein Gesicht war verschwitzt und gerötet. »Schnell doch, die Schüsseln!« Robin reichte sie ihm.

Im nächsten Moment klingelte es Sturm. Robin warf einen letzten prüfenden Blick ins Esszimmer. Es schien alles in Ordnung zu sein. Er ging in den Flur, atmete durch und öffnete die Haustür. »Frohe Wei...«

»Wie lange dauert das denn noch?«, keifte Mrs Stickforth. »Soll ich hier draußen erfrieren?!«

Ohne Robin eines Blickes zu würdigen, stapfte sie an ihm vorbei, drehte ihm den Rücken zu, zog Schal, Handschuhe und Mantel aus und ließ alles fallen. Den Hut behielt sie an. Von dem vorsintflutlichen Modell baumelte ein Gewirr aus verblassten Plastikkirschen herab.

Auf ihren Stock gestützt, wackelte sie ins Esszimmer und setzte sich an die Kopfseite des Tisches. Robin hob ihre Sachen auf und hängte sie an die Garderobe.

Die Tür zur Küche ging auf. »Frohe Weihnachten, Doris!«, sagte Rufus und stellte dampfende Schüsseln auf den Tisch.

»Ja, ja. Abend, Rufus!«, murrte Mrs Stickforth. »Unglaublich, wie die Zeit vergeht. Könnte schwören, ich wäre erst gestern hier gewesen.«

Robin betrachtete den Inhalt der Schüsseln. Das Kartoffelpüree war klumpig und blass, das Gemüse ein graugrüner Brei.

Rufus' Vorstellung von einem Festessen erschöpfte sich in ein paar Tupfen Preiselbeerkonfitüre auf den Bratwürsten – vielleicht hatte er aber auch nur versucht, die aufgeplatzten Stellen zu überdecken.

Während Mrs Stickforth unaufgefordert zulangte und sich den Teller volllud, stellte Rufus die Weihnachtskerze auf den Tisch.

Robin kannte diese Kerze. Als er noch ganz klein war, war sie groß und leuchtend rot gewesen.

Rufus wühlte in den Schubladen der Anrichte, zuckte schließlich mit den Schultern und setzte sich an den Tisch. »Streichhölzer sind alle.«

Robin betrachtete den fleischfarbenen Stumpen und dachte an Melvins fröhlich geschmückte Kammer.

Während des Essens redete Mrs Stickforth ununterbrochen. Ausführlich wurde der neueste Klatsch und Tratsch von Oaksend ausgebreitet und alle Sünden aufgezählt, die die Nachbarn im Laufe des Jahres begangen hatten. Nach Robin stand Mr Duncan dieses Jahr ganz oben auf ihrer Liste. Ihm war der unverzeihliche Fehler unterlaufen, Mrs Stickforth am Morgen des 16. Juli nicht zu grüßen.

Rufus, der bis dahin nur gelegentlich genickt hatte, räusperte sich: »Doris, Mrs Duncans Fruchtblase war geplatzt. Bob musste sie schleunigst ins Krankenhaus bringen.«

Mrs Stickforth wischte seinen Einwand mit einer Handbewegung hinfort und wechselte das Thema. »Hervorragendes Püree. Selbst gemacht? Schmeckt eben doch am besten. Früher hat man alles noch selbst gemacht.«

Robin hatte sich schon gefragt, wann sie auf ihr Lieblingsthema kommen würde.

»Früher war sowieso alles besser. Kinder waren noch anständig erzogen und hatten gute Manieren.« Sie warf einen missbilligenden Blick auf Robin. »Damals zeigten Kinder noch Respekt!« Mit einem bösartigen Schwung fuhr ihre Gabel durch die Luft. Ein Bröckchen Püree blieb an der Gardine hängen.

Sie wandte sich Rufus zu und wackelte mit dem knochigen Zeigefinger: »Selbst du zeigtest Respekt, auch wenn ich wusste, dass du ein ganz Wilder warst. Glaub ja nicht, ich wüsste nicht, wer im Mai 1955 meine Hortensienbeete geplündert hat.« Sie nahm einen Schluck Wein. »Ständig warst du draußen unterwegs und hast halb Oaksend nach irgendwelchen Schätzen umgegraben. Und der kleine Sylvester ist dir überallhin gefolgt ...«

»Doris, nimm doch noch ein Würstchen.« Rufus schob ihr die Schüssel hin, obwohl Mrs Stickforths Teller noch voll war.

Robin, der bisher kaum hingehört hatte, horchte auf. Täuschte er sich, oder wirkte Rufus nervös? Von wem war gerade die Rede gewesen?

Mrs Stickforth schaffte es, drei Würstchen auf eine Gabel zu spießen. »Der kleine Sylvester, was war das für ein Engel. Armes

Würmchen. Deine Mutter hat sich nie wieder von dem Schlag erholt …«

»Püree?« Rufus hielt ihr die Schüssel unter die Nase.

Robin beugte sich über seinen Teller und tat so, als wäre nichts interessanter als klumpiger Kartoffelbrei. In Wirklichkeit spitzte er die Ohren.

»Ja, gerne. Hast du auch noch ein Schlückchen von dem Wein? Wo war ich stehen geblieben? Ach ja, Sylvester. Ihr wart so verschieden, dass kaum jemand euch für Brüder hielt. Er und Rose sahen einander sehr ähnlich, findest du nicht?«

Rufus hantierte geräuschvoll mit dem Besteck.

Mrs Stickforth sprach lauter.

»Beide hatten diese feinen Gesichtszüge und dieses elfengleiche goldblonde Haar …« Sie hielt inne und warf Robin einen schrägen Blick zu. »Du kommst ja wohl mehr nach Walter«, stellte sie fest, »was für ein …« Ein Hustenanfall hinderte sie daran weiterzusprechen und ihr Gebiss geriet in Schieflage. Rufus machte großes Aufheben darum, ihr ein Glas Wasser und eine Serviette zu reichen. Doch Mrs Stickforth wehrte ihn ärgerlich ab. Als sie wieder zu Atem kam, steckte sie beide Daumen ungeniert in den Mund. Mit lautem Schnappen glitt das Gebiss wieder an Ort und Stelle. Mrs Stickforth ergriff die Gabel und fuhr unbeirrt fort: »Ja, ja, die Besten holen die Götter früh zu sich, sag ich immer. Sylvester, Rose …« Ihre spinnengleiche Hand tätschelte Rufus' Arm. »Du konntest ja eigentlich nichts dafür … Sylvester starb an Halloween, nicht wahr? Deine arme Mutter. Jeden Tag ging sie zum Friedhof. Ich habe versucht, mit ihr zu reden. Mildred, sagte ich immer wieder, Mildred, es hat keinen Sinn, stundenlang an seinem Grab zu sitzen, das macht ihn nicht wieder lebendig. Aber es war zwecklos. Man hätte meinen können, Sylvester sei ihr einziger Sohn gewesen.«

Rufus legte die Gabel beiseite und ließ sich gegen die Lehne sinken.

Mrs Stickforth pflügte weiter: »Es ist schon seltsam, aber so eine Epidemie ist auf eine grausame Art gerecht. Sie macht vor keinem halt, sei er gut oder schlecht, reich oder arm. Der Seuche ist das egal. Schau dir die Thakerays an. Als die spanische Grippe damals ausbrach, wurden auch sie nicht verschont. Eine schreckliche Zeit war das ... Jeden Tag sah man die Leichenkutsche durch Oaksend fahren. Dein Urgroßvater Chadwick war Tag und Nacht unterwegs. Er war ein guter Arzt, aber damals gab es noch kein Penicillin. Diese Grippe war gnadenlos. Sie machte auch vor Beauregard nicht halt, obwohl es weit außerhalb von Oaksend lag.«

Sie leerte ihr Glas Wein in einem Zug.

»Und dann erwischte es die kleine Madeleine. Tag und Nacht saß ich bei ihr, doch ich konnte nichts tun. Sie schrie im Fieberwahn. Das arme Kind. Hatte keine Chance.«

Sie hielt Rufus den leeren Weinkelch hin. Mit versteinerter Miene goss er nach.

»Sie starb auch an Halloween – ausgerechnet! Ich weiß es

noch wie heute: In jenem Jahr spielte das Wetter verrückt. Ende Oktober wurde es plötzlich wieder Sommer und im Park stolzierten die Pfauen über das bunte Laub und schlugen ihr Rad. Mit seinen Marmorsäulen sah Beauregard mehr denn je wie ein griechischer Tempel aus. Und dann … Dann trugen sie diesen winzigen weißen Kindersarg heraus … Es war ein grausamer Anblick. Ja, ja, wen die Götter lieben …« Beherzt stach sie die Gabel in die nächste Wurst.

Robin hörte kaum noch zu. In seinem Kopf arbeitete es. Mrs Stickforth hatte seine Mutter schon als Kind gekannt – und offenbar auch seinen Vater. Das hatte er nicht gewusst. Neu war ihm auch, dass Rufus einen Bruder gehabt hatte, Sylvester. Rufus hatte ihn nie erwähnt.

Doch dann passierte etwas, das alle Gedanken aus seinem Kopf fegte.

»Hat sie Säulen gesagt?«, wisperte es in sein Ohr. Die Gabel mit Püree, die Robin sich gerade in den Mund führen wollte, blieb auf halbem Wege stehen.

»Frag sie, wie viele Säulen es waren.« Melvins Atem kitzelte.

Robin ließ die Gabel sinken und nahm all seinen Mut zusammen. »Ähm, wie viele Säulen waren es denn?«, fragte er so beiläufig wie möglich.

Mrs Stickforth sah ihn empört an und klatschte mit der flachen Hand auf den Tisch, dass Teller und Gläser klirrten. »Siehst du, das ist genau, was ich meine, Rufus. Keine Manieren, keinen Respekt. Der Junge verwildert!« Eine Ader pulsierte unter der durchscheinenden Stirnhaut. »Ich rede hier von der armen Madeleine, und alles, was ihn interessiert, ist, wie viele Säulen Beauregard hatte? Wie kann man nur so gefühllos sein!«

Rufus schoss ihm einen warnenden Blick zu. Robin kniff die Lippen zusammen und zwang sich dazu, seinen Kopf reumütig zu senken, woraufhin sich Mrs Stickforth ein wenig beruhigte. »Weiß nicht mehr genau … Ich glaube, es waren … Warte mal, doch ja, jetzt erinnere ich mich, es waren genau acht … Willst du auch noch wissen, wie viele Stufen die Freitreppe hatte?«, kläffte sie.

Auch wenn Robin Melvin nicht sehen konnte, spürte er dessen Aufregung wie unsichtbare Wellen.

Acht Säulen.

Mrs Stickforth schwenkte ihr Glas und verspritzte etwas Wein.

»Wie auch immer … Jedenfalls war von dem Tag an alles anders«, nahm sie den Faden wieder auf. »Keine Feste mehr, keine Gäste. Das Schloss wurde zu einem stillen Grab und Sir und Lady Thakeray wurden zu Schatten ihrer selbst. Madeleine war ihr einziges Kind gewesen. Ein Kindermädchen brauchten sie nicht mehr. Ich wurde entlassen – und alle anderen Dienstboten auch.«

Sie stierte mit querem Blick auf ihr Weinglas. »Es heißt immer, sie hätten sich umgebracht, weil sie ihr Vermögen während der großen Wirtschaftskrise verloren hätten. Aber ich weiß es besser. Es ist wohl das Schrecklichste, was einem passieren kann – das eigene Kind zu überleben …« Sie brach plötzlich ab.

Robin entging nicht der Blick, den sie Rufus zuwarf. Der stand abrupt auf und griff nach den Tellern. »Ich hol mal den Nachtisch«, brummte er und verschwand in der Küche.

Kapitel 13

Beauregard

Am nächsten Morgen tauchte Rufus nicht auf. Robin bereitete sich alleine in der Küche sein Frühstück zu.

Als Mrs Stickforth am Abend zuvor endlich gegangen war, hatte Robin beim Aufräumen geholfen. Während des Abwasches hatte Rufus nicht einen Ton von sich gegeben und schimpfte nicht einmal, als Robin einen Teller fallen ließ.

Kaum waren sie fertig gewesen, hatte Rufus grußlos die Küche verlassen und sich im Arbeitszimmer eingeschlossen.

Mit einem Stapel gebutterter Toasts kehrte Robin in den Flur zurück. In der Nacht hatte es erneut geschneit. Die Gasse, die Rufus gestern durch den Vorgarten geschaufelt hatte, war wieder knietief mit Schnee bedeckt. Das Thermometer zeigte dreizehn Grad unter null.

Robin horchte an Rufus' Tür. Kein Laut war zu hören, die Schreibmaschine schwieg. Robin fand diesen stillen Rufus beunruhigender als den ewig polternden.

Von oben, aus seinem Zimmer, drang plötzlich ein gedämpftes Rauschen. Robin erklomm die Treppe und öffnete die Tür eine Handbreit. Im Erker saß ein gigantischer Wattebausch und spielte mit einem alten Fön.

»Guck mal!«, sagte Melvin. Er riss den Mund auf und hielt den Fön hinein. Hingerissen schielte er auf seine Backen, die sich im Luftstrom blähten und flatterten, und kippte giggelnd hintenüber.

Robin schlüpfte ins Zimmer und schloss rasch die Tür hinter sich. Er musste lächeln. Er war selbst überrascht, was für ein Volltreffer der alte Fön gewesen war. Melvin war angelaufen wie ein Regenbogen, als er das Weihnachtsgeschenk am Abend zuvor ausgepackt hatte.

Mindestens genauso hatte sich Robin über Melvins Geschenk gefreut. Bis weit nach Mitternacht hatte er in der *Mentores Mundi* von Attila Hicks geschmökert. Im Vorwort stolperte Robin über etwas, worüber Melvin in der Halloween-Nacht gesprochen hatte. Es ging um die Legende, nach der Monster und Menschen vor langer Zeit friedlich miteinander gelebt haben sollen. Attila Hicks war der Überzeugung, dass ein wahrer Kern in der Legende steckte. Es folgte eine umständliche Erklärung mit vielen Fremdwörtern, doch soviel Robin mitbekam, hatten die Menschen vor Jahrhunderten eine alte Sprache gesprochen, und in dieser hießen die Monster noch *Mentores*, was so viel bedeutete wie Schutzpatron. Erst mit dem Beginn der sogenannten Dunklen Epoche hatte sich das geändert. Attila Hicks ging nicht näher auf diese Epoche ein und schloss mit den Worten: *Doch welchen Namen die Menschen uns auch geben mögen – Mentoren, Ungeheuer, Dämonen, Monster –, lasst uns nicht gram sein ob schnöder Worte, die der Wind der Zeit doch nur verweht. Lasst uns indes stolz und still unser vielfältig' Kleid glätten und mit wachem Auge dem ewigen Band folgen – jenes kennt weder Zeit noch Namen.*

Dann hatte der spannende Teil des Buches angefangen. Die *Mentores Mundi* war ein bebildertes Lexikon der Monsterarten. Robin las von Aquamands, einer Unterart der *Penna* (Federartige), die Wasser in ihrem Brustkleid speichern und wochenlang davon trinken konnten. Er staunte über Lumlums, eine Unterart der *Mucus* (Schleimartige), die im Dunkeln leuchteten. Es folgten die *Squameus* (Schuppenartige), die *Cathaphractes* (Panzerartige) und die *Aculeatus* (Stachelige). Jede dieser Arten fächerte sich wiederum in Dutzende Unterarten auf. Er las von Higgeniffs, Twirls und Böfflamons, von Klompern, Jakabus und Wogglern. Dann gab es noch Bronfer, Quastler und Boccalumps, Glitsche, Pomkins und Jarver … Und jede einzelne Monsterart hatte ihre eigenen besonderen Fähigkeiten.

Natürlich wusste Robin mittlerweile, dass Monster schärfere Sinnesorgane hatten als Menschen. Doch er hatte ja nicht geahnt, wie scharf.

Verblüfft las er den Abschnitt über die Jarver. Diese Monsterart verfügte über einen so hoch entwickelten Geruchssinn, dass sie im Umkreis von fünf Kilometern jede Keksdose punktgenau ausmachen konnte – sei sie auch noch so gut versteckt.

Das erklärte natürlich einiges, dachte Robin. Vorletztes Jahr hatte Rufus ihn beschuldigt, sich heimlich an den Keksen vergriffen zu haben. Robin hatte seine Unschuld beteuert, doch Rufus hatte ihm nicht geglaubt und das Haus kurzerhand zur keksfreien Zone erklärt.

Tief beeindruckt war Robin auch von den geheimnisvollen Megalaeros. Das waren flauschige Wesen mit Doppelflügeln. Man sah sie nur in der Brutzeit. Sobald die Jungen flügge waren, verschwanden sie wieder. Niemand wusste, wohin. Die scharfen Augen dieser Monsterart waren jedem Noogle haushoch überlegen – Megalaeros konnten selbst eine Blattlaus aus zehn Kilometern Entfernung heranzoomen.

Aber es gab auch Monsterarten, die nicht ganz so knuddelig waren, zum Beispiel der Murker. Das war ein bis zu drei Meter langes lurchähnliches Geschöpf, das in Sümpfen lebte und sich von Moorleichen ernährte. Im Sommer stieß es seine spiralförmigen Hörner ab, damit neue nachwachsen konnten. Die alten Hörner waren wertvoller als Diamanten, denn sie waren das einzige Heilmittel gegen die Tropenfellpest. Doch es war eine gefährliche und ziemlich glitschige Angelegenheit, an sie heranzukommen.

Noch gruseliger als den Murker fand Robin jedoch den baltischen Giftstachler – den Shrokk. Ein Shrokk konnte seine Stacheln auf die doppelte Länge ausfahren und hatte einen gepanzerten Schweif, dessen Spitze ein tödliches Gift absonderte. Shrokks waren ein Kriegervolk, und es wurde ausdrücklich davor gewarnt, einen Shrokk unaufgefordert zu grüßen – er könnte es als Zeichen zum Angriff missdeuten. Leutseligkeit war nicht ihre Sache.

Als der letzte Toast verputzt war, machte sich Robin für die Expedition nach Beauregard bereit. Es würde ein langer, kalter Marsch werden.

Melvin spielte wieder mit dem Fön. Gerade hatte er entdeckt, dass man damit auch Handpuppen aufblasen konnte. Mr Moons Augen quollen beängstigend hervor. Zum Glück war Robin gerade im Kleiderschrank, als das linke Auge abplatzte und durchs Zimmer schoss. Hastig fing Melvin den Pingpongball ein und klebte ihn mit Spucke fest. Als Robin mit einem Berg Kleidern aus dem Schrank trat, lehnte Mr Moon etwas zerzaust zwischen den Kissen und schielte mehr denn je. Melvin machte ein unschuldiges Gesicht.

Robin fing an, sich mehrere Lagen Unterwäsche, Socken und Pullover anzuziehen. Mit zunehmender Belustigung sah ihm Melvin zu.

»Du brauchst gar nicht so zu gucken«, sagte Robin, »lieber dämlich aussehen, als da draußen zu erfrieren.« Ächzend zwängte er sich in seinen Schneeanzug hinein. Melvin hatte es gut. Mit seinem dicken Fell würde er selbst in der Arktis unter freiem Himmel schlafen können. Endlich hatte Robin auch seine Füße in Gummistiefel gezwängt, stülpte sich das tote Opossum über den Kopf und schnappte sich die Fäustlinge.

Auf ihrem Weg durch Oaksend begegneten sie kaum jemandem. Mr Hoopers Kiosk sah seltsam nackt aus ohne die vielen Zeitungsständer, die sich sonst darum ausbreiteten. Die Rollos waren heruntergelassen, nur die Lichterkette blinkte unablässig vor sich hin. Robin fragte sich, mit wem Mr Hooper wohl Weihnachten feierte. Unwillkürlich tauchte in seinem Kopf ein Bild auf. Er sah Punchkiss, wie er Mr Hoopers Weihnachtsbaum zerfetzte. Entschlossen schob er das Bild zur Seite.

Sogar Tess hatte ein Schild an das *Majestic* gehängt: Heute geschlossen. Am Weihnachtsfeiertag saßen alle im warmen Wohnzimmer gemütlich beisammen.

Sie hielten sich weiter stadtauswärts, ließen den Friedhof hinter sich und gelangten zur Gärtnerei. *Rorys Wunderpetunien* stand in großen Lettern über dem Tor. *Vom Samen zum Blütenrausch*. Die Scheiben der Gewächshäuser waren von innen beschlagen.

Irgendjemand hatte den Weg an der Gärtnerei entlang frei geschaufelt. Unter der verbleibenden Schneeschicht zeichnete sich das Kopfsteinpflaster der alten Zufahrt zum Schloss ab. Als sie die Gewächshäuser hinter sich gelassen hatten, verlor sich der Weg jedoch im offenen Feld. Robin war noch nie bei der Schlossruine gewesen. Er wusste nur, dass sie sich irgendwo in dem verwilderten Gehölz befinden musste, das auf einer Anhöhe jenseits der Felder zu sehen war.

Sie kämpften sich durch den hüfthohen Schnee. Trotz der Kälte geriet Robin ins Schwitzen. Mit seinen gepolsterten

Fellsohlen sank Melvin zwar nicht so tief in den Schnee ein wie Robin, doch auch er begann zu dampfen. In seinem Brustfell bildeten sich Eisklümpchen. Eine Zeit lang waren nur ihr Keuchen zu hören und das leise *Witschwitsch*, das der Polyesterstoff des Schneeanzugs bei jeder Bewegung erzeugte.

Je näher sie dem Gehölz kamen, desto weniger konnten sie glauben, dass hier einst ein gepflegter Park gewesen sein sollte, über dessen Rasenflächen Pfaue stolziert waren.

Sie wühlten sich durch Stechpalmengestrüpp, Feuerdorn und Brombeerranken und stießen unversehens auf eine hohe Mauer. Ohne zu zögern, wandte sich Melvin nach rechts. Die Mauer führte sie noch tiefer ins Gehölz hinein, machte dann einen Schlenker und mündete in eine pompöse Toreinfahrt.

Das schwere Gittertor wurde von zwei wuchtigen Säulen flankiert. Auf beiden thronte ein steinerner Pfau und blickte hochmütig über ihre Köpfe hinweg.

Um die Stäbe des Tors schlang sich eine armdicke Eisenkette. Robin legte den Kopf in den Nacken. Alle Stäbe waren von einem Eispanzer umgeben und endeten in glitzernden pfeilförmigen Spitzen.

Melvin rüttelte am Tor. Ein Vorhängeschloss schlug dröhnend gegen die Kette. Er ließ die Kralle seines kleinen Fingers herausschnappen und pfriemelte damit im Schloss herum.

»Zottelsucht und Milbenpest!«, schrie er plötzlich, »jetzt habe ich mir die Kralle abgebrochen.«

Er gab dem Tor einen Tritt, dass die Kette nur so schepperte.

Es folgte eine Reihe weiterer Flüche, als er auf einem Bein im Schnee herumsprang und sich den schmerzenden Fuß hielt. Ein paar Meter weiter schoss ein aufgeschreckter Dachs aus dem Unterholz. Melvin hörte auf zu hopsen und schnurrte ihm etwas zu. Der Dachs guckte ihn nur erschrocken an und flüchtete in ein Brombeerdickicht an der Mauer.

»Was hast du zu ihm gesagt?«, fragte Robin.

»Hab ihn nur nach dem Weg gefragt.« Melvin hob ratlos die Schultern. »Vielleicht spricht er einen anderen Dialekt?«

Er humpelte dem Dachs hinterher und kroch ins Gebüsch. Vorsichtig schob er die dornigen Zweige zur Seite und legte einen Spalt in der Mauer frei, den eine Wurzel gesprengt hatte.

Als Robin ihm hinterherkroch, blieb er im Brombeergestrüpp hängen und riss sich ein Loch in den Schneeanzug.

»Oh nein! Rufus wird toben …«, stöhnte er und griff nach dem dunkelblauen Fetzen, der im Gestrüpp baumelte.

»Kein Problem«, sagte Melvin, »das kriegen die Spinnen ratzfatz wieder hin.«

»Echt?« Erleichtert schob Robin den Fetzen in seine Hosentasche und folgte Melvin durch den Mauerspalt.

Offensichtlich nutzte nicht nur der Dachs diesen Durchlass. Dutzende Fährten zogen sich kreuz und quer durch den funkelnden Schnee. Vor ihnen erstreckte sich eine Allee aus Kastanienbäumen. Immergrünes Geißblatt hatte die Stämme und Kronen erobert und hing in buschigen Lianen herab. Als Robin und Melvin durch diesen Tunnel gingen, raschelte es hin und wieder leise, wenn ein Blatt unter der Schneelast nachgab. Feine Eiskristalle schwebten auf sie nieder.

Als sie den letzten Geißblattvorhang beiseitegeschoben hatten, blieben sie wie angewurzelt stehen.

Dunkle Tür- und Fensterhöhlen starrten sie an, Schlingpflanzen wucherten über den einst schneeweißen Marmor, durch das eingesackte Dach wuchs ein Baum. Wurzelwerk hatte sich zwischen den Stufen der Freitreppe hindurchgequetscht und sie buckelig und krumm gemacht.

Und dennoch, selbst wenn Beauregard inzwischen zu einer Ruine verkommen war, strahlte das Schloss immer noch eine stille Würde aus, die etwas von seiner ehemaligen Pracht erahnen ließ. Nur eines war ganz und gar nicht prachtvoll. Der Portikus hatte sechs Säulen.

»JAOWAOH!«

Robin sah Melvin bestürzt an. Der hob die Augenbrauen. »Das war ich nicht.«

»JAOWAOWAOOOH!«

Es klang wie ein verwundetes Tier. Robin warf hektische Blicke ins umliegende Dickicht. Stellten die Tramps etwa auch hier ihre Fallen auf? Sein Blick streifte den Seitenflügel des Schlosses und blieb dahinter an einem Brunnen hängen. Plötzlich kamen ihm Imogens Worte in den Sinn: … *den erhängten Sir Thakeray fand man erst eine Woche später. Nur noch der Kopf hing an der Brunnenwinde – der Rest war schon abgefault und in den Schacht gefallen. Wusstest du, dass man bei Vollmond ein*

Stöhnen im Brunnen hören kann? Das ist der Rumpf, der nach seinem Kopf ruft …

»M… Melvin …«, hörte er sich wie aus weiter Ferne stammeln und wandte sich steif vor Schreck um.

Melvin lächelte mit geschlossenen Augen und wiegte sich hin und her.

»Herrlich, findest du nicht?«

Herrlich?

»Melvin, was ist das?«

»Ich verwette ein Horn, dass das ein Monster ist. Könnte ein Glitsch sein.« Ohne weitere Erklärung lief er zum Brunnen und beugte sich über den Rand. »Hallo!?«, rief er in den Schacht hinunter. Das Gejaule erstarb mit einem Schlag.

»Oh, hallo da oben!«, tönte es hohl aus der Tiefe zurück, »was für eine nette Überraschung … Bist du etwa ein europäisches Langhaar?«

»Stimmt genau. Ich heiße Melvin. Und wer bist du?«

»Ich bin Osborne, der Hausglitsch von Beauregard.«

»Osborne, ich bin nicht alleine. Ich habe meinen Schützling bei mir, aber keine Angst, er ist schwer in Ordnung. Er heißt Robin.« Während er sprach, winkte Melvin Robin zu sich heran.

»Schützling? Du meinst – einen Menschen?«, scholl es aufgeregt herauf. »Warte, ich komme …«

Zögerlich näherte sich Robin dem Brunnen und blickte in den dunklen Schacht hinunter.

Ein schleimiger, dunkler Klumpen, kaum größer als eine Grapefruit, robbte nach oben und glitt auf den Brunnenrand. Robin schluckte. Das war also ein Glitsch. Doch dann schüttelte sich der Klumpen und verwandelte sich in ein silbergraues flauschiges Geschöpf, das an ein Angorakaninchen erinnerte. Allerdings hatte Robin noch nie ein Kaninchen gesehen, dessen Ohren und Schwanz gewunden waren wie Korkenzieher – und das mehr als zwei Augen hatte. Aus dem seidigen Fell ploppten gerade ein Dutzend Glupschaugen hervor, mit denen der Glitsch Robin unverhohlen musterte. Die Pupillen konnten sich völlig unabhängig voneinander bewegen. Während Robin noch versuchte, sich auf eines davon zu konzentrieren, öffnete sich dazwischen ein Schlitz, und eine fiepsige Stimme sagte:

»Oh, tatsächlich, ein Mensch … Ich hatte ganz vergessen … Ihr seid so anders als wir … Aber, du liebe Güte, wo habe ich denn nur meine Manieren gelassen?« Die Hälfte der Augen verschwand wieder im Fellknäuel, dafür bildete sich seitlich ein plüschiger Tentakel heraus, der sich Robin entgegenstreckte. »Sehr erfreut, dich kennenzulernen, Robin. Ich bin Osborne, Hausglitsch von Beauregard.«

Robin nahm den Tentakel zwischen Daumen und Zeigefinger und schüttelte ihn vorsichtig. Osborne quietschte vor Vergnügen.

»Du musst entschuldigen, aber ich habe seit Ewigkeiten keinen Menschen mehr gesehen. Das muss schon Jahrzehnte her sein. Findet ihr es nicht auch erstaunlich, wie die Zeit vergeht? Eben hocken sie noch auf Nachttöpfen und – schwupps! – erfinden sie das Wasserklosett … Dabei kommt es mir erst wie gestern vor, als ich mit der Kleinen spielte, die in dem Schloss wohnte. Sie liebte es, Froschkönig zu spielen – ein bezauberndes Wesen. Irgendwann kam sie nicht mehr. Ich weiß auch nicht, warum. Und dann, eines Tages – ich hatte mich gerade zum Mittagessen hingesetzt – flog aus heiterem Himmel dieser Mann herunter. Ich kann euch sagen, das war vielleicht eine Schweinerei. Der ganze Algeneintopf war ruiniert. Und zu allem Überfluss war er … Er war … äh, nun ja, nicht mehr ganz vollständig.«

»Meinst du mit nicht vollständig vielleicht, dass er keinen Kopf mehr hatte?«, fragte Robin.

»So direkt wollte ich das nicht sagen. Wer macht denn auch so was. Das gehört sich doch nicht.«

»Sir Thakeray«, murmelte Robin.

»Ja, ich glaube, so hieß er. Woher wusstest du das?« Bevor er in den nächsten Redeschwall verfiel, fragte Melvin schnell: »Osborne, wie lange lebst du schon hier?«

»Oh, schon immer. Ich wurde in diesem Brunnen geboren, wisst ihr. Wartet mal, das war, äh, 1765 … oder war es 1657? Ach, herrje, ich hatte es noch nie so mit Zahlen …«

»Dann bist du ja … Dann bist du ja über 200 Jahre alt!«, entfuhr es Robin.

Osborne gluckste vergnügt. »Oh ja! Ich habe noch erwachsene Männer erlebt, die mit Perücken herumgelaufen sind. Das war vielleicht eine lustige Zeit. Aber ich rede und rede mal wieder … Sagt mal, was macht ihr eigentlich hier? Habt ihr euch verirrt?«

Melvin erzählte von seiner Prüfungsaufgabe, die sie nach Beauregard geführt hatte.

Osbornes Pupillen schwirrten aufgeregt umher.

»Eine Prüfungsaufgabe? Wie aufregend! Wie lautet sie denn, wenn ich fragen darf?«

Melvin holte den Brief raus und las vor: »*Erläutern Sie die Acht Säulen. Wer hat sie erschaffen? Aus welchem Material wurden sie erbaut? Benennen Sie ihre Zeichen.*«

»Ein Rätsel? Oh, ich liebe Rätsel! Wartet mal, das haben wir gleich … hmm …«

In Osborne arbeitete es. Robin wurde ganz schwummerig, als er sah, wie sich der Glitsch in Sekundenschnelle veränderte. Augen, Münder und Gliedmaßen stülpten sich raus und wieder rein. Schließlich verschränkte Osborne zwei tentakelähnliche Gebilde unter dem Mund, ein Drittes formte ein Fragezeichen.

»Ein Gebäude mit acht Säulen«, überlegte er, »also da wäre die Akropolis … Ach nein, die hat viel mehr Säulen.« Ein weiterer Tentakel quoll hervor und tippte nachdenklich auf den Brunnenrand.

»Was ist mit dem Castel del Monte in Italien? Der Stauferkönig Friedrich hat es sogar komplett achteckig bauen lassen …«

Robin und Melvin wechselten einen Blick. Italien?

Osborne zog nachdenklich am rechten Korkenzieherohr. »Ach nein, so kompliziert würden sie es nicht machen. Nicht beim Diplom zum Jungmonster. Sie haben bestimmt etwas in der Nähe ausgewählt. Hmm, mal überlegen, was könnte es sein …? Moment, ich hab's!«, er schnippte mit den Tentakeln, »das Denkmal von St. Octavian in Oaksend!«

Melvin schüttelte den Kopf. »Das haben wir schon versucht. Das Denkmal hat zwar acht Säulen. Aber die Antwort ist trotzdem falsch.«

»Ach? Tja, dann weiß ich auch nicht so recht weiter. Es sei denn …« Er stockte.

»Es sei denn, was?«, drängte Melvin.

»Na ja, Beauregard hatte eine Zisterne, und da gab es auch Säulen, aber …«

»Was aber?«, fragte Robin.

»Ich weiß nicht, ob es die Zisterne überhaupt noch gibt. Früher hatte ich dort öfter zu tun. Es gab einen Zugang vom Brunnen dorthin, aber der ist schon seit Jahrzehnten verschüttet. Während des Krieges sind hier Bomben gefallen, wisst ihr. Die Menschen hatten früher einen eigenen Eingang, gleich da drüben hinter den Stallungen und dem Waschhaus.« Eins der Augen drehte sich nach hinten. Robin und Melvin folgten dem Blick. Hinter einem dichten Gebüsch konnten sie Mauern ausmachen.

»Du hast gesagt, du warst früher dort. Weißt du noch, wie viele Säulen die Zisterne hatte?«, fragte Robin. Er riss sich nicht darum, in eine zerbombte, einsturzgefährdete Zisterne hinunterzusteigen.

Osborne überlegte. »Vier? Nein, sechs. Oder waren es acht …? Ach, ich und Zahlen!« Osborne sah sie bedauernd an. »Oje, tut mir leid, ich erinnere mich nicht mehr. Ich war immer so sehr mit den Rohren beschäftigt. Auf die Säulen habe ich nie richtig geachtet.«

Melvin wurde zappelig und drängte zum Aufbruch. Sie bedankten sich bei Osborne, der sich wieder in eine schleimige Kugel verwandelt hatte. »Viel Glück und kommt doch mal wieder vorbei. Es war so nett, mit euch zu plaudern«, rief er und ließ sich in den Brunnen plumpsen.

Während Melvin und Robin zu den Nebengebäuden gingen, ertönte wieder der jaulende Singsang. Robin musste lächeln. Das war also das Geheimnis von Beauregard. Die ganze Spukgeschichte von Sir Thakerays Rumpf, der seinen Kopf suchte, entpuppte sich als der Gesang eines alten Glitsches. Dabei fiel ihm ein …

»Melvin, was tut ein Glitsch eigentlich? Ich meine, außer singen?«

»Glitsche sind superwichtig. Sie halten Kanäle und Wasserleitungen sauber, filtern allen Dreck raus, Bakterien und … na ja, auch das grobe Zeug. Kein Glitsch, kein sauberes Wasser.«

Er grinste, als er sah, wie sich Robin hastig die Hand am Schneeanzug abwischte.

»Keine Sorge, sie sind die reinlichsten Geschöpfe der Welt.

Ihr Fell wirkt antibakteriell und tötet jeden Keim. Deshalb arbeiten auch so viele von ihnen in der Kanalisation, in Kläranlagen und natürlich in Krankenhäusern. Aber glaub nur nicht, dass jeder Glitsch so schön singen kann wie … oh, sieh mal, ich glaube, das ist der Eingang zur Zisterne.« Er deutete auf ein winziges, fensterloses Häuschen, das hinter dem verfallenen Waschhaus zum Vorschein kam. Die Tür war vor Feuchtigkeit aufgequollen, und nur mit vereinten Kräften gelang es ihnen, sie aufzudrücken. Feuchte, modrige Luft schlug ihnen entgegen. Das Innere war leer bis auf eine enge Wendeltreppe. Sie beugten sich über das rostige Geländer. Die Treppe führte in einen Schacht hinunter, der kaum einen Meter breit war. Weiter unten fiel ein Streifen fahlen Lichts auf die Stufen.

Melvin legte eine Hand auf das Geländer und setzte einen Fuß auf die erste Stufe. Vorsichtig verlagerte er sein Gewicht und wippte ein wenig auf und ab. Rost bröckelte in die Tiefe.

»Ich gehe besser vor«, sagte Melvin, »dann fällst du weicher.« Als er Robins Blick sah, setzte er rasch hinzu: »Hey, war nur 'n Witz!«

Die Eisentreppe wackelte und quietschte unter ihrem Gewicht. Robin hielt sich dicht an Melvin.

Glitschige Algen bedeckten das Mauerwerk und es roch nach altem Hering. Robin blieb fast das Herz stehen, als ein daumendicker Tausendfüßler nur eine Handbreit neben seinem Gesicht aus einem Mauerspalt schoss und in Wellenlinien senkrecht nach unten flitzte. Seine Kopfhaut begann unangenehm zu prickeln. Er zurrte seinen Schal fester um den Kragen, winkelte die Arme an und presste sie eng an den Körper.

Weiter unten öffnete sich der Schacht und gab den Blick frei auf eine schummrige Halle mit einem riesigen Wasserbecken. Der hintere Bereich verlor sich im Dunkeln. Herabgestürzte Steinbrocken, groß wie Kleinwagen, waren dort bis an den Beckenrand gerollt. Verschnörkelte Säulen trugen ein Kreuzgewölbe, das mit Mosaiken verziert war. Robin und Melvin hatten jedoch keinen Blick dafür übrig. Sie liefen um das Becken herum und zählten die Säulen.

Doch sooft sie auch zählten, es blieb dabei: Die Zisterne hatte zehn Säulen.

Wortlos ließen sie sich am Beckenrand nieder. Melvin griff nach einem Steinchen und warf es ins Wasser. Das Plitschen hallte vom Gewölbe wider. Silbrige Fischchen schossen herbei und balgten sich um das vermeintliche Futter.

Schließlich sagte Robin: »Nach Weihnachten gehe ich noch mal in die Bibliothek. Vielleicht … Hey, ich habe eine Idee: Kannst du nicht Mr Buttwickle mit ein paar Kakerlaken ablenken? Dann könnte ich mich in die Erwachsenenabteilung schleichen.«

Ein weiteres Steinchen flog ins Wasser. Die Fische flitzten aufgeregt durcheinander.

»Geht nicht«, sagte Melvin, »ist gegen die Gesetze. Schon vergessen? Ich darf meine Fähigkeiten nur einsetzen, um dich zu beschützen.«

Robin fragte: »Nehmen die es denn wirklich so genau?«

Melvin wiegte den Kopf hin und her: »Gesetz drei und vier sind schon ziemlich eindeutig: *Deine Kraft diene ausschließlich des Menschen Wohlergehen*, und: *Nie sollst du deine Kraft für andere Zwecke missbrauchen – es sei denn, es droht Gefahr für Leib und Leben.*«

Das klang ziemlich unmissverständlich. Obwohl … eine vermasselte Prüfung konnte Robins Meinung nach durchaus als Gefahr für Leib und Leben durchgehen.

»Aber so ein paar kleine Kakerlaken, wer soll das denn mitkriegen? Du kannst ja sagen, dass Freddy in der Bibliothek war und mir Böses wollte.«

Melvin warf ihm einen düsteren Blick zu. »Wenn das so einfach wäre! Kakerlaken sind echt freundlich, aber sie können sehr empfindlich reagieren, wenn sie merken, dass man sie anlügt – am Ende verpetzen sie mich noch. Und dann …« Er fuhr sich mit der Handkante quer über die Kehle. »Disqualifikation. Unehrenhaft.«

Die Fische stoben plötzlich auseinander. Irgendwo rieselte Sand. Ein Steinchen kullerte. Robin schielte zur Decke hinauf.

»Lass uns lieber gehen«, sagte er und stand auf.

Melvin rührte sich nicht.

»Was ist?«

»Ratze«, flüsterte Melvin kaum hörbar. Sein Nackenfell wurde buschig.

Robins Blick huschte in der Halle umher, doch er konnte

nichts entdecken. »Wo denn? Sag mir wenigstens die Richtung ...« Im nächsten Augenblick sah er es. Zwischen zwei Steinbrocken blitzte ein winziges Augenpaar auf. Robin fand Melvins Reaktion etwas übertrieben. Er fand Ratten auch nicht gerade kuschelig, aber im Ernst – wie gefährlich konnte eine einzelne Ratte schon sein? Doch dann blitzten weitere Augenpaare auf, es wurden immer mehr, als hätte jemand eine gewaltige Lichterkette angeknipst.

Ohne die Lippen zu bewegen, raunte Melvin: »Mach – jetzt – keine – plötzlichen – Bewegungen.«

Ganz langsam stand er auf und schirmte Robin mit seinem Körper ab. Um sie herum erklang leises Scharren, Kratzen, Schleifen und Trippeln. Das Lichtermeer geriet in Bewegung und hielt genau auf sie zu. Panik schnürte Robin die Kehle zu, als sich aus dem Halbdunkel eine ganze Rattenarmee herausschälte – es mussten mindestens hundert sein.

An ihrer Spitze schritt eine Art Ehrengarde, die einen von Dreck verkrusteten Mülleimerdeckel geschultert hatte, und darauf saß ...

Die einzige Ratte, die Robin jemals aus nächster Nähe gesehen hatte, war die gewesen, die Melvin letzten Sommer im Brunnenhaus aufgestöbert hatte – und die war klein, dürr und tot gewesen. Das Exemplar, das sie von dem Schild herab anfunkelte, war riesig, fett und quicklebendig. Von der Schnauze fehlte die Hälfte, das Maul war nur noch ein schrundiges Loch.

»Itzrighxlwickyqwatziquiql?!«, knarzte es daraus hervor.

Melvin sagte gepresst: »Ich spreche kein Rätzisch!«

Die fette Ratte beugte sich vor. »Bist dir wohl zu fein dafür?«, versetzte sie bissig und fuhr fort: »Ich bin Jawnerel! Herrscher der Zisterne und Anführer dieses Clans. Wer seid ihr, dass ihr es wagt, in unser Revier einzudringen?«

Die graue Meute schob sich weiter vor.

Melvin sagte: »Ich bin Melvin Montgomery, angehendes Schutzmonster Erster Klasse. Ich komme nicht als Angreifer oder als Eindringling. Ich bin ohne böse Absicht in euer Revier geraten.«

Während er sprach, schob er sich millimeterweise in Richtung Treppe, Robin immer noch in seinem Rücken. »Ich habe meinen Schützling bei mir. Laut Straßburger Kodex gilt Waffenstillstand, solange ein Schutzmonster in Ausübung seiner Pflicht handelt. Ich berufe mich auf diesen Kodex und verlange freien Rückzug.«

Jawnerel warf so heftig den Kopf in den Nacken, dass seine Träger Mühe hatten, den Schild im Gleichgewicht zu halten. Aus dem zerfetzten Maul drang ein grausiges Lachen.

»Entweder bist du unglaublich mutig oder unglaublich dumm. Ich will dir mal was sagen, du Zeckenschleuder: Wir geben einen Dreck auf den Kodex! Eure Gesetze gelten hier unten nicht.«

Melvin ballte die Fäuste, sein Fell wurde gewittergrau. »Modrist!«, spie er aus. Die Meute heulte empört auf.

»Selber Modrist!« Jawnerel bleckte die Zähne. »Sobald sich auch nur einer von uns da oben blicken lässt, fallt ihr über ihn her. Aber dann gilt auch: Auge um Auge, Zahn um Zahn. Das ist unser Kodex!«

Das Heulen schlug in Johlen um. Jawnerel brachte die Menge mit einer Handbewegung zum Schweigen. Seine Augen bekamen einen hinterhältigen Glanz. »Doch wir sind keine Monster. Wir geben dir eine Chance.«

»Von Ratzen nehme ich gar nichts!«, rief Melvin.

»Nicht mal dein Leben?«

Melvin erstarrte.

Jawnerel lachte: »Ich sehe, du hast verstanden ... Also, hier ist deine Chance: Gib uns dein Hatchpatch und wir lassen dich und deinen Schützling ziehen!«

»Niemals!«, knurrte Melvin, und in der nächsten Sekunde wirbelte er herum und stieß Robin Richtung Wendeltreppe: »LAUF!«

»ANGRIFF!«, donnerte Jawnerel, und Hunderte Ratten stürmten auf einmal los.

Von blankem Horror erfüllt, jagte Robin die Stufen hoch. Hinter ihm brandete ohrenbetäubendes Geschrei auf. Er riskierte einen Blick über die Schulter. Melvin war nicht mehr bei ihm.

Entsetzt sah er seinen Freund inmitten einer Flut aus zappelnden, beißenden Nagern. Jawnerel brüllte Befehle, die Ratten flitzten an Melvin hoch, krallten und bissen sich fest, während andere in seine Taschen schlüpften, um das Hatchpatch zu finden.

Robin dachte nicht eine Sekunde nach. Er klappte die Ohrenschützer herunter, ballte die Fäuste und stürmte in die Zisterne zurück.

Melvin ruderte wild mit Armen und Beinen und schaffte es, einige der Ratten wegzuschleudern. Doch für jede Ratte, die an die Wand klatschte, rückten Dutzende nach. Melvin strauchelte, ging schon in die Knie …

Robin zog den Fetzen aus der Tasche, den er sich am Brombeergestrüpp aus dem Schneeanzug gerissen hatte.

»HIER!«, schrie er und wedelte mit dem Fetzen in der Luft herum.

Jawnerel brüllte sofort los: »IDIOTEN! Die Zeckenschleuder hat euch ausgetrickst! Der Junge hat das Hatchpatch!«

Robin wickelte den Fetzen um einen Stein und schleuderte ihn ins Wasser. Sofort ließen die Ratten von Melvin ab und stürzten zum Becken.

Robin rannte zu Melvin, der ohnmächtig zu Boden gesunken war. Fieberhaft durchsuchte Robin die Felltaschen. Jeden Augenblick konnten die Ratten seinen Trick durchschauen …

Im Becken war inzwischen die Hölle los. In ihrer Gier hatten sich zu viele Ratten auf einmal ins Becken gestürzt. Panik brach aus. Das Wasser schäumte. Schrilles Quieken hallte vielfach vom Gewölbe wider.

»NARREN! DOCH NICHT ALLE AUF EINMAL!«

Jawnerel sprang vom Mülleimerdeckel und zog mit seiner Ehrengarde die ersten halb ertrunkenen Kameraden aus dem Wasser.

Endlich stießen Robins Finger auf etwas Kühles, Glattes. Das Hatchpatch! Blitzschnell zog er es heraus, warf es zu Boden, umfasste Melvin und sprang.

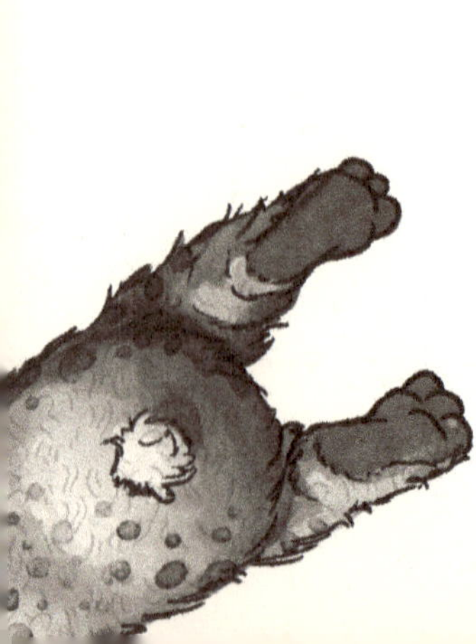

Kapitel 14
Das Hatchpatch

Schlack!

Das Hatchpatch schnappte hinter ihnen zu.

Nach dem Kampfgeschrei in der Zisterne hatte Robin in der plötzlichen Stille sekundenlang das Gefühl, taub geworden zu sein. Ganz allmählich hörte sein Herz auf zu rasen und er nahm seine Umgebung wahr. Sie befanden sich in einem dämmrigen Raum, der kaum größer war als Robins begehbarer Kleiderschrank. In den Wänden waren zahlreiche Nischen und Schubladen eingelassen, von denen manche so winzig waren wie Streichholzschachteln. Das spärliche Licht stammte von einer Handvoll bunter Lampions über einer kaminartigen Einbuchtung, und Robin beschlich das eigenartige Gefühl, schon einmal hier gewesen zu sein.

Er traute sich nicht, auch nur einen Mucks zu machen. Was hatte Melvin über das Hatchpatch gesagt? *Wenn jemand Fremdes versucht einzudringen, beißt es zu.*

Der ohnmächtige Melvin wurde schwer in seinen Armen

und in seinem Fell bildeten sich dunkle, glänzende Stellen. Blut.

Er musste ihn in Sicherheit bringen. Doch wie? Robin hätte das Risiko, drei Wochen durch einen Schlauch atmen zu müssen, ja in Kauf genommen, doch dazu müsste er dieses Hatchpatch erst einmal in Gang setzen – und er hatte nicht die leiseste Ahnung, wie.

Er rief sich den Tag ins Gedächtnis, an dem Melvin den Schneebesentrick vorgeführt hatte. Er konnte sich nicht erinnern, dass Melvin dabei irgendwelche Tasten, Schalter oder Hebel betätigt hatte. Er hatte einfach nur dagestanden und den Schneebesen ins Loch fallen lassen …

Vielleicht musste man eine Losung murmeln oder ein Kennwort oder einen Zauberspruch? Oder spuckte das Hatchpatch sie einfach irgendwo aus? Hoffentlich nicht gerade an einem Ort, an dem es vor Menschen wimmelte – Melvin war noch sichtbar. Jetzt, da Robin darüber nachdachte, fielen ihm erschreckend viele Orte ein, an denen er auf keinen Fall landen wollte. Was, wenn das Hatchpatch sie in Rufus' Arbeitszimmer befördern würde oder auf Mrs Stickforths Veranda oder – in Mack-Fives Hundehütte?

Er musste es irgendwie schaffen, dass das Hatchpatch sie an einen Ort brachte, an dem kein Mensch war. Vielleicht irgendwo in den Wald? Die Lichtung mit dem Druidenstein fiel ihm ein. Aber wie sollte er Melvin von dort nach Hause schleppen? Melvins Kammer auf dem Dachboden kam ihm in den Sinn …

Urplötzlich lief ein Beben durch den Raum. Es klirrte und schepperte, eine Schublade glitt heraus, ergoss ihren Inhalt auf den Boden und Dutzende Lakritzschnecken kullerten durcheinander.

Und dann, ohne jede Vorwarnung, gab der Boden unter ihnen nach, und sie stürzten in eine steile Röhre.

Es war wie Achterbahnfahren, nur viel, viel schneller. Die Luft pfiff in Robins Ohren, die Wände um ihn herum wurden zu rasenden Schlieren. In einem wilden Zick-Zack-Kurs sausten sie dahin, mal rechts, mal links, mal steil nach unten, mal himmelwärts, mehrmals schlugen sie Loopings. Robin wurde übel. Fest kniff er Mund und Augen zu. In seinem Kopf war nur noch Platz für einen Gedanken: Bitte nicht Mack-Fives Hütte, nicht Mack-Fives Hütte, nicht Mack…

WUSCH!

Sie schossen in ein Dickicht aus Tannenzweigen und knallten gegen einen Stamm. Robin blieb die Luft weg. Alles drehte sich. Er blieb ganz still liegen, bis die Übelkeit endlich nachließ. Als er schließlich ein Auge öffnete, fiel sein Blick auf eine rohe Holzwand. Er richtete sich auf den Ellenbogen auf. Sie waren in Melvins Kammer!

Der Stützbalken hatte ihren Flug gebremst. Zuvor hatten sie noch sämtliche Weihnachtsgirlanden mitgerissen.

Neben ihm regte sich Melvin. Robin wickelte ihn aus den Girlanden heraus. In seinem rechten Ohr steckte ein giftgrüner Leuchtpilz.

»Was … Was ist passiert?«, stöhnte er und schielte wie Mr Moon.

»Die Ratten haben dich ausgeknockt.«

Benommen blickte Melvin an sich herab. Er war mit Bisswunden übersät, doch keine schien so tief zu sein, wie Robin zunächst befürchtet hatte. Das dicke Fell hatte Schlimmeres verhindert. Wie in Trance spuckte Melvin in die Hände und fing an, die Stellen einzureiben. Dabei machte er ein Gesicht, als versuchte er, sich an etwas zu erinnern.

»Wie bin ich da rausgekommen?«

»Mit dem Hatchpatch.«

»Mit dem Hatch…?« Ruckartig hob Melvin den Kopf. Seine Augen wurden tellergroß. »Warte mal … Bist du etwa …? Du bist zurück in die Zisterne gegangen? Bist du irre, die hätten dich zerfleischen können!«

»Bei dir waren sie schon auf dem besten Weg dahin«, sagte Robin und hielt die Hände auf. Ohne den Blick von seinem Gesicht zu wenden, spuckte Melvin hinein. Robin machte sich über Melvins Rücken her. Eine Wunde nach der anderen zischte und schloss sich. Er wedelte die Rauchkringel weg.

Melvin stammelte: »Du … Du hast mich … gerettet … Warum? Warum hast du das getan? Du hättest getötet werden können.«

Robin wusste nicht, was er darauf antworten sollte. Er beugte sich tiefer über Melvin. Ganz unten blutete es noch.

Hinter seinem Rücken erklang es heiser: »Danke.«

»War doch klar«, nuschelte Robin und richtete sich wieder auf. Eine Weile lang schwiegen sie verlegen. Schließlich räusperte sich Robin und sagte mit Blick auf Melvins rechtes Ohr: »Schicker Ohrring.«

Melvins Hand fuhr hoch und ertastete den Leuchtpilz.

Es schmatzte leise, als er ihn herauszog. Wie ein winziges Herz pulsierte der Pilz zwischen seinen Fingern. Melvin hob den Kopf. Sein Mund verzog sich zu einem Grinsen, als er auf Robins Haar deutete.

»Schicke Frisur. Gibt's die auch ohne Salatgarnitur?«

Als sie die letzte Schnirkelschnecke aus Robins Haar geklaubt hatten, fingen sie an, das Chaos in der Kammer aufzuräumen. Robin reichte Melvin eine Girlande.

»Melvin, warum hat mir das Hatchpatch eigentlich nichts getan? Du hattest doch gesagt, es würde zubeißen, wenn ein Fremder eindringt.«

Melvin balancierte auf dem Sessel. »Du bist aber kein Fremder mehr. Das war nicht deine erste Fahrt im Hatchpatch. Erinnerst du dich an die Halloween-Nacht im Antiquariat? Ich habe dich damals nicht nach Hause getragen.«

Da begriff Robin, warum ihm der winzige Raum im Hatchpatch so vertraut vorgekommen war – und auch die Übelkeit danach.

»Melvin, wird einem immer schlecht, wenn man mit dem Hatchpatch reist?«

»Das ist nur das Schlingerfieber, passiert nur Anfängern. Lakritze hilft. So, und jetzt die Bommelmützen …«

Robin reichte ihm eine verschlafen blinzelnde Fledermaus hinauf und fragte: »Wie funktioniert ein Hatchpatch eigentlich?«

»Keine Ahnung. Das ist ein Riesengeheimnis, das nur die Hatchpatchmacher kennen. Ich weiß bloß, dass es etwas mit Gedankenübertragung zu tun hat – und das ist längst nicht so einfach, wie es sich anhört! Dazu muss man ein Hatchpatch handzahm machen. Es muss einen mögen, einem vertrauen. Ich schätze, nach deiner todesmutigen Rettungsaktion hast du bei meinem Hatchpatch jetzt einen Riesenstein im Brett.«

Während Robin noch über diese verblüffende Neuigkeit nachdachte, fiel ihm etwas anderes ein, das er Melvin unbedingt fragen wollte.

»Melvin?«

»Hmm?«

»Was ist eigentlich ein Modrist?«

»Oh, das … also, das ist ein Schimpfwort.«

»Ein Schimpfwort?«

»Ja, und zwar ein ziemlich übles. So nennt man bei uns jemanden, der böse ist.«

»So wie Freddy?«

»Oh, nein. Ich meine richtig böse. Gefährlich. Grausam. Niederträchtig. Gib mir doch bitte mal die Goldkäfer.«

Nachdenklich reichte Robin die Schachtel hoch. Es fiel ihm

schwer, sich vorzustellen, dass es jemanden gab, der noch niederträchtiger war als Freddy.

Melvin streute die funkelnden Insekten über die Girlanden. »Das Wort geht zurück auf diesen Typen, Modrow von Hohenstein hieß der. Der hatte die fixe Idee, dass Monster was Besseres seien. Er wollte die Menschen nicht beschützen – er wollte sie beherrschen. Alle hielten ihn für einen Spinner – bis er den Anschlag verübt hat.«

»Einen Anschlag?«

»Die spanische Grippe.«

»Moment mal, wieso Anschlag? Das war eine Seuche. Mrs Stickforth hat sie doch noch miterlebt.«

»Das war das Hinterhältige an Modrows Plan. Alle dachten, es sei eine Seuche. Erst als es fast zu spät war, wurde klar, dass es sich um einen Anschlag handeln musste. Modrow hatte den Virus erschaffen, der die spanische Grippe ausgelöst hat. Die Ratten haben ihm geholfen, ihn auf der ganzen Welt zu verbreiten. Zwanzig Millionen Menschen sind damals umgekommen.«

Robin schluckte. Was erzählte Melvin da? Zwanzig Millionen? Ein Anschlag, getarnt als Seuche? Ratten, die ein tödliches Virus auf der ganzen Welt verteilten?

Doch dann erinnerte er sich an den Tag, als Melvin die Ratte im Brunnenhaus erlegt hatte. *Die Pest hat viele Gesichter*, hatte er ihm in der Küche zugeraunt. *Die Ratzen sind unsere Todfeinde.*

Die Begegnung mit den Ratten in der Zisterne war schon schauderhaft gewesen, doch jetzt, da Robin die Zusammenhänge begriff, packte ihn das kalte Grauen.

»Was ... Was ist aus diesem Modrow geworden?«

»Er wurde gefasst und zu lebenslanger Verbannung in die Kolonien verurteilt.«

»Diese Kolonien, sind die ... ähm, sicher? Ich meine, er kann von dort nicht entkommen, oder?«

»Von den Kolonien?« Melvin lachte trocken auf. »Nee, völlig unmöglich. Von den Kolonien kommt keiner mehr zurück – jedenfalls nicht lebend.«

Als er Robins Blick sah, fügte er hinzu: »Keine Sorge, das ist alles Jahrzehnte her. Modrow ist schon ewig tot. Nach einem Jahr in den Kolonien erwischte ihn die Tropenfäule. Man hat damals sogar jemanden hingeschickt, um sich zu überzeugen, dass es sich bei der Leiche wirklich um Modrow handelte. Dann wurde sie verbrannt und die Asche im Meer verstreut.« Behutsam hängte er eine weitere Fledermaus auf, stieg vom Sessel und ging zum Gaskocher. »Du auch?«

Rasch schüttelte Robin den Kopf.

Melvin füllte einen Becher mit Punsch. Die zähe Flüssigkeit bildete armlange Fäden.

»Gab es noch mehr solcher ... Anschläge?«, fragte Robin.

»Beim heiligen Riesenkürbis, nein! Dafür sorgt schon die MOE.«

»Moe?«

»Die Monster Observierungseinheit. Sie wurde nach dem Anschlag gegründet.« Melvins Augen fingen an zu leuchten. »Supergeheime Geheimorganisation. Ultracool. Eliteeinheit. Die Besten der Besten. Echte Helden. Die können sogar *morphen*. Wenn ich mal groß bin, gehe ich auch zur MOE.« Er seufzte sehnsüchtig auf und hängte die letzte Fledermaus auf.

Kapitel 15

Imogens Geheimnis

Zwei Wochen nach dem haarsträubenden Abenteuer in der Zisterne passierte etwas, das all ihre Pläne durchkreuzte: Melvin kam in die Flauser.

Büschelweise ging ihm das Fell aus, die Krallen wackelten und fielen nacheinander ab, und von den Hörnern schälten sich lange Fetzen. Er sah grauenhaft aus. Es würde Wochen dauern, bis alles nachgewachsen sei, erklärte Melvin und sah Robin dabei aus fiebrigen Augen an.

Wenn ihn nicht gerade ein Juckanfall quälte und er sich am Stützbalken scheuerte, bis die Kammer wackelte, lag er kraftlos in seiner Hängematte. Er hatte überhaupt keinen Appetit, dafür aber einen Mordsdurst. Robin schleppte eimerweise Wasser auf den Dachboden. Im ganzen Haus tauchten plötzlich blaue Haare auf, und Robin hatte alle Hände voll zu tun, die verräterischen Spuren aufzusammeln. Nach einer Woche hätte man daraus einen Pullover stricken können.

Der einzige Trost, der Melvin blieb, war die Aussicht, dass er nach der Flauser sein Kinderfell los wäre. Er hasste seine Tupfen und konnte es kaum erwarten, dass sie sich endlich in fesche Streifen verwandelten.

Dann fing auch schon wieder die Schule an. Die erste Woche nach den Weihnachtsferien erinnerte Robin schmerzhaft an sein altes Leben, bevor Melvin letzten Sommer aufgetaucht war. Ohne ihn war er Freddys Gemeinheiten wieder hilflos ausgeliefert. Am Dienstag musste er seine Schultasche aus einem Haufen Schneematsch ausbuddeln. Zwei Tage später wollte er sein Biobuch aus der Tasche holen und griff in einen Brei aus fauligem Gemüse. Am Freitag, nach dem Sportunterricht, sah er Melvin erstaunlich ähnlich. Überall an seinem Körper bildeten sich dunkelblaue Flecken. Er brauchte mehr Zeit zum Umziehen als sonst und überlegte dabei, welcher Scherzkeks wohl auf die Idee gekommen war, Freddys Lieblingswaffe ausgerechnet *Medizinball* zu nennen?

Als Letzter verließ er die Umkleidekabine. Im Gang passte ihn Imogen ab. Ihre Brillengläser blitzten auf. »Du kommst doch morgen, oder?«

»Wohin?«, fragte Robin abwesend und schielte in den Schulhof hinaus. Hoffentlich lauerte Freddy nicht irgendwo auf ihn.

»Du hast es vergessen, oder?«

»Was?« Robin riss seinen Blick vom Fenster los und sah zu Imogen. Etwas mit ihrem Lächeln stimmte nicht. Es wirkte, als ob sie Zahnschmerzen hätte. In seinem Hinterkopf begann es dumpf zu rumoren, dann fiel endlich der Groschen. Imogens

Geburtstagsparty! Etwas in seinem Magen schäumte heiß auf.

»N… nein, natürlich nicht«, stammelte er, »hab's nicht vergessen.«

Imogen strahlte ihn an. »Fein! Dann bis morgen!«

Und bevor Robin noch etwas sagen konnte, hopste sie mit schlackerndem Beutel den Gang hinunter.

Robin griff in seine Hosentasche und kramte ein paar kümmerliche Münzen heraus. Das reichte gerade mal für eine Rolle Fruchtgummis vom Kiosk. Welche Geschmacksrichtung Imogen wohl mochte? Erdbeere, Waldmeister, Zitrone? Bestimmt nicht. Ob Mr Hooper die Geschmacksrichtung *Stinkkäse* im Sortiment hatte?

Nachdem er sich nochmals vergewissert hatte, dass Freddy auch nirgends zu sehen war, eilte er über den Schulhof und schlug den Weg zum Marktplatz ein. Dort erwartete ihn eine Überraschung. Vor dem Antiquariat standen Grabbelkisten. Polly war wieder da!

Als er die Tür aufstieß, stand sie hinter dem Tresen und drückte Punchkiss an sich. Der Kater schnurrte wie ein Dynamo.

»Hallo, Polly!«

»Oh, hallo, Robin!« Polly ließ Punchkiss auf die Theke gleiten. Der warf Robin einen eifersüchtigen Blick zu und trollte sich auf einen Bücherstapel.

»Wie geht es Ihnen?«, fragte Robin.

»Fantastisch!«, sagte Polly, kam hinter der Theke hervor und drehte eine Pirouette. »Sieh mal, meine Beine sind gerader als zuvor.« Sie umarmte Robin und gab ihm einen Kuss auf die Stirn. »Danke, dass du an mich gedacht hast. Mr Hooper hat mir deine Pralinen gebracht. Woher wusstest du eigentlich, dass ich eine Schwäche für Nougat habe?«

»Was?« Robin sah sie verdattert an. Doch dann beschlich ihn eine Ahnung. Ja, dachte er, das war eins dieser Dinge, die Mr Hooper tatsächlich tun würde: Für Polly ein Geschenk besorgen und so tun, als käme es von Robin.

Polly gab ihm einen Stups: »Mein kleiner Ritter! Keine Angst, ich sage es nicht weiter, Ehrenwort.« Sie legte die Hand auf ihr Herz. Am Ringfinger blitzte ein Diamant auf.

Polly folgte seinem Blick und lief rosa an.

»Oh, äh, der ist von John. Er und ich … Also, na ja, wir sind uns im Krankenhaus … ähm, nähergekommen …« Verlegen und stolz zugleich drehte sie ihre Hand im Licht hin und her. Es war schwer zu sagen, was mehr funkelte – der Diamant oder ihre Augen. »John und ich – wir haben uns verlobt«, hauchte sie.

»Oh, ähm, ich gratuliere …«

»Im Mai wollen wir heiraten. Wer hätte gedacht, dass ich noch mal unter die Haube komme … Aber sag mal, kommst du nur, um mich zu begrüßen, oder kann ich etwas für dich tun? Braucht Rufus mal wieder ein exotisches Buch?«

Robin, erleichtert über den Themenwechsel, ergriff die

Gelegenheit beim Schopf. Er faselte etwas von einem Schulprojekt, berichtete von Mr Buttwickles Weigerung, ihn in die Erwachsenenabteilung der Bibliothek zu lassen, und der Notwendigkeit, an Bücher über Architektur, Bau und Denkmäler zu kommen. »Ich brauche alles über Gebäude mit Säulen.« Bei der Erwähnung von Mr Buttwickle hatte sich auf Pollys Stirn eine steile Falte gebildet.

»Dieser Buttwickle!«, platzte sie jetzt los, »hält sich wohl für Parzival persönlich, *tss, tss.* Natürlich darfst du hier herumstöbern. So oft und so lange du willst. Ach, Robin, wenn du schon mal da bist, sei so gut und hilf mir, diese Ladenhüter nach draußen zu tragen.«

Sie hob Punchkiss von dem Bücherstapel, woraufhin der Kater beleidigt in Richtung Teeküche stolzierte.

Polly nahm die obere Hälfte des Stapels und drückte sie Robin in die Arme. Obenauf lag ein Buch mit dem Titel: *Faszination Mollusken, Band 3: Oktopoden, Schwämme und Anemonen* von Peter Prott.

In Robins Kopf tauchte ein Bild vom letzten Sommer auf. War Imogen damals nicht ganz erpicht gewesen auf ein Wissenschaftsmagazin mit einem Artikel über Tiefseeoktopoden?

»Polly, wie viel kostet dieses Buch?«

Polly warf einen Blick auf den Titel. »Oh, du interessierst dich für Wirbellose? Ich schenke es dir. Das liegt seit Jahren hier herum. Als Einzelband ist es so gut wie wertlos. Ich weiß einfach nicht mehr, wo die anderen Bände dieses Lexikons sind. Ich muss mir unbedingt ein neues Ordnungssystem einfallen lassen.«

Am Nachmittag des darauffolgenden Tages stand Robin vor dem Haus Nr. 24 im Rosenweg. Mrs Stickforth wäre bei dem Anblick tot umgefallen. Robin vermutete, dass jemand eines Tages beschlossen hatte, sich auf einen Schlag aller Farbreste zu entledigen, die noch im Keller lagerten. Auch die altmodische Holzschaukel war von dieser Farborgie nicht verschont geblieben. Sachte schwang sie im Wind hin und her. Ein verschrumpelter Kürbis lehnte in der Ecke und grinste Robin an.

Auf dem Klingelschild stand *Pollock*. Darüber klemmte ein verwittertes Pappschild. Die Schrift war kaum noch zu entziffern.

Kli gl ka utt. itte klo fen. ellender Hund IST freu d ich!

Kaum hatte Robin zaghaft geklopft, erzitterte die Veranda wie unter einem Donnerschlag. GROUFF!

Er wich zurück. Eilige Schritte näherten sich, dann flog die Tür auf. »Hey, Robin.«

Es war nicht der Sombrero, der Robin verwirrte. Und auch nicht die Luftschlangen oder die elf Kerzen, die auf der Krempe schwankten. Es dauerte eine Weile, bis er darauf kam, warum Imogen heute so anders aussah. Ihr Beutel fehlte.

Robin versuchte, an dem Sombrero vorbei einen Blick in den Flur zu werfen. »Das eben war ein *Hund?*«

»Keine Angst, Minou tut keiner Fliege was zuleide. Sie bellt nur, um uns zu zeigen, dass sie noch da ist.«

Robin folgte ihr durch einen Flur, in dem es nach versengter Schokolade roch. Als sie an einer offenen Tür vorbeikamen, bot sich ihm der Anblick eines steingrauen, zottigen Hinterteils, das sich auf dem Teppich langmachte. Die knochigen Läufe waren kaum kürzer als die eines jungen Elchs. Hastig holte er Imogen ein, die bereits die Treppe erklomm. Auf der Schwelle ihres Zimmers blieb er stehen. Im Vergleich dazu war Rufus' Arbeitszimmer eine karge Mönchszelle.

Die Wände waren bis an die Decke mit Bildern und Zetteln zugepflastert und in den Regalen entdeckte Robin Sammelboxen mit Aufschriften wie *Drachenhaut*, *Moosperlen* oder *Distelwolle.* Auf der Fensterbank standen Blumentöpfe, aus denen Brennnesseln und Disteln wucherten. Darunter befand sich ein Aquarium. Kein einziger Fisch schwamm darin herum. Es enthielt nur Steine und einen zerknautschten roten Gummiball.

»Wo sind die anderen?«, fragte er.

»Welche anderen?« Imogens Brillengläser reflektierten das Kerzenlicht. Sie ließ sich auf eins der fluffigen Bodenkissen sinken, die im Kreis auf dem Boden lagen. In der Mitte stand eine Schüssel, die etwas enthielt, das aussah wie gegrillte Riesenmaden.

»Frikos!«, sagte Imogen und schob ihm die Schüssel hin. »Frittierte Schokoriegel.«

Robin ließ sich beklommen auf eins der Kissen sinken und reichte Imogen das Buch. »Herzlichen Glückwunsch!«

Imogen kiekste, als sie den Titel las. »Das ist ja toll! Woher hast du das nur? Ich habe alle Bände von Peter Prott bis auf diesen hier. Er war nirgends zu bekommen. Findest du Wirbellose nicht auch faszinierend? Sie sind so intelligent.« Sie wandte sich dem Aquarium zu. »Das ist meine Prachtanemone, *Heteractis magnifica*«, sagte sie, »ich habe ihr das Zählen beigebracht.«

Robin starrte das leere Aquarium an.

Imogen erhob die Stimme: »Wie viele Buchstaben hat das Alphabet?«

Aus dem zerknautschten Gummiball quoll ein Riesenbüschel Tentakel heraus. Träge fingerten sie im Wasser herum.

Imogen sagte stolz: »Siehst du? Sie kann schon keins und viele auseinanderhalten. Nimm dir doch ’nen Friko, warm schmecken sie am besten.«

»Äh, danke.« Robin nahm sich eins der schlüpfrigen Dinger und biss vorsichtig hinein. Fett rann ihm am Kinn herunter. Verblüfft stellte er fest, dass es großartig schmeckte, fast so gut wie Biest im Schlafrock.

»Mmh, Imogen, die sind ja total lecker. Kann ich welche mitnehmen? Mel…, ich meine, Rufus würde sich bestimmt darüber freuen.«

»Klar. Wollen wir etwas spielen? Wie wäre es zum Beispiel mit Scrabble?«

Robin stöhnte innerlich auf. Ausgerechnet Scrabble. Er versuchte, sich nichts anmerken zu lassen, doch seine Ritterlichkeit hielt nicht lange an. Er musste feststellen, dass Imogen mit einem Wortschatz jonglierte, der seinen bei Weitem übertraf – wenn er denn überhaupt in einem Wörterbuch zu finden war.

Schon nach kurzer Zeit führte sie mit 265 zu 52 Punkten. In der fünften Runde wurde es Robin dann doch zu viel.

»Gumbalatsche?«, stieß er aus.

»Sibirische Moosläuse«, sagte Imogen und notierte eine runde 300.

Robin ließ den Kopf in die Hände sinken.

»Okay, okay! Du hast ja recht«, lenkte Imogen ein. »Gumbalatsche schreibt sich eigentlich mit zwei L.« Sie sortierte ihre Steine um und legte neu an.

Robin linste durch die Finger hindurch.

»Lapisbranchiä? Was soll das jetzt sein?«

»Steinkiemen.«

»Stein…? Imogen, Steine haben keine Kiemen.«

»Natürlich haben sie welche – wie könnten sie sonst unter Wasser atmen?«

Robin stöhnte leise.

Imogen sagte: »Nur weil du etwas nicht sehen kannst, heißt das doch nicht, dass es nicht existiert. Hast du etwa keinen unsichtbaren Freund?«

Robins Kopf schnellte hoch. »Was für ein unsichtbarer Freund?« Er bekam Herzklopfen. Wenn das wieder eine Spinnerei von Imogen war, dann hatte sie einen irrsinnigen Zufallstreffer gelandet. Sie konnte doch unmöglich etwas von Melvin wissen, oder? Hatten sie nicht immer aufgepasst? Hatte Melvin nicht immer geblufft, wenn sie in Oaksend unterwegs gewesen waren? Dann fiel ihm Halloween ein. Hatte Imogen sie etwa gesehen und den Schwindel mit dem Kostüm durchschaut? Er zwang sich, seine Stimme lässig klingen zu lassen: »Ist das jetzt so eine Nummer wie Gumbalatsche?«

»Ach, komm schon …« Imogen beugte sich vor und zupfte etwas von seinem Pullover. »Glaubst du, du bist der Einzige, der einen hat?« Sie ribbelte ein bläuliches Haar zwischen Daumen und Zeigefinger. »Ich hab auch einen, aber der hat einen Panzer.« Sie beugte sich vor und raunte hinter vorgehaltener Hand: »Und eine Schwäche für Käse. Dabei tut ihm das gar nicht gut – er bekommt davon Blähungen. Disteln helfen dagegen, aber die mag er nicht so.«

Robin starrte sie an. »Ist er … Ist er jetzt hier? Im Zimmer?«

»Klar. Willst du ihn sehen?«

»Du kannst wirklich machen, dass er sich anderen zeigt?«

Imogen kicherte. »Natürlich.«

Robin sah sich um, darauf gefasst, dass jeden Moment ein saurierartiges Wesen aus dem Nichts erscheinen würde.

Doch Imogen griff nur in ihren dicken Beutel. Robin hätte nicht

gedacht, dass Schutzmonster auch so klein sein konnten. Im nächsten Moment blickte er in ein winziges echsenhaftes Gesicht.

Imogen sagte: »Darf ich vorstellen: Das ist Stilton.«

Die Schildkröte kaute missmutig auf einer Distel herum.

»Er ist mein bester Freund.«

Kapitel 16

Ochd Coluin

Anfang April wurden die Tage spürbar länger und wärmer. Büsche und Bäume zeigten das erste zarte Grün und aus Beeten schossen Krokusse und Narzissen hervor und streckten ihre Köpfe der Sonne entgegen. Der Frühling war endlich da.

Vor der Patisserie von Monsieur Pané standen schon Tische und Stühle im Freien. Eigentlich war die Patisserie eine ganz normale Konditorei und Monsieur Pané hieß in Wirklichkeit Gavin Pan. Doch seit er von einer Frankreichreise zurückgekehrt war, bestand er auf dem zusätzlichen e mit Akzent und gab seinen Torten französische Namen. Die Leute von Oaksend nahmen es gelassen hin und ließen sich in der Frühlingssonne die *Marie Antoinette* (Käsehimbeerbombe) oder die *Napoleon Bonaparte* (Nougatsahnebaiser) schmecken und bestaunten den Anblick, der sich ihnen jenseits des Platzes bot. Rory Gilligan hatte den ganzen Winter an einer neuen Petunienkreuzung getüftelt. Nun explodierte vor allen Fenstern des *Hotel Majestic* seine *Pink Supernova Deluxe*.

Robin und Melvin bekamen von diesen Frühlingsfreuden nicht viel mit. Sie verbrachten jede freie Minute im Antiquariat und arbeiteten sich durch zahllose Bücher hindurch, auf der Suche nach Hinweisen, die ihnen bei der Lösung der Prüfungsaufgabe helfen konnten. In einem Monat lief die Frist ab.

Sie hatten sich schon durch sämtliche Regale im Laden hindurchgewühlt. Es war erstaunlich, wie viele Gebäude Säulen aufwiesen – und niederschmetternd, dass sie kein Einziges fanden, das genau acht Säulen hatte.

Robin hatte die Hoffnung schon fast aufgegeben, als Polly ihn eines Tages auf den Keller aufmerksam machte. »Da ist noch viel mehr«, sagte sie und führte ihn in die hinterste Ecke des Ladens. Hinter einem Vorhang verbarg sich eine Wendeltreppe. Er folgte Polly die Stufen hinunter. »Das alles stammt noch aus der Zeit, als der Laden meinem Vater gehörte«, erklärte Polly und tastete nach dem Lichtschalter.

Robin schluckte, als sich im Licht einer zuckenden Neonröhre ein Durcheinander aus überquellenden Bücherregalen abzeichnete. Dagegen wirkte der Laden oben geradezu aufgeräumt.

Polly sagte: »Seit Vater gestorben ist, bin ich noch nicht dazu gekommen, das alles zu sichten und zu sortieren. Ich muss mir erst noch ein System überlegen.« Sie seufzte und flüchtete nach oben.

Kaum waren ihre Schritte verklungen, erschien Melvin. »Wann ist Pollys Vater denn gestorben?«, fragte er betreten.

Robin krempelte die Ärmel hoch: »Vor sieben Jahren.«

Polly war sehr hilfsbereit. Sie brachte Limonade oder heiße Schokolade, Kekse, Kuchen und Sandwiches. Bei der Suche war sie ihnen jedoch keine Hilfe. Das lag vielleicht auch daran, dass sie mit ihren Gedanken schon bei den Hochzeitsvorbereitungen war. Immer wieder unterbrach sie Robin bei der Suche und fragte ihn nach seiner Meinung zu Dingen, die ihm nicht fremder hätten sein können als der Mars.

Gerade eben hörte er ihre Absätze wieder auf der Wendeltreppe klackern. Melvin bekam allmählich hektische rote Flecken von der ständigen Blufferei.

Polly tänzelte um die letzte Biegung herum, schlängelte sich zwischen den Regalen zu Robin durch und hielt ihm zwei Servietten unter die Nase.

»Was meinst du? Was passt besser zu einer Hochzeit im Mai?«, fragte sie, »Aprikosenfarben mit lila Streifen oder Zitronengelb mit grünen Tupfen?«

Robin ließ die Luft aus vollen Backen entweichen. »Also, ich weiß nicht …« Hilflos sah er von den Tupfen zu den Streifen.

Aus irgendeinem Grund schien das Polly jedoch zu genügen. »Du hast recht«, sagte sie und nickte ernst, »Zitronengelb wäre entschieden zu extravagant.«

Als das Klackern ihrer Absätze oben im Laden verklang, erschien Melvin wieder an seiner Seite. »Streifen oder Tupfen …« Er verdrehte die Augen. »Als ob es keine anderen Probleme gäbe.«

Grummelnd beugte er sich wieder über einen dicken Wälzer mit dem Titel *Geschichte der Architektur, Band 3, Frühmittelalter.* Robin verkniff sich ein Grinsen. Melvins Hoffnung, dass sich seine Tupfen nach der Flauser zu feschen Streifen verwandeln würden, hatte sich nicht erfüllt. Im Gegenteil. Waren sie vorher nur etwa pflaumengroß gewesen, so hatten einige jetzt die Ausmaße von Blaubeerpfannkuchen angenommen. Robin musste ihm immer wieder versichern, dass es sich nicht um Tupfen, sondern um coole Tarnflecken handelte, wie sie nur bei stolzen Raubkatzen vorkamen.

Robin konzentrierte sich wieder auf sein eigenes Buch, das *Lexikon der Baukunst.* Er war gerade mal beim Buchstaben B angelangt, da schlug Melvin mit einem genervten Seufzer seine Enzyklopädie zu.

»Lass uns für heute Schluss machen. Ich brauche Luft und Licht. Ich komme mir hier unten schon langsam vor wie ein Grottenolm.«

Robin war nicht unglücklich über den Vorschlag. Der Staub hier unten kitzelte in der Nase und vom stundenlangen Lesen brannten ihm die Augen. Sie löschten das Licht und stiegen die Wendeltreppe hinauf.

Oben im Laden faltete Polly Servietten. Die ganze Theke war bedeckt mit aprikosenfarbenen Stoffskulpturen. Punchkiss haschte nach einer Lotusblüte.

»Na, heute was gefunden?«, fragte sie abwesend und zupfte an einem Gebilde, das Robin an ein fettes Huhn denken ließ.

»Noch nicht. Wir … Äh, ich komme dann morgen wieder.« Er legte die Hand auf die Türklinke – und erstarrte. Melvin prallte gegen ihn. »Hmpf.«

»Was hast du gesagt?«, fragte Polly.

»Oh, nichts … Ähm, ich meine, schöne Servietten …«, murmelte Robin, ohne den Blick vom Fenster abzuwenden. Gebannt sah er auf die andere Seite des Platzes. Vor der Konditorei saß Mr Buttwickle und schob sich gerade ein Stück *Bonaparte* in den Mund. Seine Füße baumelten eine Handbreit über dem Boden. Doch das war es nicht, was Robin beunruhigte. Hinter Mr Buttwickle, halb verborgen vom Stamm der Linde, stand Big Ben und spähte zum Antiquariat herüber. Ihre Blicke trafen sich. Robin wich einen Schritt zurück. Big Ben schob den Hut tiefer ins Gesicht und machte sich eilig davon. Robin sah ihm nach, als er über den Marktplatz stadtauswärts ging.

»Hach, ich kann mich einfach nicht entscheiden«, seufzte Polly.

»Was?« Robin riss sich vom Fenster los.

Polly hielt abwechselnd eine Art Narrenkappe und das fette Huhn hoch. »Was findest du romantischer – Krone oder Schwan?«

Als sie kurze Zeit später den Schleichweg entlanggingen, wandte Robin sich nach rechts. »Hast du ihn gesehen?« Melvin erschien auf der anderen Seite.

»Jaaah«, sagte er düster, »er ist zurück.«

Robin fuhr herum. »Ich fass es einfach nicht.«

»Ganz schön unverfroren, hier wieder aufzutauchen«, sagte Melvin.

»Sah es nicht so aus, als ob er das Antiquariat beobachten würde?«, fragte Robin.

Melvin nickte. »Er weiß genau, dass wir ihm nichts beweisen können.«

»Er wird doch nicht schon wieder …?«

Melvin ballte die Fäuste: »Gut möglich.«

»Verdammt, wenn wir nur etwas tun könnten.«

»Wir müssen ihn im Auge behalten«, sagte Melvin, »und warten, bis er einen Fehler macht.«

Robin ließ seine Wut an einem Stein aus und kickte ihn ins Gebüsch. »Wir müssen Polly irgendwie warnen …«

»Was willst du ihr sagen?«, fragte Melvin. »Meiden Sie Männer in grünen Overalls? Rory Gilligan wird sich wundern.«

Robin gab einen frustrierten Laut von sich und trat auf die Pferdekoppel hinaus.

»Wow!«, rief Melvin. »Was ist DAS?«

Robin sah hoch. Vor Rufus' Haus parkte ein seltsames Gefährt, das ihm jedoch nicht unbekannt war. Melvin spurtete los. Robin folgte ihm nicht ganz so begeistert den Mistelweg hinunter. Im Näherkommen entpuppte sich das Gefährt als Armee-Unimog. Die Räder waren fast so hoch wie Robin selbst und dick wie Traktorreifen. Auf dem Dach drehte sich in einem

Durcheinander bizarr geformter Antennen eine gewaltige Radarschüssel. Melvin stöhnte andächtig auf.

Robin wusste, dass weder der spitz zulaufende Kuhfänger noch das Ofenrohr, die Blumenkästen und der rot-weiß geringelte Rettungsring zur Standardausrüstung eines Unimogs gehörten. Das Gefährt war mit Tarnflecken angemalt. Auf der Tür stand in krakeligen Pinselstrichen:

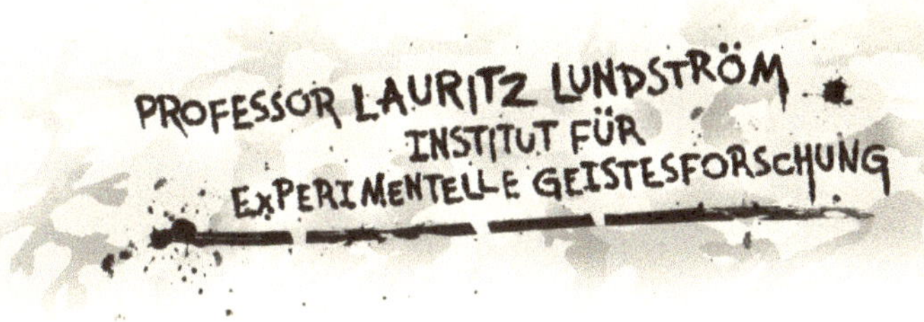

Bei der Zeile darunter hatte der Besitzer vollends die Kontrolle über den Pinsel verloren, sie sah aus wie ein lang gestreckter Streifen Vogelmist. Robin hörte, wie Melvin nach Luft schnappte.

»Was? Was ist los?«, fragte Robin.

Bevor Melvin jedoch antworten konnte, keifte eine Stimme: »WER IST DA?!«

Sie warfen sich unter den Unimog und spähten zwischen den Achsen hindurch. Mrs Stickforth beugte sich über ihre Verandabrüstung und beäugte misstrauisch das Vehikel. Dann wackelte sie auf ihren Stock gestützt wieder ins Haus und schmiss die Tür hinter sich zu.

Robin sagte: »Los, schnell!«

Sie flitzten durch den Vorgarten, die Verandastufen hoch und stolperten ins Haus. Die Tür zu Rufus' Arbeitszimmer stand eine Handbreit auf. Aufgeregte Stimmen drangen in den Flur.

Melvin erschien neben ihm. »Wer ist Lauritz Lundström?«, flüsterte er.

»Ein Ethnologe, genau wie Rufus.« Robin drängte Melvin zur Treppe. Aus Erfahrung wusste er, dass es besser war, nicht in der Nähe zu sein, wenn Rufus und Lauritz aufeinandertrafen. Wenn die beiden erst einmal in Fahrt kamen, flogen nicht nur Fetzen.

»Fantast!«, schimpfte Rufus los.

»Betonkopf!« Lundströms helle Stimme überschlug sich fast. »Rose wusste es besser!«

Rose? Robin blieb wie angewurzelt stehen. Melvin zuckte mit den Ohren. Sie schlichen sich näher an die Tür und lauschten.

Rufus blaffte: »Beweise, Lauritz, Beweise! Bis heute hast du nicht einen einzigen wissenschaftlichen Beweis für deine wirren Theorien geliefert. Und wir beide wissen auch, warum – weil es keinen gibt.«

»Rose war ein Beweis!«

»Rose war ein Kind!«

»Rose konnte sie sehen!«

»Rose glaubte, etwas zu sehen!« Rufus schlug mit der Faust auf den Schreibtisch. Robin hörte die Stifte im Köcher klackern. »Rose war ein Kind«, wiederholte Rufus leiser. »Sie konnte Fantasie und Wirklichkeit noch nicht auseinanderhalten. Der Aberglaube der Eingeborenen hat sie völlig durcheinandergebracht. Du hast sie auch noch unterstützt bei diesem Blödsinn!«

»Ich habe sie unterstützt? Was redest du da? Sie konnte sie wirklich sehen, Rufus. Sie hat mir den Weg gezeigt. Warum hast du ihr nie geglaubt?«

»Ich war froh, als sie endlich alt genug war, um nach Europa zurückzukehren. Mein größter Fehler war es, dass ich sie überhaupt mit in den Dschungel genommen habe. Aber ich konnte ja nicht ahnen, dass sie diesen verfluchten Walter heiratet, statt zu studieren.«

Bevor Robin empört protestieren konnte, hielt ihm Melvin den Mund zu.

»Ich kann mich an eine Zeit erinnern, als auch du das versunkene Volk finden wolltest«, sagte Lauritz. Rufus antwortete nicht.

Jemand stampfte wütend auf und durchquerte mit schnellen Schritten den Raum. Dann ließ sich wieder Lauritz' Stimme vernehmen: »Hier, diese Masken, glaubst du wirklich, sie sind nur rituelle Verkleidungen? Wer, glaubst du, hat bei diesen Masken Modell gestanden? Rufus, das sind keine Ausgeburten abergläubischer Eingeborener. Das sind Nachbildungen von Mentoren. Sie beschützen uns Menschen seit Urzeiten. Sie sind wirklich.«

»MENTOREN?« Rufus spie das Wort aus wie Gift. »Glaubst du etwa, dass du aus Aberglauben Realität machen kannst, indem du ihnen einen lateinischen Namen gibst? Egal, wie du sie nennst – Mentoren, Schutzgeister, Kobolde, Wichtel … Das sind alles nur Ausdrucksformen des Animismus, Lauritz! Wir wissen beide, dass der Animismus nur ein archaischer Urglaube der Eingeborenen ist, um sich Naturerscheinungen wie Blitz, Donner, Erdbeben, Magnetismus oder Regenbogen zu erklären.«

»Es ist doch immer dasselbe mit dir!« Lauritz' Stimme drohte wieder zu kippen: »Nur weil du sie nicht sehen kannst, heißt das nicht, dass sie nicht existieren.«

Rufus knurrte: »Es gibt keine Schutzgeister, genauso wenig wie es den Weihnachtsmann, den Osterhasen oder … oder … den Riesenkürbis von Halloween gibt!«

Diesmal war es Melvin, der lauthals protestieren wollte. Doch Robin war schneller und presste ihm die Hand auf den Mund.

»Oder gar dein vermaledeites Ochd Coluín!«

»HA! Dafür gibt es einen Beweis – ich hab ihn gefunden in der *Mysteria antica*.«

Rufus stieß einen seltsamen Kehllaut aus. »Du bist wahnsinnig! Die *Mysteria antica*? Wie kannst du einer mittelalterlichen Sagensammlung Glauben schenken, die überdies in großen

Teilen chiffriert ist. Der Rest besteht aus Überlieferungen von Überlieferungen, mündlich über Generationen und Jahrhunderte weitergegeben, eine stille Post der Geschichte.«

»In jeder Sage steckt Wahrheit.«

»In jeder Tatsache steckt Wahrheit. Sagen sind keine Tatsachen!«

»Schliemann hat Troja dank Hinweisen in einer Sage gefunden – Homers Ilias.«

»Schliemann?«, rief Rufus. »Schliemann hatte kein wissenschaftliches Interesse, er wollte nur schnellen Ruhm. Er hat sich die Dinge zurechtgelegt, wie es ihm gerade passte. Er war ein Glücksritter, ein Spieler und hat alles auf eine einzige wahnwitzige Karte gesetzt ...«

»Und gewonnen!«

»Pures Glück!«

»Der Lohn eines Visionärs!«

»DER ZUFALLSTREFFER EINES NARREN.«

»TREFFER IST TREFFER!«

Abrupte Stille folgte. Die Luft schien zu knistern. Robin hätte sich nicht gewundert, wenn Pulverdampf aus dem Arbeitszimmer hervorgedrungen wäre.

Schließlich eröffnete Lauritz einen neuen Angriff: »Ich kann es dir beweisen. Ich kann dir beweisen, dass die Ochd Coluín wirklich existieren.«

Rufus schnaubte verächtlich.

»Ich habe die keltische Geheimschrift geknackt. Es gibt

keinen Zweifel. Die Ochd Coluín bewachen den Zugang zur Mentora. Ein Druide namens Darach Ragnall hat die Ochd Coluín erschaffen. In der *Mysteria antica* wird die Lage eindeutig beschrieben.«

»Du glaubst doch nicht etwa …?«

»Ich glaube nicht nur, ich weiß es! Die Ochd Coluín sind hier in Oaksend.«

Rufus stöhnte.

Lauritz sagte eindringlich: »Vergiss jetzt mal für einen Augenblick unseren alten Streit und hör wenigstens zu … Es passt alles zusammen. Erstens, damals stand hier ein riesiger Eichenwald. Eichen, Rufus, Eichen! Diese Bäume nannten die Druiden auch *heilige Säulen*. Zweitens, der Name – Darach Ragnall. Selbst du kannst nicht verleugnen, was er bedeutet: *Sohn der starken Eichen* – er muss ein mächtiger Druide gewesen sein und ein Verbündeter der Mentoren. Drittens, der Druidenstein selbst …«

»Ein Findling, ein Steinbrocken!«, donnerte Rufus. »Es ist nur ein simpler großer Stein …«

»Warte!«, rief Lundström, und seine Stimme vibrierte vor Aufregung: »Bei der Dechiffrierung habe ich folgenden Hinweis gefunden: *Acht Säulen im Zeichen der Fünf weisen den Weg zu den Schutzgeistern*. Ochd Coluín bedeutet Acht Säulen, und ich verwette meinen Unimog, dass ich sie da oben im Wald finden werde, am Druidenstein.«

»SPINNER!«

»IGNORANT!«

Robin hätte vor Schmerz fast aufgeschrien. Melvins Finger gruben sich in seinen Arm. Vor lauter Aufregung waren ihm seine Krallen herausgeschnappt und seine Augen wurden groß wie Traktorreifen. Lautlos formten seine Lippen die Worte: Acht Säulen!

Kapitel 17

Im Zeichen der Fünf

Robin und Melvin rannten zum Druidenstein. Die Abendsonne färbte den Himmel rubinrot. Im Wald war es bereits so dunkel, dass Robin kaum noch sah, wo er hintrat. Prompt stolperte er über eine Wurzel und schlug der Länge nach hin. Melvin half ihm ungeduldig hoch. »Los, weiter!«

Keuchend erreichten sie die Lichtung. Robin war noch nie zu so später Stunde im Wald gewesen. Im Tageslicht waren die Bäume einfach nur Bäume, doch jetzt in der Dämmerung wurden sie zu unheimlichen Schattenwesen. Blätter wisperten geheimnisvoll in der Abendbrise. Vom Druidenstein war nur noch ein fahler Umriss zu erkennen.

Doch Robin und Melvin achteten nicht auf den Findling. Sie interessierte, was ihn umgab. Uralte, mächtige Eichen säumten die Lichtung. Noch nie war Robin aufgefallen, dass sie einen fast perfekten Kreis bildeten. Sie zählten sie ab.

»Es sind tatsächlich acht!«, rief Melvin und klatschte sich mit der Hand an die Stirn. »Ochd Coluín – Acht Säulen. Mit

Säulen sind Bäume gemeint. Und wir haben die ganze Zeit nach einem Gebäude gesucht.«

»*Acht Säulen im Zeichen der Fünf* …«, rief sich Robin Lundströms Worte ins Gedächtnis. »Die Acht Säulen sind also die acht Eichen … Aber was bedeutet *im Zeichen der Fünf*?«

»Na ja …« Melvin kratzte sich am Kopf.

Robin zog das Noogle aus der Tasche und fing an, den Stamm einer Eiche nach Zeichen abzusuchen. Melvin verstand und nahm sich den nächsten Baum vor. Eine Weile lang sagte keiner ein Wort, während sie jeden einzelnen Stamm gründlich untersuchten. Nichts. Nur Rinde und Astlöcher. Robin ließ das Noogle sinken. Plötzlich rief Melvin: »Hier ist etwas!«

Robin eilte zu ihm. Melvin deutete auf ein verwittertes Zeichen. Es musste schon vor sehr langer Zeit eingeritzt worden sein. Nachgewachsene Rinde hatte es schon fast wieder verschluckt. Robin brauchte eine Weile, bis er ein Herz erkannte. Die Buchstaben darin waren selbst durch das Noogle hindurch nicht mehr zu entziffern.

»Ähm, Melvin, das ist …«

»Sch-sch! Ich hab's gleich …«

Melvin schloss die Augen, um sich besser konzentrieren zu können, während seine Fingerkuppen über die Buchstaben fuhren.

»Ein B oder P … nein, ein R«, murmelte er, »und ein V … oder ist das ein W? Hmm …«

Robin räusperte sich: »Ähm, Melvin, das ist ganz bestimmt nicht das Zeichen, das wir suchen.« Und er erklärte, dass es sich dabei um ein Menschenritual handelte. Wenn zwei Menschen sich verliebten, ritzten sie ein Herz in einen Baum und verewigten sich mit den Anfangsbuchstaben ihrer Namen.

Melvin hatte mit wachsendem Erstaunen zugehört. Jetzt wich er zurück und wischte sich die Finger am Brustfell ab. Er zog die Nase kraus: »Aber was kann denn der Baum dafür?« Robin zuckte mit den Schultern. Erwachsene. Er verstand sie ja auch nicht.

»Das Zeichen ist eine Fünf …«, überlegte er und ließ seinen Blick über die Lichtung schweifen. In der zunehmenden Dunkelheit verschmolzen die Bäume zu einer schwarzen Masse. Das Rubinrot des Himmels hatte sich in ein seidiges Nachtblau verwandelt. Die ersten Sterne funkelten zu ihnen herab.

»Vielleicht ein Sternbild?«

Melvin strahlte ihn an: »Hat dir schon mal jemand gesagt, dass du ziemlich schlau bist?«

Sie legten die Köpfe in den Nacken und suchten den Himmel ab. Welches Sternbild bestand aus fünf Sternen? Robin trat ein paar Schritte zurück, weg von den Bäumen, um einen größeren Ausschnitt sehen zu können. »Ist das da oben der große Wagen?«

»Nee, das ist doch der kleine Popcorntopf.«

Robin zählte. »Mist, der hat sieben Sterne.« Er drehte sich um die eigene Achse.

»Und das da?« Er deutete auf ein Sternbild, das aussah wie eine schief gebundene Herrenfliege.

»Das ist die große Kaffeekanne. Und die hat – warte mal … acht Sterne.«

»Oh.« Robin war sich sicher gewesen, dass es sich um den Orion handelte – allerdings kannte er sich mit Sternbildern nicht so gut aus.

Er ging noch ein paar Schritte zurück – und trat urplötzlich ins Leere. »AH!« Er ruderte mit den Armen, verlor das Gleichgewicht und fiel hintenüber. Mit einem Bein war er bis zum Knie in einem Kaninchenbau eingebrochen. Melvin wollte ihm hochhelfen, doch sosehr er auch an ihm zog – Robins Fuß steckte fest.

»Du musst dich in einer Wurzel verfangen haben. Lass mich mal, das haben wir gleich.« Doch plötzlich hielt er inne und hob den Kopf.

»Was ist denn?« Robin ruckelte hilflos herum.

»Pssst. Da ist etwas.«

»Melvin, das ist jetzt nicht der richtige Moment! Wahrscheinlich ist das nur ein hungriger Waschbär. Los jetzt, hol mich hier raus.«

»Kein Waschbär«, raunte Melvin.

Robin schluckte. »Ein streunender Hund?«

»Größer.«

Robins Herz flatterte. Und dann hörte er es auch. Etwas stampfte und grollte, heulte auf – und kam eindeutig auf die

Lichtung zu. Etwas sehr Großes arbeitete sich da gerade durch das Unterholz. In wilder Panik rissen er und Melvin an seinem Bein. Plötzlich knackste es.

»ARGH!« Der Schmerz ging Robin durch und durch, doch sein Fuß war wieder frei. Auf Melvin gestützt, humpelte er in das schützende Dickicht des Waldes. Sie duckten sich hinter einen umgestürzten Baum.

Das Stampfen, Grollen und Heulen kamen immer näher, dann rumpelte ein riesiges Ungetüm auf die Lichtung. Grelle Lichtlanzen durchschnitten die Dunkelheit und ein Kuhfänger kam in Sicht. Auf der Fahrt durch den Wald hatte er das halbe Unterholz mitgerissen. Ein Igel klammerte sich an die Mittelstrebe. Der Motor heulte auf, dann blieb der Unimog endlich stehen. Der Igel kugelte zu Boden und torkelte benommen ins Gebüsch.

Die Tür des Unimogs flog auf und Lauritz Lundström sprang heraus. Er riss die Arme hoch und rief: »Ochd Coluín, ich komme!«

Eiligst entzündete er Fackeln und steckte sie rings um den Druidenstein in die Erde. Dann verschwand er wieder im Unimog. Es polterte und rumpelte, dann kam Lundström halb nackt wieder heraus. Merkwürdige Tätowierungen bedeckten seine Brust, die Beine steckten in einer Kniehose aus Ziegenfell.

Er stülpte sich eine riesige gehörnte Maske über, die den Kopf vollkommen bedeckte. Sie glich jenen, die in Rufus' Arbeitszimmer hingen, und Lundström hätte durchaus als

Furcht einflößender Dämon durchgehen können, wenn er die Maske in seiner Aufregung nicht falsch herum aufgesetzt hätte. So strebte der hagere Körper mit suchend ausgestreckten Armen nach vorne, während das Antlitz der Maske stur nach hinten blickte.

»Pffffff ...« Melvin presste die Lippen aufeinander, und auch Robin musste sich, trotz seines schmerzenden Knöchels, ein Lachen verkneifen.

Seiner Sicht beraubt, blieb Lundström prompt mit einem der ausladenden Hörner am Seitenspiegel hängen. Der unerwartete Ruck riss ihn fast von den Füßen und die Maske um hundertachtzig Grad in die richtige Position.

»AH!«, stieß Lundström glücklich aus und stakste über die Lichtung zum Druidenstein. Dort ließ er sich auf die Knie fallen und fing an, den Stein zu streicheln, als sei er ein verloren geglaubtes Haustier. Unablässig brabbelte er in einer fremden Sprache auf ihn ein. Es klang fast wie eine Beschwörungsformel. Plötzlich hielt er inne und aus dem Streicheln wurde ein hektisches Tasten. Lundström zog ein Taschenmesser hervor und schabte an einer moosbewachsenen Stelle herum. »HA!« Er sprang auf und verfiel in eine Art Indianertanz, wobei er Laute ausstieß wie ein durchgeknallter Kojote. Melvin legte den Kopf schief. »He, was ist das?« Mit halb zusammengekniffenen Augen fixierte er den Druidenstein.

Robin kramte sein Noogle hervor und hielt es sich vors Auge. Zuerst sah er nur verschwommenes Grau. Er drehte am

Ring, bis das Bild klar und scharf wurde. An der Stelle des Druidensteins, an der Lundström herumgeschabt hatte, zeichnete sich ein fünfzackiger Stern ab.

»Ein Pentagramm!«, stieß Melvin aus, »das Zeichen der Fünf!« Sie sahen einander an. Acht Säulen im Zeichen der Fünf. Sie hatten die Prüfungsaufgabe gelöst!

Robin sprang auf – und wurde grün im Gesicht. Vor Aufregung hatte er seinen Knöchel vergessen. Japsend sank er zurück. Melvin tastete seinen Fuß ab. »Nichts gebrochen, aber ganz schön verknackst.« Ein röchelndes Geräusch, dann klatschte etwas Nasses auf den Knöchel. »Morgen spürst du nichts mehr davon.«

Verblüfft stellte Robin fest, dass der Schmerz sofort etwas nachließ.

Melvin zog das Hatchpatch aus der Tasche und warf es auf den Boden. Robin stöhnte. Allein der Gedanke an die schlingernde Fahrt ließ ihn wieder grün werden. »Ich kann laufen!«, protestierte er.

Melvin tippte sich nur an die Stirn, steckte einen Arm in das Loch und wühlte darin herum. Als er endlich fand, was er gesucht hatte, zog er den Arm wieder heraus und drückte Robin etwas in die Hand. Robin betrachtete zweifelnd die Lakritzschnecken auf seiner Handfläche. Aber was blieb ihm schon anderes übrig? Er stopfte sich die Lakritze in den Mund und begann hastig zu kauen. Fast hätte er sich verschluckt, als im nächsten Moment ein Schrei über die Lichtung gellte.

Vorsichtig linsten sie über den Baumstamm. Lundström warf die Arme in die Luft, drehte sich um die eigene Achse und rief: »Rechmom lagrach wallou! Willkommen, ihr edlen Mentoren.«

Ein seltsames Geräusch ließ Robin herumfahren. Melvin schlug sich die Hände vor den Mund und kniff die Augen zu. Seine Schultern zuckten unkontrolliert, als ob er Krämpfe hätte. Er ging zu Boden, warf sich hin und her – und kullerte kopfüber ins Hatchpatch. Robin erschrak. So hatte er Melvin noch nie gesehen. Was hatte Lundström nur gesagt, das Melvin in ein hilflos zuckendes Etwas verwandelt hatte? Rechmom lagrach irgendwas … War das etwa eine Art Fluch? So schnell sein Fuß es zuließ, robbte er zum Hatchpatch und ließ sich hineinfallen.

Kaum hatte es sich hinter ihm geschlossen, nahm Melvin seine Hände vom Mund und brach in brüllendes Gelächter aus. »Kein Wunder, dass Lundström noch nie einen von uns gesehen hat. *Rechmom lagrach wallou!* Ich schmeiß mich weg – und er hat es auch noch groß und breit auf seinen Unimog geschrieben!«

Robin runzelte die Stirn. Er konnte sich nicht erinnern, etwas in der Art gesehen zu haben.

Melvin hielt sich den Bauch. »Das, was aussah wie Vogelschiss, das ist die alte Monstersprache. Es soll wohl heißen: *Lechmom raglach warrou.* Das bedeutet *Willkommen edle Mentoren*, aber …« Melvin bog sich vor Lachen, taumelte gegen die Wand und sank zu Boden.

»Was?«

Melvin japste: »Lundström hat das R mit dem L verwechselt.«

Als Robin ihn nur verwirrt ansah, prustete Melvin los: »Jetzt steht da: *Verpisst euch, elende Monster.*«

Wieder einmal sauste Robin durch das Hatchpatch – doch diesmal war es ganz anders. Die Lakritze wirkte Wunder, ihm wurde kein bisschen schlecht. Und so konnte Robin gar nicht genug kriegen von der rasanten Fahrt, dem wilden Zickzackkurs und den waghalsigen Loopings. Irgendwann tauchte ein heller Punkt vor ihnen auf, der rasch größer wurde.

»Achtung!«, rief Melvin und stemmte seine Fersen gegen die Röhre. Sie wurden immer langsamer und glitten schließlich sanft in die Schleusenkammer.

Robin bedauerte, dass die Fahrt schon vorbei war. Er fragte sich, ob man das Hatchpatch auch benutzen durfte, wenn man mal nicht auf der Flucht war, sondern einfach nur aus Spaß.

Melvin horchte am Hatchpatch, dann signalisierte er mit nach oben gestrecktem Daumen, dass die Luft rein war, und schwang ein Bein durch das Loch. Robin folgte ihm in die Dachkammer und knipste seine alte Nachttischlampe an. Melvin suchte in seinen Taschen nach dem Blatt mit der Prüfungsaufgabe. »Verflixt, wo hab ich es nur …?«

Robin sah ihm eine Weile zu. »Wie viele Taschen hat dein Fell eigentlich?«

»So viele, dass ich immer noch nicht alle entdeckt habe. Und es wachsen immer wieder neue nach. Dafür können sich andere zurückbilden. Zu Weihnachten hatte ich mir einmal ein Thunfisch-Eclair eingesteckt und zu Silvester – HA!« Er zog das mittlerweile arg mitgenommene Blatt hervor und strich es glatt. »Also …«

Robin übernahm wieder das Schreiben. Er griff sich einen Stift und schrieb oben auf ein Blatt Papier:

Lösung der Prüfungsaufgabe für angewandte Praxis, Melvin Theophilus Montgomery. Europäisch Langhaar.

Melvin las vom Prüfungsblatt vor: »*Erläutern Sie die Acht Säulen. Wer hat sie erschaffen?* Das wäre dann dieser Druide, Darach Ragnall.«

»Moment!«, Robin sah hoch, »schreibt sich Ragnall mit einem oder zwei L?«

»Zwei.«

Robin notierte eifrig.

Melvin fuhr fort: »*Aus welchem Material wurden sie erbaut?* Das wären dann Bäume und Stein, oder?«

Robin wiegte den Kopf. »Und wenn sie es ganz genau wissen wollen?«

Nach einigem Hin und Her einigten sie sich auf die Antwort: 8 Eichen und 1 großer Stein (Findling).

Melvin las die letzte Frage vor: »*Benennen Sie ihre Zeichen.* Das wäre dann das Pentagramm.«

Robin zögerte. Irgendetwas störte ihn.

»Sie fragen nach *Zeichen*, das ist Mehrzahl. Auf dem Druidenstein war aber nur ein Pentagramm …«

Melvins Zeigefinger schnellte empor: »Aber ein Pentagramm hat fünf Zacken. Sie stehen für die fünf Elemente – Feuer, Wasser, Erde, Luft und Musik.«

Das leuchtete Robin ein. Sorgfältig schrieb er die letzte Zeile hin. Jetzt ja keinen Fehler machen. Dann las er alles noch mal durch und reichte Melvin das Blatt. Der holte tief Luft. »Na, dann …« Er faltete das Blatt zusammen und ließ es ins Hatchpatch gleiten.

Mit klopfenden Herzen starrten sie auf das Loch.

Die Minuten verstrichen.

»Das ist ein gutes Zeichen, oder?«, fragte Melvin.

Robin nickte zuversichtlicher, als ihm zumute war. »Absolut.«

Weitere Minuten verstrichen. Robin vernahm das leise Scharren von Melvins Füßen.

»So ein Abzeichen ist schwer«, gab er zu bedenken. »Es dauert sicher einige Zeit, bis es ankommt.«

Melvin warf ihm einen erleichterten Blick zu. »Ja, genau! Du hast recht …«

Sssssss … SCHLOPP!

Die Dose schoss aus dem Loch, verfehlte Robin nur knapp,

prallte am Stützbalken ab und fiel genau in Melvins Hände. Mit fliegenden Fingern schraubte er den Deckel ab. Ein Zettel flatterte zu Boden. Robins Herz zog sich zusammen.

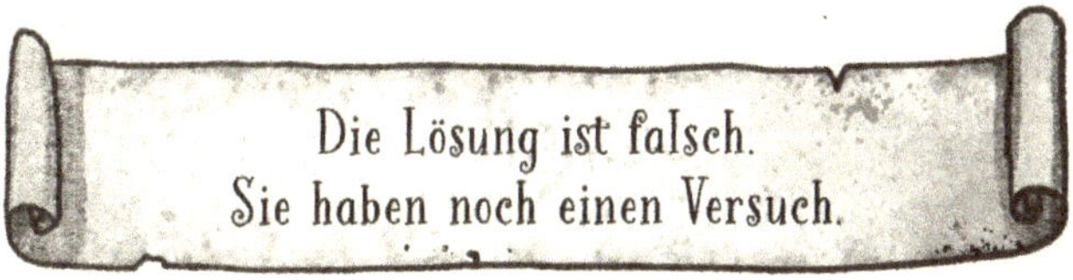

Kapitel 18

Hausarrest

»Robin Miller Käsefratze kriegt später mal 'ne fiese Glatze, ist winzig wie ein Rattenfloh und wohnt in Opas Katzenklo.«

Freddy, Richie und Moe brachen in grölendes Gelächter aus. Etwas zischte durch die Luft, dann knallte eine Coladose gegen Robins Hinterkopf und verspritzte ihren klebrigen Inhalt.

Robin wandte sich nicht um. Er biss die Zähne zusammen und ging stur weiter.

»'schuldigung«, nuschelte Melvin.

»Einfach weitergehen«, presste Robin hervor.

Die Grölerei verklang. Robin riskierte einen Blick über die Schulter. Die drei rannten in die entgegengesetzte Richtung. Offenbar hatten sie ein lohnenderes Ziel entdeckt.

»Weiß auch nich, was mit mir los is …«

»Schon gut«, murmelte Robin. Er wusste genau, was mit Melvin los war. Morgen war der 1. Mai. Belthane.

Bis morgen um Mitternacht mussten sie die Prüfungsaufgabe gelöst haben – und sie hatten immer noch keinen blassen

Schimmer, wie die Lösung lautete. Dabei wurde Robin die ganze Zeit das Gefühl nicht los, irgendwann schon einmal von diesen Acht Säulen gehört zu haben. Doch sosehr er sich auch das Gehirn zermarterte, er kam einfach nicht darauf, wann und wo das gewesen war. Manchmal schien sich in seinem Hinterkopf eine Erinnerung zu regen, doch sobald er sich darauf konzentrierte, verflog sie wie dünner Rauch in einem Luftzug.

In trübe Gedanken versunken, folgten Robin und Melvin ihrem Schleichweg, der zur alten Pferdekoppel führte. Doch anstatt in den Mistelweg einzubiegen, wandten sie sich in stummem Einvernehmen nach links und gingen in den Wald zum Druidenstein.

Melvin erschien an Robins Seite und sank auf die Knie. Mit einem Finger fuhr er an den Linien des Pentagramms entlang.

»Ich versteh's einfach nicht«, sagte er zum x-ten Mal seit Wochen. »Warum konnte es nicht St. Octavian sein? Warum nicht der Druidenstein? Warum machen sie es so kompliziert? Das ist unfair. Abby hatte es gut. Einem Murker ein Horn zu mopsen war dagegen ein Kinderspiel!« Er schnappte sich eine Eichel und schleuderte sie zornig ins Unterholz. Irgendein Tier keckerte empört.

Melvin ließ sich mit dem Rücken gegen den Druidenstein fallen und vergrub den Kopf in den Händen.

Robin sagte: »Du darfst die Hoffnung nicht aufgeben. Wir haben noch eine ganze Nacht und einen ganzen Tag …«

»Das schaffen wir doch nie.« Melvins Stimme drang leise zwischen seinen Fingern hindurch.

Robin betrachtete minutenlang seinen Freund. Dann fiel ihm etwas ein. »Wenn bei uns jemand eine Prüfung vermasselt, kann er immer noch eine Nachprüfung machen.«

Melvin stöhnte: »Das ist nicht *irgendeine* Prüfung. Wenn ich die nicht schaffe, dann ist alles aus. Dann kann ich höchstens noch Hausmonster werden – oder mit den Glitschen Rohre putzen gehen.«

»Na und?«, warf sich Robin sofort in die Bresche, »wo ist das Problem? Ich werde dich auch mögen, wenn du Rohre putzen musst – na ja, wenn du mir versprichst zu duschen, sobald du nach Hause kommst.«

»Damit ist es dann vorbei«, murmelte Melvin.

»Spinnst du? Wir bleiben natürlich auch dann Freunde.«

Melvin hob den Kopf und sah Robin an. In seinen Augen flackerte etwas auf. »Ich werde auch immer dein Freund sein«, sagte er leise, »aber ich werde dann nicht mehr kommen können.«

Robin starrte ihn an: »Was redest du da?«

»Nur Schutzmonstern ist es erlaubt, mit Menschen zu verkehren.«

Robin hatte plötzlich das Gefühl, Freddy hätte ihm etwas viel Größeres als eine Coladose an den Kopf geworfen. Nur ganz langsam sickerte die Neuigkeit in sein Hirn hinein. »Wir könnten uns dann nicht mehr sehen?«

Melvin nickte unmerklich.

»Nie mehr?«

Melvin senkte den Kopf.

Wie betäubt sackte Robin neben ihm ins Gras. Seine Augen wanderten über die Lichtung, ohne etwas zu sehen. Sein Verstand weigerte sich zu begreifen, was er da gerade gehört hatte.

Was sollte er nur ohne Melvin anfangen? Freddy würde ihn dann wieder nach Lust und Laune quälen, und natürlich müsste er wieder mit Rufus' Eintöpfen vorliebnehmen. Aber das war ihm egal, darum ging es nicht.

Er dachte an die vielen Nachmittage, die Melvin und er gemütlich schmökernd zusammen verbracht hatten, an die bunten Popcornschlachten, an die durchzockten Alibaba-Nächte, an Halloween und an all die anderen Abenteuer, die er mit Melvin erlebt hatte.

Wie in Trance griff er nach einer Eichel. Hier hatte alles begonnen. Seine Finger schlossen sich um die kleine Frucht. Und hier würde alles enden, wenn nicht innerhalb der nächsten 24 Stunden ein Wunder geschehen würde. Ohne Melvin würde sein Leben wieder still und einsam werden. Und er wäre wieder ganz allein mit dem knurrigen Rufus.

Robin hob ruckartig den Kopf. Rufus!

Rufus wusste doch so viel über Oaksend und seine Geschichte! Vielleicht hatte er schon mal etwas von den Acht Säulen gehört?

Allein bei dem Gedanken, Rufus um Hilfe zu bitten, sträubte

sich alles in ihm. Doch er war zum Äußersten entschlossen. Rufus war vielleicht ihre letzte Chance. Er sprang auf. »Ich habe eine Idee! Ich bin gleich wieder zurück!«

Robin rannte über die Lichtung durch den Eichenhain und flog geradezu über die Pferdekoppel. Er hechtete über das Gatter und sprintete den Mistelweg hinunter.

Er wich Mrs Duncan aus, die den Kinderwagen mit den schreienden Drillingen über den Bürgersteig schob, und rannte in seiner Hast fast auch noch Mr Hooper um, der sich in seiner Mittagspause einen kleinen Spaziergang gönnte. Robin rief ihm ein Tschuldigung! zu und hüpfte über den Blindenstock.

Mrs Stickforth schnellte in ihrem Schaukelstuhl nach vorn. Ihre Hand krallte sich in die Verandabrüstung wie ein Enterhaken.

»VERDAMMTE SCHLANGENBRUT! DIESMAL BIST DU ZU WEIT GEGANGEN. HA!«

Robin achtete nicht auf das Gekreische. Er schoss die Verandastufen hinauf, stürmte durch die Tür – und prallte gegen Rufus. »Rufus! Rufus, ich muss …«

Bevor er sichs versah, wurde er unsanft ins Arbeitszimmer befördert. Rufus baute sich vor ihm auf und stemmte die Fäuste in die Seiten. Seine Augenbrauen senkten sich unheilvoll. »Hast du mir nicht irgendetwas zu sagen?«, sagte er mit ungewöhnlich leiser Stimme.

Irgendwo in Robins Magengegend schrillte eine Alarmglocke. Was hatte er nun wieder angestellt? Er wich unwillkürlich zurück und stieß an den Kartentisch. »Was? Ich … Ich weiß nicht, was du meinst …«

Rufus explodierte. »Verdammt! Was hattest du in meinem Arbeitszimmer verloren?«

»Aber …«

»Habe ich dir nicht gesagt, dass du die Finger von meinen Sachen lassen sollst?!«

»Aber …«

»Ich weiß, dass du hier drinnen warst. Wo ist mein Weltempfänger? Das ist kein Spielzeug, verflucht noch mal!« Rufus schäumte.

Robin durchlief es eiskalt. Er öffnete den Mund, schloss ihn aber gleich wieder. Ihm fiel so schnell keine gute Ausrede ein. Er kniff die Lippen zusammen.

»Na gut!«, Rufus ballte die Fäuste, »dann bleibst du eben so lange hier drin, bis du die Wahrheit sagst!« Rufus stapfte aus dem Zimmer und knallte die Tür zu. Der Schlüssel drehte sich im Schloss. Dann hörte Robin seine schweren Schritte im Flur. Rufus schloss auch die Dienstbotentür ab. Wieder Schritte, Schlüsselgeklimper, dann verließ Rufus das Haus und schmetterte die Tür so heftig zu, dass die Fensterscheiben klirrten. Ein Bleistift auf dem Schreibtisch geriet ins Rollen und fiel zu Boden. Robin stürzte zur Verandatür. Abgeschlossen. Die Fenster zur Straße klemmten schon seit Jahren und waren nicht zu öffnen. Er hörte das Knarren des Garagentors. Kurz darauf röchelte der Motor des altersschwachen Pick-ups, eine Fehlzündung knallte, und der Wagen schoss aus der Garage und brauste den Mistelweg hinunter. Robin sah der blauen Qualmwolke nach.

Rufus nahm den Pick-up nur, wenn er nach Banston fuhr. Es konnte Stunden dauern, bis er wieder zurückkehren würde. Robin schluckte. Er musste doch Melvin helfen!

Er versuchte, ruhig zu bleiben. Ganz bestimmt würde sich Melvin bald fragen, wo er steckte, und sich auf die Suche nach ihm machen. Es würde sicher nicht lange dauern, bis er durch das Hatchpatch auftauchen würde. Robin überlegte fieberhaft. Melvin musste ihm das Radio zurückgeben. Robin könnte dann so tun, als ob er es in der Zwischenzeit im Arbeitszimmer gefunden hätte. Dann würde es so aussehen, als ob Rufus es selbst verkramt hätte. Robin sah sich nach einem geeigneten Fundort um. Die Masken guckten finsterer denn je, so als ob sie seinen Plan durchschaut hätten und ihn zutiefst missbilligten. Robin drehte ihnen den Rücken zu und sein Blick fiel auf den Bleistift. Er hob ihn auf und legte ihn auf Rufus' Schreibtisch zurück. Dutzende Zettel, versehen mit Rufus' kantiger Handschrift, lagen kreuz und quer durcheinander. Er tüftelte wohl mal wieder an irgendeinem kniffligen Problem des Altertums. Auf einem der Zettel hatte Rufus notiert: *Buch = 8 Ingredienzien für Heilmittel = Pest = 1349 = St. Octavian?* Die Acht war dreimal unterstrichen. Verwundert nahm Robin das Blatt auf – und erstarrte. Darunter kam ein schmales Buch zum Vorschein. Auf dem schäbigen Einband stand in verblichenen, altertümlichen Lettern: *Acht Säulen.*

Die Zeit schien plötzlich stillzustehen.

Robin starrte die Buchstaben an – und jäh kehrte die Erinnerung zurück. Es war letzten Sommer gewesen, der Tag, nach dem Melvin aufgetaucht war. Robin hatte für Rufus ein Buch im Antiquariat abholen müssen, und Polly hatte es natürlich zunächst nicht gefunden. Robin hatte nicht groß auf sie geachtet – die ekligen Abbildungen in einem Buch über die Pest hatten ihn abgelenkt. Doch jetzt erinnerte er sich an Pollys Gemurmel, als sie in den Regalen herumgewühlt hatte: *Acht Säulen … vielleicht unter A …?* Sie hatte damals den Titel des Buches genannt.

Er sah auf Rufus' Notiz. *Buch = 8 Ingredienzien für Heilmittel = Pest = 1349 = St. Octavian?* Die *Acht Säulen* waren also die Zutaten für eine Medizin gegen die Pest, erfunden von St. Octavian, der dafür sterben musste, weil man ihn für einen Hexer gehalten hatte.

Robin griff fassungslos nach dem Buch. Wie lange hatten er und Melvin nach den *Acht Säulen* gesucht? Er dachte an die vielen Fehlschläge, an das Brunnendenkmal von St. Octavian, an Beauregard und an die Zisterne, an den Kampf mit den Ratten, an den Druidenstein und an die Abertausend Stunden, die sie im Antiquariat verbracht hatten, auf der Suche nach irgendeinem Hinweis. Und jetzt stellte sich heraus, dass es sich bei den *Acht Säulen* nur um ein kleines, schäbiges Buch handelte – und dass es die ganze Zeit hier im Haus gewesen war, direkt unter ihren Füßen, in Rufus' Arbeitszimmer.

Hinter ihm erklang ein leises, saugendes Geräusch. Robin wirbelte herum. »Melvin!«, rief er und rannte zum Hatchpatch. Aufgeregt wedelte er mit dem Buch in der Luft herum. »Melvin, ich habe sie gefunden! Die *Acht Säulen* – sie waren die ganze Zeit bei Ru…«

Ein Bein schwang sich aus dem Hatchpatch – doch es war nicht Melvins Bein. Finger griffen Halt suchend am Rand entlang, dann schoben sich ein Arm, noch ein Arm und ein kugelrunder Kopf hindurch. In der schwarz glänzenden Gletscherbrille sah sich Robin doppelt gespiegelt.

Kapitel 19

Die Rettung

»Mr Hooper!«, rief Robin. »Was machen Sie … Wie sind Sie …?«

Sein Arm sackte herunter. Die Seiten des Buches raschelten.

»Hallo, Robin«, sagte Mr Hooper.

Robin starrte an ihm vorbei auf das Hatchpatch.

»Deinem unsichtbaren Freund geht es gut.«

»Melvin? Sie … Sie wissen von ihm?«, platzte es aus Robin heraus.

»Natürlich.« Mr Hooper lächelte. »Du bist nicht der Einzige, der ein Schutzmonster hat.« Er legte den Kopf schief. »Was ist denn das für ein Buch?«

Überrumpelt von der Neuigkeit, stotterte Robin: »Oh, das … Das sind die *Acht Säulen*. Es ist verrückt, aber es lag die ganze Zeit hier in Rufus' Arbeitszimmer. Melvin und ich haben es monatelang gesucht. Er muss doch die praktische Prüfung bestehen, sonst kann er kein Schutzmonster …« Robin stockte, weil ihm klar wurde, dass Mr Hooper mit seinem Gefasel kaum etwas anfangen konnte. Doch der lächelte weiterhin freundlich und streckte die Hand aus.

»Darf ich …?«

Robin sah die Hand mit den dreieinhalb Fingern, deren Kuppen vom täglichen Hantieren mit Zeitungen stets dunkel gefärbt waren. Doch das war es nicht, was ihn zögern ließ. Es war das eigenartige Gefühl, dass sich plötzlich etwas verändert hatte. Noch bevor er dieses Gefühl richtig zu fassen bekam, zerbarst mit ohrenbetäubendem Klirren das Fenster zur Straße. Durch einen Schauer aus Glassplittern schoss eine Fellbombe quer durchs Zimmer, landete auf Mr Hoopers Kopf und schlug zwanzig Krallen in sein Gesicht.

Mr Hooper schrie auf.

»Punchkiss!« Robin steckte das Buch in seinen Gürtel und stürzte zu Mr Hooper, der seinen Kopf herumschleuderte, als sei er auf einem Konzert der *Blasting Beasts*.

Der Kater krallte sich auf Mr Hoopers Kopf fest und fauchte und kratzte wie ein durchgedrehter Dämon. Im Nu waren Robins Arme mit roten Striemen übersät, als er versuchte, ihn wegzuzerren. Mr Hooper prallte gegen einen Aktenschrank. Seine Hände schlugen blindlings umher und fegten Papiere, Bücher und mehrere Holzfiguren zu Boden.

Robin griff nach einer Figur. Sie hatte einen Wasserkopf und lächerlich lange Beine. Er holte aus – und zauderte. Er konnte unmöglich zuschlagen, ohne einen Unschuldigen zu treffen.

Punchkiss verbiss sich in Mr Hoopers Ohrläppchen.

Mr Hooper brüllte.

Robin schlug zu.

Mann und Tier stießen einen gellenden Schrei aus, dann erschlaffte der Kater und fiel mit dumpfem Aufprall auf den Teppich.

Geschockt ließ Robin die Waffe fallen und starrte auf den reglosen Körper. »Was ist nur in ihn gefahren? Er ist ja richtig Amok gelaufen. Er hat doch nicht etwa ... die Tollwut?« Besorgt wandte Robin den Kopf – und erstarrte.

Mr Hoopers Gletscherbrille war verrutscht. Hastig versuchte er, sie wieder zurechtzurücken, und drehte Robin verlegen den Rücken zu.

Doch da hatte Robin schon Mr Hoopers Augen gesehen. Sie waren dunkel und groß. In den Pupillen schien sich das Rot des Teppichs gespiegelt zu haben.

Das eigenartige Gefühl von vorhin kehrte schlagartig zurück. Nein, dachte Robin, und sein Herz schlug schneller. Das war keine Spiegelung gewesen.

Die Augen selbst hatten rötlich geleuchtet.

Ein ungeheuerlicher Gedanke blähte sich in seinem Kopf auf. Er sträubte sich dagegen, er wollte es nicht glauben, doch der Gedanke leuchtete immer heller und klarer – und wurde zur Gewissheit.

Robin hatte diese Augen schon einmal gesehen.

»Sie!«, stieß er aus.

Mr Hooper versteifte sich.

»Sie! Sie waren es!«, rief Robin.

Die Gletscherbrille fiel zu Boden.

Langsam drehte sich Mr Hooper um. Seine Miene war wie versteinert, nur seine Augen bewegten sich. Der rötlich glimmende Blick flackerte zu Robins Gürtel. »Gib mir das Buch«, sagte er leise.

Robin wich zurück. »Sie ... Sie sind gar nicht blind, oder?« Seine Gedanken überschlugen sich. Plötzlich ergab alles einen grauenhaften Sinn. »Die Einbrüche im Antiquariat, das waren Sie, oder? Sie waren die ganze Zeit hinter diesem Buch her und Sie haben Polly von der Leiter gestoßen! Sie mussten sie aus dem Weg räumen, nicht wahr? Damit Sie in Ruhe nach dem Buch suchen kon...«

»Polly hat ihr Unglück selbst verschuldet!«, fuhr Mr Hooper dazwischen. »Das wäre alles nicht passiert, wenn sie mir nicht das Buch in Alexandria vor der Nase weggeschnappt hätte. Wochenlang bin ich der Spur bis nach Oaksend gefolgt, aber dann verlor sie sich im Antiquariat. Wäre Polly nicht so schusselig, hätte ich den Bestellschein mit Rufus' Namen schon vor Monaten gefunden.«

»Aber warum? Was ist so wertvoll an einem Buch über irgendeine alte Medizin?«

»Medizin?« Mr Hooper schnaubte. »Junge, du hast ja keine Ahnung. Das ist der Weg zur Macht. Hast du bei Mrs Keeman denn gar nicht aufgepasst – muss ich dir wieder Nachhilfe geben? Was haben die alten Römer als Erstes getan? Na? Sie haben Straßen gebaut! Sie wussten ganz genau: Wer die Wege kontrolliert, dem gehört die Welt. Und das da …«, sein Blick flackerte wieder zu dem Buch in Robins Gürtel, »das ist sozusagen die Bauanleitung.«

Verwirrt blickte Robin auf das Buch in seinem Gürtel. Bauanleitung? Wovon redete Mr Hooper da?

Die Finger der ausgestreckten Hand winkten ungeduldig. »Junge, mach's jetzt nicht kompliziert – gib mir einfach das Buch.«

Unvermittelt brodelte Wut in Robin hoch. Es war ihm furchtbar egal, um was für eine Art Buch es sich bei den *Acht Säulen* handelte. Er würde es auf keinen Fall hergeben. So lange hatten Melvin und er danach gesucht, und so viel hing davon ab, dass sie bis morgen die Lösung abschickten, sonst … Schützend legte er seine Hände auf das Buch. »Nein. Wir brauchen es.«

Mr Hoopers Augen verengten sich. Aus dem rötlichen Schimmer wurde ein tiefrotes bösartiges Glühen. »Du und Melvin, ihr werdet bald gar nichts mehr brauchen!« Er holte tief Luft und im nächsten Augenblick passierte etwas Grauenerregendes mit ihm. Seine Gestalt schien sich zu verflüssigen, schwoll an, verformte sich. Plötzlich brachen aus dem Hemd Stacheln hervor und aus dem Hosenboden platzte ein gepanzerter Schweif. Der Kopf wurde flacher, Nase und Mund verschmolzen miteinander und wuchsen zu einer hässlichen Schnauze zusammen. Fingerlange Hauer blitzten hervor.

Entsetzt stolperte Robin hinter den Kartentisch. Er wusste, was das für ein Wesen war. In der *Mentores Mundi* hatte er ein Bild dieser Kreatur gesehen. Es war ein baltischer Giftstachler – ein Shrokk.

Mit einer Stimme, die nichts mehr mit Mr Hoopers warmem Bariton gemein hatte, knurrte die Bestie: »Du hast es nicht anders gewollt. Gib mir jetzt sofort das Buch oder …« Der Panzerschweif peitschte hin und her, streifte ein Regal. Bücher polterten zu Boden.

Robins Blick huschte im Zimmer umher. Wenn er nur das Hatchpatch erreichen könnte. Doch die Bestie stand genau zwischen ihm und dem rettenden Loch in der Wand. Er sah zum geborstenen Fenster. Im Rahmen steckten noch lange spitze Glasdolche. Vielleicht konnte er es bis dorthin schaffen. Doch die Bestie war seinem Blick gefolgt und bleckte ihr grässliches Gebiss.

Der Panzerschweif hob und krümmte sich wie bei einem Skorpion. Aus der Spitze fuhr ein feuchtglänzender Dorn heraus. Wie gelähmt sah Robin, dass sich an dem Dorn ein Tropfen bildete, der zu Boden fiel und im Nu ein Loch in den Teppich ätzte. Schon in der nächsten Sekunde schnellte der Panzerschweif durch die Luft. Robin duckte sich instinktiv, hörte noch etwas an seinem Kopf vorbeisirren, bevor er unter den Kartentisch tauchte. Es krachte über ihm und einen Augenblick später regnete es Notizzettel. Der Kartentisch erzitterte unter dem Gewicht der Bestie, deren Stachel in der

Pinnwand gegenüber steckte. Rasend vor Wut, versuchte sie, sich zu befreien.

Blitzschnell rollte sich Robin unter dem Kartentisch auf die andere Seite, rannte zum Hatchpatch und hechtete hinein. Sofort schnappte es hinter ihm zu.

Er fiel auf etwas Weiches. Im schummrigen Licht erkannte er Melvin, der geknebelt und gefesselt am Boden der Schleusenkammer herumzappelte.

Ein markerschütterndes Gebrüll ließ die Kammer erbeben. Im nächsten Augenblick schoss mit einem reißenden Geräusch ein Arm hinein. Robin konnte Melvin in letzter Sekunde zur Seite stoßen – gerade noch rechtzeitig, bevor sich fünf sichelartige Krallen in die Stelle gruben, wo er eben noch gelegen hatte.

Schon fuhren die Krallen wieder durch die Luft.

Robin klammerte sich an Melvin und konzentrierte sich auf einen einzigen Gedanken: Dach…

FIZZZZ! Er spürte noch den Luftzug, als die Krallen seinen Kopf um Millimeter verfehlten. Das Letzte, was er sah, bevor sie in den rettenden Tunnel kippten, war ein Büschel seiner Haare, das in der Luft zerstob.

In seiner Panik kam es Robin so vor, als würden sie langsamer als sonst durch das Hatchpatch rauschen. Als der Lichtpunkt endlich auftauchte, warf sich Melvin von hinten gegen ihn. Im letzten Moment fiel Robin ein, dass er ja bremsen musste. Er stemmte die Fersen gegen den Boden, so wie er es bei Melvin auf ihrer Fahrt vom Druidenstein gesehen hatte – und merkte sofort, dass er etwas falsch gemacht haben musste. Das Hatchpatch bäumte sich auf wie ein Wildpferd. Krampfartig zog es sich zusammen und wieder auseinander. Sie wurden gequetscht und durcheinandergewirbelt, bis das Hatchpatch sie mit einem würgenden Geräusch ausspuckte.

Hart landeten sie auf den Dielen des Dachbodens. Irgendetwas zischte leise.

Melvin warf sich hin und her. »MMMHMPPPHH!«

Robin zog ihm den Knebel aus dem Mund.

Melvin japste: »Es tut mir so leid! Es ist alles meine Schuld! Aber da war plötzlich dieser Gesang und hat mich eingelullt und dann tauchte Mr Hooper auf der Lichtung auf und verwandelte sich …«

»… in einen Shrokk«, beendete Robin den Satz und nestelte an den Fesseln. »Mr Hooper war es, der im Antiquariat eingebrochen ist, nicht Big Ben. Er war die ganze Zeit hinter dem Buch her.«

»Was für ein Buch?!«

Robin tippte auf seinen Gürtel. Melvins Augen wurden groß. »Acht Säulen«, hauchte er.

Klingelingeldingding!

Sie fuhren herum. Auf der anderen Seite des Dachbodens wackelte Harrison an seinem Ständer. Die Glöckchen spielten verrückt. Entsetzt sahen sie einander an. Die Bestie suchte sie, sie war schon in Robins Zimmer …

Ihre Köpfe schnellten zum Hatchpatch – doch da war keins mehr. Es hatte sich von der Wand gelöst und lag als qualmendes Häufchen auf dem Boden.

»Oh, nein!«, stöhnte Melvin und hob es auf. Der Stoff krümmte sich wie ein verletztes Tier.

Plötzlich vernahmen sie schwere Schritte. Stufen knarrten. Robin sah zur Bodenluke. Die Bestie hatte die Geheimtür gefunden.

Melvin zog Robin hinter eine große Holzkiste. Im nächsten Moment flog die Luke krachend auf. »Ich weiß, dass ihr hier drin seid!«

Sie hörten schlurfende Schritte, die näher kamen und wieder verharrten.

Robin und Melvin hielten den Atem an.

»Ich kann eure Herzen spüren. Sie flattern wie Fledermäuse!«

Robins panischer Blick blieb an einer Aufschrift auf der Holzkiste hängen. *Nicht stürzen!* stand da und *Hier oben.* Darüber befand sich ein Pfeil. Robins Augen folgten dem Pfeil nach oben. Über der Kiste stapelten sich weitere Kisten. Der Turm ragte fast bis zum Dachfirst hinauf. Er sah zu Melvin. Der begriff und nickte ihm zu. Sie stemmten sich dagegen.

»Ich rieche euch …« Die Stimme klang viel zu nah.

Verzweifelt drückten sie noch stärker und spürten, dass der Turm tatsächlich etwas nachgab. Robins Arme zitterten vor Anstrengung. Melvin presste die Lippen aufeinander und lief dunkelrot an. Der Turm neigte sich allmählich, schwankte,

wankte und dann … Mit Donnergetöse stürzte er um, der Dachboden bebte unter dem Aufprall der schweren Kisten. Holz splitterte, Bretter barsten, Nägel schossen durch die Luft. Robin und Melvin sprangen zur Seite, rissen die Arme schützend über den Kopf und versanken in einer gewaltigen Staubwolke.

Robin ließ die Arme als Erster wieder sinken und wedelte den Staub weg. »Meinst du, wir haben ihn erwischt?«, flüsterte er.

Melvin reckte den Hals und betrachtete argwöhnisch das Schlachtfeld. Aus den Trümmern ragte ein Panzerschweif heraus. Er hatte einen hässlichen Doppelknick. Neongrünes Blut quoll hervor.

»Sieht so aus.« Melvin stakste vorsichtig durch die Trümmer und beugte sich vor. Blitzartig schoss eine Klaue heraus und packte ihn an der Gurgel. Robin schrie auf. Melvin röchelte: »RGHRGHH!«

Eine zweite Klaue schoss hervor, schob Trümmer beiseite und dann erhob sich die Bestie. Etwas unsicher kam sie auf die Beine, doch der Griff um Melvins Hals lockerte sich keine Sekunde. Melvins Augen quollen hervor. Seine Füße baumelten einen halben Meter über dem Boden.

»MELVIN!« Robin schoss nach vorn, stolperte und schlug der Länge nach hin. Das Buch rutschte aus seinem Gürtel, schlitterte über den Boden und prallte gegen die Wand.

Überrascht ließ die Bestie Melvin los. Einen Augenblick lang war es totenstill. Jeder starrte auf das Buch. Dann erschütterte ein dreifacher Aufschrei den Dachboden, als sich alle gleichzeitig darauf stürzten.

Noch im Sprung bekam Robin einen Schlag und segelte in das Trümmerfeld. Er knallte mit dem Kopf gegen ein nagelgespicktes Holzstück. Der Schmerz durchfuhr ihn wie ein Messer und etwas Warmes rann seine Stirn hinab. Durch rote Schlieren hindurch sah er benommen, wie sich Melvin und die Bestie einen erbitterten Kampf lieferten. Ineinander verkeilt stolperten sie über den Dachboden, fielen über Möbel und Kisten und rissen die Standuhr um. Der Gong dröhnte wie eine Totenglocke. Sie stürzten weiter über das Plüschsofa, taumelten rückwärts und donnerten gegen die Wand. Der Aufschlag war so heftig, dass er sie auseinandersprengte. Der Rollladen des Speisenaufzuges rasselte nach oben und Melvin stürzte zu Boden. Sofort war die Bestie über ihm, riss ihm die Arme auf den Rücken und zog ihn hoch. Melvins Gesicht verzerrte sich, als sich der scharfkantige Bauchpanzer in seinen Rücken bohrte. Entsetzt sah Robin, wie sich der Panzerschweif hob und der feuchtglänzende Dorn herausfuhr …

Er schrie, wie er noch nie geschrien hatte: »NEEEIIIN!«

Melvin drehte alarmiert den Kopf. Als er den Stachel sah, bäumte er sich verzweifelt auf und warf sich nach hinten. Der Panzerschweif klatschte auf den Boden. Die Wucht des Stoßes riss die Bestie nach hinten, sodass sie das Gleichgewicht verlor. Doch sie ließ Melvin immer noch nicht los. Beide taumelten und stolperten weiter rückwärts auf den Aufzugsschacht zu.

Robin kämpfte sich hoch und rannte los. Auf dem Gesicht der Bestie zeichnete sich maßloses Erstaunen ab, als sie hinter sich plötzlich keinen Widerstand mehr spürte und begriff, dass sie ins Bodenlose kippte. Robins Hand schnellte vor, seine Fingerspitzen streiften noch Melvins Fell – dann riss ihn die Bestie mit sich in die Tiefe.

Schreie hallten – dann war plötzlich Totenstille.

Robin torkelte zum Schacht und sah hinunter.

NEIN.

Er wankte zur Bodenluke, die Stiege hinunter, taumelte durch die Tapetentür, durch sein Zimmer …

Auf der Kellertreppe versagten ihm die Beine.

Melvin und die Bestie lagen auf der zertrümmerten Aufzugskabine übereinander – die Bestie mit offenbar zerschmettertem Rückgrat. Ihr gebrochener Blick richtete sich starr auf die Kellerdecke.

Melvin lag mit geschlossenen Augen auf ihr. Sein Fell war leichenblass. Zwar hatte der Körper der Bestie seinen Aufprall gedämpft, doch im Fallen war es ihr doch noch gelungen, den Panzerschweif um Melvin zu legen.

In seiner Brust stak der Dorn.

Wie aus weiter Ferne vernahm Robin ein Schluchzen. Er nahm kaum wahr, dass es von ihm selbst kam. Mit bebenden Händen zog er an dem Panzerschweif. Etwas schmatzte ekelerregend, dann löste sich der Dorn – und aus Melvins Fell glitten die *Acht Säulen* heraus.

Robins Herz machte einen Satz. Melvin hatte das Buch im Kampf also doch noch ergattert. Der Dorn hatte das Buch fast durchbohrt – fast. Er legte sein Ohr an Melvins Brust. Zunächst hörte er nur sein eigenes Blut in den Ohren rauschen.

Dann, ganz schwach, aber unmissverständlich:

Po … dom … po … dom … po … dom … ZISCH!

Robins Kopf fuhr hoch. Funken stoben aus den Kabinentrümmern. Es zischte, knarrte, knackte, dann schoss urplötzlich eine gewaltige Stichflamme empor und raste an der Decke entlang.

In Sekundenschnelle verwandelte sich der Keller in ein Flammenmeer. Beißender Rauch füllte Robins Lungen. Hustend und keuchend, zerrte er Melvin zur Treppe. Es knallte, als ein Karton mit Farbspraydosen explodierte. Wie Feuerwerkskörper schossen sie kreuz und quer durch den Keller und zerplatzten. Das Gas entzündete sich augenblicklich, und eine Feuerwand loderte auf und schnitt den Weg zur Treppe ab. Robin taumelte zurück und schleifte Melvin zur alten Kohlenluke, zerrte ihn die Rampe hinauf. Schräg über sich erblickte er die rettende Tür. Hier oben war der Rauch noch dichter. Robin ließ Melvin los und stülpte sich den Saum seines Pullovers über Nase und Mund. Er drückte mit beiden Händen gegen die Luke. Sie bewegte sich keinen Millimeter. Robin stemmte sich mit dem Rücken dagegen. Nichts. Der Pullover rutschte herunter. Robin würgte und hustete und rutschte auf dem Kohlenstaub aus. Er stieß gegen Melvin, stolperte und stürzte die

Rampe hinunter. Hart stieß er mit dem Kopf auf den Steinboden auf. Melvin landete schwer auf ihm. Robin war zu schwach, um ihn wegzuschieben. Vor seinen Augen tanzten dunkle Flecken. Seine Lungen brannten wie Säure, er bekam keine Luft mehr, dabei hätte er vor Wut und Verzweiflung am liebsten geschrien. Nach so langer Zeit waren sie am Ziel. Sie hatten das Rätsel der Acht Säulen gelöst und den wahren Dieb entlarvt – doch nichts von alledem würde jetzt noch irgendjemandem helfen. Sie würden hier unten sterben.

Mit letzter Kraft versuchte er sich aufzurichten. Durch wirbelnden Rauch und Flammen hindurch fiel sein Blick auf die Bestie. Der Leichnam krümmte sich im Feuer, schien sich zu verflüssigen. Stacheln und Panzerschweif schmurgelten zusammen, die Schnauze schrumpfte und wurde wieder zu einem menschlichen Antlitz – doch es war nicht Mr Hoopers Antlitz. Robin rieb sich die brennenden Augen, sah nochmals hin, doch da war nur noch dicker schwarzer Rauch.

Plötzlich barst etwas mit einem gewaltigen Knall auf der entgegengesetzten Seite des Kellers. Robin wandte mit Mühe den Kopf. Aus wirbelndem Rauch schälte sich eine schwarze Gestalt heraus, ihr langer, schwerer Umhang bauschte sich im Feuersturm auf. Mit einer rußgeschwärzten Sense bahnte sie sich einen Weg durch das Inferno und schlug eine Schneise durch das lichterloh brennende Gerümpel, geradewegs auf sie zu. Über eine rüsselartige Nase hinweg glotzten riesige Insektenaugen auf Robin herab.

»Nalt nurch, nab nich!«

Der Tod holte aus und schwang seinen Umhang.

Dunkel und schwer legte er sich auf Robin.

Es war vorbei.

Robin schloss die Augen.

Kapitel 20

Die Acht Säulen

Kühle Luft strich über Robins Stirn. Das Brennen in seinen Lungen ließ langsam nach. Erleichtert atmete er ein – und musste husten. Was war das nur für ein süßlich-stechender Geruch?

Er schlug die Augen auf – und fand sich in einem Bett wieder, doch es war nicht sein Bett. Irgendwo schnurrte ein Kühlschrank. Benommen sah er sich um. Sein verschwommener Blick glitt durch eine schmale Hütte, streifte ein Spülbecken mit Rasierzeug, einen Kanonenofen, auf dem ein Kessel Dampf ausstieß, und blieb schließlich an einem Sofa hängen, auf dem sich eine Decke bauschte. Plötzlich schob sich ein dunkler Schatten davor.

Robin stierte hoch. Es war das Wesen mit den Insektenaugen. Das Schnurren schien von ihm zu kommen. Robin schüttelte den Kopf und kniff die Augen zusammen. Als er sie wieder aufschlug, war sein Blick wieder klar, und er erkannte, es war nur ein Feuerwehrmann. Das Schnurren brach ab.

»*Nach nich nassiert?*«, scholl es dumpf aus der Atemschutzmaske hervor.

Was? Robin versuchte, sich aufrecht hinzusetzen, was jedoch nur dazu führte, dass ihm furchtbar schwindelig wurde. Er sank zurück. Der Feuerwehrmann zog sich die Maske vom Gesicht. Robin erlitt prompt einen neuen Hustenanfall. Diese Nase, dieser Bart …

»Was ist passiert?«, fragte Big Ben.

Robin starrte ihn an. Sein Kopf schien noch voller Rauchschwaden zu sein. Er konnte keinen klaren Gedanken fassen. Big Ben packte und schüttelte ihn. Robins Zähne schlugen aufeinander.

»Mr Hooper!«, stotterte er, »er ist …« Ihm wurde schlecht. Wenn nur dieses Schütteln aufhören würde.

Big Ben ließ nicht locker »Er ist was?«

Ein Shrokk, rutschte es Robin fast heraus. Gerade noch rechtzeitig biss er sich auf die Zunge, fast hätte er sich verplappert, womöglich sogar Melvin verraten.

Melvin! Robin erschrak. Wo war er überhaupt?

»Umpf …« Die Decke auf dem Sofa fing an zu zappeln. »Ich habe das Gefühl, ein Klomper hat mich getreten.« Melvin strampelte die Feuerschutzdecke von sich und rieb sich stöhnend die Brust.

Dann sah er Big Ben und machte ein Gesicht wie ein aufgeschreckter Koboldmaki.

Aus Big Bens Kehle drang ein eigenartiges Geräusch. Robin

hatte dieses heisere Bellen schon einmal gehört – letztes Jahr, bei ihrer Flucht nach dem Einbruch im Waggon. Damals hatte Robin geglaubt, es wären Laute des Zorns gewesen. Jetzt wurde ihm klar: So hörte es sich an, wenn Big Ben lachte.

Der Riese beugte sich vor. »Hallo Melvin«, sagte er, »kannst du mir sagen, was passiert ist?«

Melvin gab nur ein ersticktes Gurgeln von sich und versuchte zu bluffen, doch er brachte nur ein zittriges Schachbrettmuster zustande.

»Warte!« Big Bens Hand schnellte vor. Für eine Sekunde sah es so aus, als ob er Melvin packen wollte, doch dann änderte die Hand ihre Richtung, griff an den Feuerwehrhelm und zog ihn vom Kopf. Die Mähne, die hervorquoll, war noch wilder als der Bart. Doch das war es nicht, was Robin und Melvin den Atem verschlug. Es waren die Hörner, die aus diesem Filz hervorlugten.

»Du bist … einer von uns!«, rief Melvin.

Big Ben wischte die Feststellung mit einer fahrigen Handbewegung beiseite. »Also, was ist passiert?«, drängte er. Als hätte er auf einen unsichtbaren Knopf gedrückt, platzten Robin und Melvin gleichzeitig los.

»Mr Hooper war gar nicht blind …«

»… er war hinter dem Buch her …«

»… er dachte, es sei bei Polly …«

»… dabei war es die ganze Zeit bei Rufus!«

»Er hat Robin an Halloween fast totgeschlagen und dann …«

»Moment!« Big Ben hob eine Hand, um dem Redefluss Einhalt zu gebieten. »Das an Halloween, das war ich.«

Verblüfft sahen sie ihn an.

»An dem Tag hatte mir jemand meinen Overall von der Wäscheleine gestohlen. Von den Tramps konnte es keiner gewesen sein. Wir klauen nicht – jedenfalls nicht untereinander. Nachts schlich ich mich in Rorys Gärtnerei, um mir einen neuen … egal, ist jetzt nicht wichtig. Jedenfalls sah ich auf dem Rückweg plötzlich eine Gestalt, die sich ins Antiquariat schlich. Sie trug meinen alten Overall. Ich folgte ihr – und dann seid ihr plötzlich aufgetaucht und es gab ein ziemliches Tohuwabohu. Der Dieb flüchtete, ich hinterher, aber er ist mir entwischt. Ich bin dann noch mal ins Antiquariat zurück, aber da wart ihr schon fort.«

Robin und Melvin wechselten einen Blick. »Und wir dachten die ganze Zeit …« Robin brach ab und lief rosa an. »Warum hast du damals nichts gesagt?«

»Hättet ihr mir denn geglaubt?«, fragte Big Ben.

Robin und Melvin schwiegen betreten.

»Eben«, brummte Big Ben, »deshalb beschloss ich erst mal unterzutauchen und bat Punchkiss, euch das Noogle zurückzubringen. Hättet ihr mich damit im Mistelweg gesehen, wäre das für euch doch erst recht der Beweis gewesen, dass ich der Dieb bin.«

Robin biss sich auf die Lippen. Stimmt. Genau so hatten sie damals gedacht.

Melvin rutschte unruhig auf der Sofakante herum. »Aber wer konnte denn auch ahnen, dass Mr Hooper in Wirklichkeit ein Shrokk war?«, verteidigte er sich trotzig.

»Was?« Big Ben fuhr hoch. »Was heißt das – er war ein Shrokk?«

»Na ja, er konnte morphen.« Melvin wich unwillkürlich vor dem Riesen zurück.

»Aber das ist unmöglich!« Big Ben schüttelte den Kopf. Eine tote Fliege löste sich aus der verfilzten Mähne und segelte zu Boden. »Du musst dich irren!«

Robin kam Melvin zu Hilfe: »Ich hab's auch gesehen!«

Big Ben warf die Stirn in tiefe Falten und ging unruhig auf und ab.

Robin warf Melvin einen fragenden Blick zu. Melvin raunte ihm zu: »Nur Leute von der MOE, der Monster-Observierungs-Einheit, dürfen morphen. Es ist irre schwer und gefährlich. Die wenigen, die es können, müssen sich registrieren lassen. Illegales Morphen ist strengstens verboten. Wer es auf eigene Faust versucht …«

»Dem drohen Wahnsinn und Tod«, schloss Big Ben und fuhr sich mit den Fingern grübelnd durch den Bart. Prompt blieb er hängen und knetete gedankenverloren an einem Filzballen. »Nein, absolut unmöglich …«, murmelte er. Doch plötzlich versteifte er sich. »Es sei denn …« Seine Augen weiteten sich. »Es sei denn, Mr Hooper war einer von der MOE. Aber dann reden wir hier von – Hochverrat!«

»Und von Mord!«, rief Robin. »Na ja, beinahe. Er hat Pollys Leben in Gefahr gebracht, als er sie von der Leiter stieß. Und wäre das Buch nicht gewesen, wäre Melvin jetzt tot.«

Melvin hob die Augenbrauen. Der Teil war ihm neu. »Der Stachel ist darin stecken geblieben«, sagte Robin. »Das Buch hat dir das Leben gerettet.«

Big Ben zog etwas aus seiner Hosentasche und warf es ihnen zu. »Etwa das hier?«

Ein verkohltes Buch landete in Melvins Schoß.

»Was war das eigentlich für ein Buch?«

»Die *Acht Säulen*«, stöhnte Melvin.

»Die *Acht Säulen*!?«

»Das Medizinbuch St. Octavians«, sagte Robin matt.

»Nein.«

»Nein?«

Als Big Ben ihre fragenden Blicke sah, sagte er: »Schon mal etwas von einem Typen namens Modrow von Hohenstein gehört?«

Melvin nickte und zählte auf: »Lebenslange Verbannung auf die Kolonien, das Attentat von 1920, die spanische Grippe ...«

»Die spanische Grippe«, hakte Big Ben ein und sah sie eindringlich an, »habt ihr euch nie gefragt, warum die spanische Grippe so rasend schnell um sich greifen konnte?«

»Das weiß doch jedes Kind«, gab Melvin zurück, »Modrow hat mit den Ratzen paktiert. Die haben ihm geholfen, das Virus, das er erschaffen hatte, auf der ganzen Welt zu verteilen.«

»Ratzen erklären die massenhafte Ausbreitung«, sagte Big Ben, »aber nicht die Rasanz, mit der die Epidemie um sich griff.«

Robin und Melvin sahen ihn an, ohne zu begreifen.

Big Ben senkte die Stimme: »Ich verrate euch jetzt etwas, das nicht in den Geschichtsbüchern steht: Modrow schickte die Ratzen durch Hatchpatche.«

»Hatch…? Aber die gab es doch damals noch gar nicht …«, warf Melvin sofort ein.

»Nicht so, wie man sie heute kennt. Und zunächst gab es auch nur das eine, sozusagen den Urahn der Hatchpatche … Einige Monate vor Modrows Attentat gelang es einem Erfinder, er hieß Francis Dell, das erste Hatchpatch zu erschaffen. Seine Aufzeichnungen – und vor allen Dingen die acht Ingredienzien, die er dazu verwendet hatte – notierte er in einem Buch und nannte es die *Acht Säulen*. Kurz darauf ist er samt dem ersten Hatchpatch bei einem Selbstversuch verschollen. Das Einzige, was man noch fand, waren die *Acht Säulen*. Man schaffte sie ins Hochsicherheitsarchiv. Das Original hütete man zum Gedenken an Francis Dell. Abschriften davon gab man den klügsten Köpfen der Mentora, mit dem Auftrag, Francis Dells Ideen weiterzuentwickeln. Aber es sollte noch ein langer Weg werden bis zu den Hatchpatchen, wie wir sie heute kennen. Die ersten Modelle waren zu vertrauensselig. Sie konnten noch nicht Böses erkennen. Das machte sich Modrow damals zunutze. Er stahl die *Acht Säulen* und baute heimlich

Hatchpatche nach. Die Ratzen sorgten zwar für die massenhafte Ausbreitung des gefährlichen Virus, doch erst mit dem Hatchpatch konnten sie es so schnell über die ganze Welt verteilen – zu schnell, als dass Menschen oder Monster dem noch etwas hätten entgegensetzen können. Es war, als ob in einem Haus ein Feuer ausbricht – und zwar in allen Zimmern gleichzeitig! Erst als es fast zu spät war, begriffen die Monster, dass es sich keineswegs um eine Epidemie handelte, sondern um ein Attentat.

Bis heute konnte auch nicht geklärt werden, wie Modrow es damals geschafft hat, das Buch aus dem Hochsicherheitsarchiv zu stehlen. Man vermutete, dass er einen Komplizen gehabt haben musste. Als man Modrow endlich fasste, hat er jedoch weder dessen Namen verraten noch preisgegeben, wo er die *Acht Säulen* versteckt hatte – nicht einmal unter Androhung der Totalrasur.«

Robin spürte, wie Melvin bei dem letzten Wort erschauerte.

»Und dann ist Modrow gestorben und hat sein Geheimnis mit ins Grab genommen. Die MOE hat damals den Diebstahl vertuscht und eine geheime Sonderabteilung eingerichtet, um das Buch wiederzufinden. Denn wenn es je wieder in falsche Hände geraten wäre ...«

»Also deshalb machen sie so ein Riesengeheimnis um die Hatchpatche ...«, platzte Melvin heraus.

Big Ben nickte und fuhr grimmig fort: »Nie wieder darf sich wiederholen, was damals passiert ist. Nie wieder darf es dazu kommen, dass ein Hatchpatch für finstere Absichten missbraucht wird.« Er schüttelte nachdenklich den Kopf. »Wir werden wohl nie erfahren, wer dieser Mr Hooper alias Mr Shrokk wirklich war, aber ich habe so ein Gefühl, dass er die *Acht Säulen* nicht im Fundbüro abgeben wollte.«

Robin fielen die letzten Sekunden im Keller wieder ein. Hatte er wirklich gesehen, dass sich die Bestie im Feuer verwandelt hatte?

Jetzt und hier, in Big Bens Eisenbahnwaggon, war er sich plötzlich gar nicht mehr so sicher. Die Strahlen der friedlichen Abendsonne fielen durchs Fenster und tauchten das Waggoninnere in rotgoldenes Licht. Draußen hörte er das vertraute Zwitschern von Spatzen, die sich um die besten Plätze im Gebüsch zankten.

Sollte er es den beiden erzählen oder war er nicht doch einer Sinnestäuschung erlegen? Womöglich hatten Rauch und Flammen ein makabres Licht- und Schattenspiel auf den Leichnam der Bestie geworfen, und in seiner Todesangst hatte er nur *geglaubt*, etwas zu sehen …

Dennoch blieb eine Frage: Konnte jemand, der das Morphen beherrschte, sich nur in eine einzige Gestalt verwandeln? Doch in dem Moment flog die Tür auf, und der Anblick der zerlumpten Gestalt, die in den Waggon stolperte, fegte alle Gedanken aus seinem Kopf.

»Oh! Schuldijung, wuschte nisch, dasch du Bschuch hascht …«

Mit einer blitzartigen Bewegung stülpte sich Big Ben den Schlapphut auf den Kopf, so blitzartig wie Melvin bluffte. Er gab einen leisen, missbilligenden Laut von sich. Robin gab ihm im Stillen recht. Der alte Tramp war sturzbetrunken. Doch dann sagte Big Ben: »Pike, hast du schon wieder deine Prothese verzockt?«

Pike schenkte ihm ein breites Grinsen und entblößte dabei eine Mundhöhle, in der nur noch ein einsamer Eckzahn steckte. Big Ben seufzte, öffnete eine Schublade und zog etwas Längliches heraus. Als er es Pike in die Hand drückte, sah Robin, dass es ein Pürierstab war. »Dann gewinn sie mal ganz schnell wieder zurück!«

Pike grinste noch breiter und wackelte wieder hinaus. Big Ben schloss die Tür hinter ihm. Melvin erschien sofort wieder. Robin entging nicht der Blick, mit dem er sich im Waggon umsah und an der Literflasche Wacholderschnaps hängen blieb, die neben dem gigantischen Rasierpinsel über der Spüle stand. Melvin rümpfte die Nase und fragte: »Big Ben, warum lebst du eigentlich hier … unter diesen, ähm …« Er deutete vage Richtung Fenster.

Big Ben fuhr jäh herum und in seinen Augen funkelte etwas gefährlich auf. »Sprich es ruhig aus: Tramps, Obdachlose, Tippelbrüder …« Leiser fuhr er fort: »Verstoßene, Verbannte, Verlierer, Versager …« Seine Miene verschloss sich wie eine Kerkertür. »Ich lebe freiwillig hier. Im Gegensatz zu anderen stellen sie keine Fragen.« Er drehte ihnen den Rücken zu und starrte zum Fenster hinaus. Die Dämmerung hatte eingesetzt. Im Gegenlicht des Lagerfeuers schienen die Umrisse seiner riesenhaften Silhouette aufzuglühen. »Ihr solltet jetzt besser gehen.«

Melvin sah Robin an und zuckte mit den Ohren. Doch Robin konnte sich denken, warum Big Ben so ruppig geworden war – immerhin hatte Melvin ihm eine ziemlich aufdringliche Frage gestellt.

Big Ben sagte: »Rufus wird bald zurück sein. Beeilt euch, sonst wird er noch glauben, Robin sei im Feuer umgekommen.«

Robin war sich sicher, dass Rufus über diese Neuigkeit insgeheim froh gewesen wäre – könnte er doch dann endlich in den Dschungel zurückkehren. Melvin zupfte Robin am Ärmel, sie gingen hinter Big Bens Rücken zur Waggontür und traten auf die kleine Plattform hinaus. Doch als Melvin die Tür schließen wollte, riss Big Ben sie von innen wieder auf. »Wartet!«

Robin hatte den Eindruck, dass es ihm leidtat, dass er vorhin so abweisend gewesen war. Er bemühte sich sogar, ein Lächeln zustande zu bringen. »Hier!« Big Ben drückte Melvin die zerstörten *Acht Säulen* in die Hand. »Das … Das war sehr mutig, was ihr getan habt. In dem Zustand kann dieses Buch jetzt kein Unglück mehr anrichten … Nehmt es als Andenken an den Tag, an dem ihr womöglich großen Schaden von der Mentora abgewendet habt. Wer weiß, vor welchem Bösewicht ihr sie vielleicht sogar gerettet habt.« Und bevor Robin etwas erwidern konnte, schloss sich die Tür.

Melvin starrte auf das verkohlte Buch in seinen Händen und musste unwillkürlich an seine Abschlussprüfung denken. »Und wer rettet mich jetzt?«, presste er verzweifelt hervor.

Als sie die Anhöhe erklommen hatten, blickte Robin zurück auf das Lager.

»Ich fühle mich echt mies, dass ich ihn verdächtigt habe, der Dieb zu sein. Er scheint kein schlechter Kerl zu sein.«

Melvin sagte widerstrebend: »Mag ja sein. Aber ich verstehe einfach nicht, wie jemand freiwillig so leben kann.«

Aus dem Lager drang ein Singsang zu ihnen herauf. »Carolyne, oh Carolyne, wo versteckst du nur immer den Wein, hihihihi – hicks …«

Melvin verzog das Gesicht.

»Vielleicht tut er das nicht freiwillig«, sagte Robin.

»Wie meinst du das?«

Robin zuckte mit den Schultern und ging weiter. Er wusste es auch nicht. Es war nur so ein Gedanke gewesen. Er dachte an den gigantischen Rasierpinsel und die Literflasche Wacholderschnaps, die neben den Toilettensachen gestanden hatte.

Er war sich ziemlich sicher, dass sie nicht zum Trinken da war.

Kapitel 21

Belthane

Im Mistelweg herrschte helle Aufregung. Drei Feuerwehrwagen standen vor dem Haus. Blaulicht zuckte umher, Dutzende Feuerwehrmänner wuselten herum, Befehle wurden gerufen, Schläuche aufgerollt. Eine Menschenmenge drängte sich vor dem Haus. Halb Oaksend war zusammengelaufen und redete aufgeregt durcheinander. Es war ein einziger Tumult. Niemand beachtete Robin, als er näher kam.

Von der Kohlenluke war nur noch ein gähnender schwarzer Schlund übrig geblieben. Das Feuer hatte die zentimeterdicken Bohlen der Luke vollständig niedergebrannt. Nur noch ein paar verkohlte Reste qualmten an den Scharnieren. Löschwasser bildete Pfützen und tropfte die Rampe herunter. Rußzungen zogen sich bis hinauf in den ersten Stock. Das Feuer hatte auf die Vorderveranda übergegriffen und sie in ein rauchendes Gerippe verwandelt, doch die massiven Steinmauern des Hauses hatten den Flammen tapfer getrotzt.

Plötzlich keifte eine Stimme: »DA! DA IST ER!«

Mrs Stickforth keilte sich durch die Menge und schwang drohend ihren Stock. »BRANDSTIFTER! ER WOLLTE UNS ALLE ABFACKELN. ELENDES GESCHMEISS!«

Alle Köpfe drehten sich zu Robin. Der stolperte zurück und prallte rücklings mit jemandem zusammen. Eine Hand legte sich auf seine Schulter, und eine Stimme bellte: »Doris, halt den Rand! Rede nie wieder so von meinem Enkel.«

Robin legte den Kopf in den Nacken. Rufus mahlte mit den Kiefern. Mrs Stickforths Mund blieb offen stehen. Ihr Gebiss fiel herunter.

Dann tat Rufus etwas, was er noch nie getan hatte.

Er hob den verdutzten Robin hoch und auf seine Arme. Dabei streifte sein Bart Robins Wange. Was aussah wie grobe Stahlwolle, war in Wirklichkeit fast so weich wie Melvins Fell. »Leute, die Vorstellung ist vorbei«, knurrte Rufus. »Geht wieder nach Hause. Du auch, Doris!« Und er stapfte mit Robin auf dem Arm an der verblüfften Menge vorbei zum Durchgang, der zwischen Haus und Garage in den Garten führte.

Als sie die Kohlenluke passierten, stieg gerade ein Feuerwehrmann heraus und schüttelte ungläubig den Kopf. Als er Rufus sah, warf er ihm einen bösen Blick zu und murrte etwas von lebensgefährlicher Frickelei. Rufus beachtete ihn nicht, bog um die Hausecke und erklomm die Treppe zur Küchenveranda. Erst als sie in der Küche waren, ließ er Robin wieder zu Boden.

»Bett«, sagte er leise.

Robin machte, dass er nach oben kam.

Kleiderschrank und Tapetentür standen sperrangelweit offen. Hastig klappte er die Tapetentür zu und hängte die Kleider auf, die die Bestie heruntergerissen hatte. Während Robin sich dann selbst die verrauchten Sachen vom Leibe riss und in den Schlafanzug schlüpfte, überlegte er, welche Strafe ihm Rufus wohl auferlegen würde. Wahrscheinlich Hausarrest, bis er volljährig war.

Er hörte Rufus' Schritte auf der Treppe. Robin hüpfte unter die Bettdecke und stellte sich schlafend.

»Hier«, brummte Rufus. Etwas klirrte leise. Robin konnte nicht anders. Er zog sich die Decke vom Kopf. Rufus schob ein Tablett auf den Nachttisch. Der Kakao schwappte über. Ein paar Minimarshmallows landeten auf einem Stapel goldgelber, gebutterter Toastscheiben. Rufus trat einen Schritt zurück und musterte Robin mit einem rätselhaften Blick.

»Ich dachte schon, du ...«. Er räusperte sich und sah zu Boden. »Also, ich dachte ...«, er machte eine hilflose Geste und stieß dann aus, »nun, ich dachte, du hast vielleicht Hunger.«

»Äh, danke.«

Rufus' Blick irrte im Zimmer umher und verfing sich an Mr Moon, der im Erker saß und ihn freundlich anschielte.

»Das mit dem Feuer tut mir leid«, murmelte Robin.

»Und mir erst«, sagte Rufus heiser.

Robin war sich nicht ganz sicher, ob sie dasselbe meinten. Doch dann fuhr Rufus hastig fort: »Die Veranda musste sowieso repariert werden ... Es regnet durch.«

»Ja.«

»Ich sollte vielleicht mal Big Ben rufen.«

»Hmm.«

»Vielleicht kann er sich dann auch gleich mal das Baumhaus ansehen«, brummte Rufus. Dann klatschte er unvermittelt in die Hände. »Also dann … ich lass dich jetzt wohl besser allein, du musst dich ausruhen und ich … Ich muss noch arbeiten … Aber du rufst mich, wenn du etwas brauchst, ja?«

»Okay …«

Für einen Augenblick sah es so aus, als ob Rufus noch etwas sagen wollte, doch er überlegte es sich offenbar anders, straffte die Schultern und ging rasch aus dem Zimmer. Die Tür ließ er einen Spalt offen.

Robin starrte verblüfft auf das Türblatt. Hatte er sich verhört oder hatte Rufus gerade etwas vom Baumhaus gesagt? Doch bevor er sich darüber im Klaren sein konnte, erschien Melvin. Sein Fell war stumpf und grau vor Elend. Er ließ sich auf die Bettkante fallen und sank in sich zusammen.

»Henkersmahlzeit«, sagte er düster, als er das Tablett sah.

»Quatsch!«, sagte Robin, »gib mir mal die Prüfungsaufgabe.«

Melvin zog das Blatt aus der Tasche. Doch anstatt es Robin zu geben, knüllte er es zu einer Kugel zusammen und schleuderte sie in den Papierkorb. Die *Acht Säulen* flogen hinterher. »Hat doch alles keinen Zweck …«

»Nein!« Robin sprang über ihn hinweg und fischte beides

wieder heraus. Er zog das Knäuel auseinander und strich das Papier glatt.

»Der erste Montgomery, der Rohre putzen geht«, sagte Melvin mit Grabesstimme.

Robin schnappte sich einen Notizblock. »Aber Big Ben hat uns doch eigentlich alles erzählt, was wir wissen müssen, oder?«

Statt zu antworten, verkroch sich Melvin in die hinterste Ecke des Bettes, zog die Beine eng an den Körper und schlang seine Arme darum.

»Du kannst doch jetzt nicht aufgeben!«, rief Robin.

Melvin fing an, mit starrem Blick leise hin und her zu wippen.

»Verdammt, Melvin!« Robin wirbelte herum, griff entschlossen nach einem Stift und begann zu schreiben.

Lösung der Prüfungsaufgabe für angewandte Praxis, Melvin Theophilus Montgomery. Europäisch Langhaar.

Laut las er vom Prüfungsblatt ab: »Frage Nr. 1: *Erläutern Sie die Acht Säulen. Wer hat sie erschaffen?* Das wäre dann der Erfinder der Hatchpatche, oder? Dieser Francis Dell.« Er warf einen Blick über die Schulter.

Melvin barg den Kopf zwischen den Knien.

Robin presste die Lippen aufeinander, wandte sich wieder dem Schreibtisch zu und schrieb *Francis Dell.*

Dann las er die nächste Frage vor: »*Aus welchem Material wurden sie erbaut?*«

Robin überlegte. »Also ein Buch besteht aus … äh, Papier, oder?« Wieder sah er über die Schulter.

Melvin schaukelte nur vor und zurück, vor und zurück.

Robin drehte sich um und notierte verbissen *Papier*.

»Letzte Frage: *Benennen Sie ihre Zeichen …*«

Er stockte. Von Zeichen hatte Big Ben nichts gesagt. Er wandte sich erneut um. Endlich zeigte Melvin eine Reaktion. Er sah hoch und warf ihm einen Blick zu, als wollte er sagen: Eben! Dann zog er sich die Decke über den Kopf.

Robin hatte das Gefühl, jemand hätte ihn mit Eiswasser übergossen. Er starrte auf das verkohlte Buch, versuchte sich zu erinnern. Was für Zeichen waren auf dem Einband gewesen? Er schloss die Augen, rief sich den Augenblick wieder in Erinnerung, als er das Buch auf Rufus' Schreibtisch entdeckt hatte. Hatte der Einband irgendwelche Symbole, Zeichen oder ein Emblem gehabt? Nein, nur Buchstaben.

Robin riss die Augen auf. Buchstaben! Buchstaben *waren* Zeichen. Er buchstabierte stumm und zählte die Buchstaben mit den Fingern ab. ACHT SÄULEN, das ergab zehn Buchstaben. Schon zückte er wieder den Stift – und hielt erschrocken inne. Wenn die Buchstaben die Zeichen waren, dann waren vielleicht nicht nur die auf dem Einband gemeint, sondern alle – auch die *im* Buch.

Er schluckte, nahm vorsichtig das Buch und schlug es auf.

Ascheflocken wirbelten auf. Das Feuer hatte nicht nur den Einband zerstört, auch die Seiten waren versengt und geschwärzt.

Wie sollte er jetzt noch herausfinden, wie viele Buchstaben es hatte? Sollte er einfach raten? Tausend, zehntausend, hunderttausend, eine Million ...?

Robin spürte Panik in sich aufsteigen. In seinen Ohren klingelte es. Es dauerte einige Sekunden, bis er begriff, dass es die Türglocke war. Kurz darauf hörte er Stimmengewirr, dann erklangen Schritte auf der Treppe.

Rufus stieß die Tür auf. »Du hast Besuch«, sagte er in einem Tonfall, als wäre soeben ein Ufo im Vorgarten gelandet.

»Hallo Robin«, zwitscherte Imogen und drückte sich an Rufus vorbei.

Sie trug wieder ihre Schwalbennest-Mütze und über Jeans und Sweatshirt ein dottergelbes Frotteestrandkleid, das mit Seesternen, Muscheln und Meeresschildkröten bestickt war.

Sie stellte eine Plastikschüssel neben Robin auf den Schreibtisch und zog den Deckel ab. Der Duft von versengter Schokolade stieg auf.

Rufus schnappte nach Luft, als er den Inhalt sah, und verließ fluchtartig das Zimmer.

»Ich habe gehört, was passiert ist«, sagte Imogen und leckte sich Schokoladenreste vom Finger. »Du bist heute fast verbrannt – wie St. Octavian auf dem Scheiterhaufen. Ich hab dir Frikos gemacht. Es ist das beste Mittel gegen Feuertrauma.«

»Ähm ... danke«, stammelte Robin.

Imogen beugte sich vor. »Machst du Hausaufgaben?«

Robin schreckte hoch und schob die Blätter auf seinem Schreibtisch zusammen. »Das … Das ist nichts … nur so eine Art … ähm … Knobelei …« Angestrengt überlegte er, wie er Imogen wieder loswerden konnte.

»Eine Knobelei?«, fragte Imogen zerstreut, während ihr Blick neugierig durchs Zimmer wanderte und am Bücherregal hängen blieb.

»Nur so eine Spielerei … hab mich gefragt, wie man wohl herausfinden kann, wie viele Buchstaben ein Buch ha…« Robin brach ab, als er sah, wie Imogen den Zeigefinger ausstreckte und bedächtig über den halben Meter *Snurps galaktische Abenteuer* strich.

Er zuckte zusammen. War das etwa derselbe Finger, den sie eben abgeleckt hatte? Seine kostbare Sammlung! Der Anblick war kaum zu ertragen.

»26«, sagte sie träumerisch.

»Was?« Robin blinzelte. Er wusste genau, dass es 44 Bände waren.

»Jedes Buch hat 26 Buchstaben – egal, wie dick oder dünn es ist.«

Robin starrte sie an. Er brauchte eine Weile, bis er begriff.

26 Buchstaben. Das Alphabet!

Die Bettfedern quietschten leise. Imogen schien es nicht zu bemerken. Sie zog einen Band heraus. Es war Robins Lieblingsband – *Snurp und der tertianische Tatzelwurm*.

»Was sind das für Bücher?«

Robin sprang auf. Er hätte Imogen am liebsten umarmt. Stattdessen sagte er hastig: »Willst du dir welche ausleihen?«

»Du willst mir etwas leihen?«

Robin zog wahllos Bände heraus und stapelte sie der verdutzten Imogen in die Arme.

»Das sind … äh, Berichte über ferne Galaxien, Milchstraße, Planeten und all so was … sehr visionär. Du wirst sie mögen.«

Imogens Augen wurden kugelrund. »Mir hat noch nie jemand etwas geliehen … Heißt das, dass wir jetzt Freunde sind?«

Robins Ohren wurden heiß. Er legte rasch noch drei Bände obenauf, murmelte etwas von furchtbar müde und bugsierte eine selige Imogen zur Tür hinaus.

Kaum war die Haustür hinter ihr ins Schloss gefallen, zog sich Melvin die Decke vom Kopf.

»26«, japste er.

»26!« Robin beugte sich über den Schreibtisch und schrieb die Zahl unter die letzte Frage. Melvin zog das Hatchpatch heraus. Schlaff lag es in seiner Hand. Die Ränder waren verkrumpelt und ausgefranst.

»Hat ganz schön was abgekriegt«, sagte Melvin.

»Aber es wird noch funktionieren, oder?«, fragte Robin.

Melvin schnalzte leise mit der Zunge und drückte das Hatchpatch an die Wand. In dem Moment, in dem es die Tapete berührte, wand es sich, als hätte es Krämpfe, es reckte tapfer die Ränder und dehnte sich zitternd aus, doch es war zu schwach, um Halt zu finden. Millimeterweise rutschte es nach unten.

Melvin hauchte dagegen und begann leise zu schnurren. Das Hatchpatch entspannte sich, wurde allmählich glatter und dehnte sich erneut aus. Diesmal blieb es haften. Mit einem leisen Seufzen öffnete sich ein kleines Loch.

Ohne den Blick davon abzuwenden, streckte Melvin die Hand aus. Robin gab ihm den Zettel und die *Acht Säulen*. Melvin ließ beides sachte in das Loch gleiten.

Robin trat einige Schritte zurück und wagte kaum zu atmen. Melvin ließ das Loch nicht aus den Augen. Sein Fell knisterte vor Anspannung.

Keiner sagte ein Wort.

Die Minuten verstrichen. Beiden kam es wie Stunden vor. Schließlich hielt es Melvin nicht mehr aus. Er presste die Stirn an die Wand und schielte in das Loch hinunter.

Fisssssss … WAPP!

Die Röhre traf ihn mitten ins Auge, Melvin fluchte und taumelte zurück. Die Röhre kullerte unters Bett. Robin tauchte darunter und fischte sie wieder heraus.

Melvin setzte sich aufs Bett, nahm die Röhre entgegen und hielt sie auf Armeslänge von sich entfernt, als wäre sie eine Bombe. Er sah Robin an. Robin hob hilflos die Schultern. »Bring es einfach hinter dich …«, flüsterte er.

Melvin atmete tief durch und drehte am Verschluss. Seine Hände zitterten, als er einen Briefumschlag herausholte, ihn aufschlitzte und ein Blatt Papier herauszog. Robin erhaschte einen Blick auf die Goldprägung. Kaum waren Melvins Augen über die ersten Zeilen gehuscht, wechselte sein Fell von Dunkelgrau zu Knochenweiß. Er gab einen erstickten Laut von sich und kippte hintenüber aufs Bett.

Sehr geehrter Herr Montgomery,

Ihre Antwort haben wir erhalten.
Zu Ihrem dritten Versuch zunächst so viel:

Wäre mit den in der Prüfungsaufgabe benannten »Acht Säulen« ein Buch gemeint gewesen, hätte Ihre Antwort nicht richtiger sein können. Leider ist das nicht der Fall.

Die richtige Antwort lautet:
Die Acht Säulen sind die acht Leitsterne des Sternbildes »Große Kaffekanne« (auch bekannt als Orion). Sie wurden erschaffen vom heiligen Riesenkürbis und bestehen aus Sternenstaub.

Sie heißen: Beteigeuze, Heka, Bellatrix, Mintaka, Rigel, Saiph, Alnitak und Alnilam.

Vom Bett kamen besorgniserregende Schnapplaute. Robin zwang sich weiterzulesen – und mit jeder Zeile wurden seine Augen größer.

Dennoch hat die Prüfungskommission in einer Eilberatung beschlossen, Ihnen den Titel

»SCHUTZMONSTER, KLASSIFIKATION 1«

zu verleihen.

Denn auch wenn Ihre Antwort falsch war, haben Sie der Mentora einen unschätzbaren Dienst erwiesen, indem Sie das verschollene Buch gleichen Namens aufgespürt, zurückgeführt und womöglich große Gefahr von der Mentora abgewendet haben.

In Anerkennung Ihrer mutigen Tat verleihen wir Ihnen die

FRANCIS-DELL-TAPFERKEITSMEDAILLE

für außerordentliche Verdienste, die wir diesem Schreiben beilegen.

B. Filthfur

Benedict Filthfur
Oberster Prüfungskommissar

Robin linste in das Rohr hinein. Tatsächlich hatte sich ganz unten etwas verkantet. Er schüttelte das Rohr, bis eine schwere Medaille herausfiel. Sie kreiselte auf dem Boden und fiel schließlich klingelnd um.

Bei dem Geräusch setzte sich Melvin abrupt auf. Er öffnete und schloss den Mund, schien aber unfähig zu sein, etwas zu sagen. Nur sein Fell spiegelte seinen Gemütszustand wider. Unablässig liefen orangerote Wellen darüber hinweg.

Robin grinste, hob die Medaille auf und drückte sie ihm in die Hand. »Gratuliere!«

Melvin starrte auf die Medaille. Endlich fand er seine Stimme wieder. »Der erste Montgomery, der die Tapferkeitsmedaille verliehen bekommen hat …«, hauchte er. Sein Blick wurde glasig, während er etwas sah, das Robin nur erahnen konnte.

»Dein Vater wird sehr stolz auf dich sein.« Noch während er das sagte, spürte Robin einen feinen Stich in seinem Herzen. Könnte er doch eines Tages Rufus mit einer Tapferkeitsmedaille beweisen, dass mehr in ihm steckte.

Ein übermütiger Klaps auf den Rücken brachte ihn in die Wirklichkeit zurück. Melvins Gesicht zerbarst in einem Grinsen.

»Besser …«, raunte er, und für eine Sekunde glomm etwas in seinen Augen verwegen auf.

»Viel besser. Ich habe Abby geschlagen!«

Kapitel 22

Die letzte Prüfung

»Was meinst du?«

Melvin drehte sich vor dem Spiegel hin und her und hielt sich die Medaille vor die Brust.

»Wie kommt sie besser zur Geltung – vielleicht hier rechts oder doch besser auf der linken Seite? Oder soll ich sie lässig über dem Nabel tragen?« Melvin streckte den Bauch raus und prüfte kritisch sein Spiegelbild.

Als immer noch keine Antwort kam, sah er sich um. Robin hockte mit angezogenen Beinen im Erker und starrte in den Regen hinaus. Mr Moon lehnte sich an ihn. Melvin seufzte, steckte die Medaille weg und setzte sich den beiden gegenüber. »Bring es einfach hinter dich.«

Robin sog an seiner Unterlippe. Er wusste ja, dass Melvin recht hatte.

»Du kannst es nicht ewig aufschieben«, sagte Melvin.

Robin seufzte und stellte schwerfällig die Füße auf den Boden. »Kommst du mit?« Verzagt hob er den Blick.

»Spinnst du? Bin ich jetzt dein Schutzmonster oder nicht? Klar komm ich mit!«

Kurze Zeit später gingen sie den Mistelweg hinunter. Mrs Stickforth saß auf ihrer Veranda. Seit Rufus sie zusammengestaucht hatte, schrie sie Robin nicht mehr an, doch man konnte sehen, wie es in ihr brodelte. Sie schwang in ihrem Schaukelstuhl vor und zurück, als wollte sie unter den Kufen Steine zermalmen. Über die Hortensien im Vorgarten hinweg drang ihr böses Zischen zu ihnen, das sich verdächtig nach *Brandstifter* anhörte.

Melvin knurrte leise. Robin hingegen achtete kaum darauf. Er war zu sehr mit seinen eigenen Gedanken beschäftigt. Wie schwarze Vögel kreisten sie über ihm. Er mochte gar nicht daran denken, was ihn auf dem Marktplatz erwartete.

Er dachte an Mr Hooper. Nachdem sich die Aufregung wegen des Feuers und Melvins bestandener Prüfung gelegt hatte, setzte die Erinnerung an die schrecklichen Ereignisse wieder ein. Robin konnte es immer noch kaum begreifen. Er hatte Mr Hooper gemocht, ihm blind vertraut. Blind. Manchmal hatte er sich sogar bei dem heimlichen Gedanken ertappt, wie es wäre, bei Mr Hooper anstatt bei Rufus zu leben. Und dann hatte sich herausgestellt, dass all die liebenswürdigen Worte und Gesten, die Fürsorge und die kleinen Geschenke nur Teil eines teuflischen Plans gewesen waren, um an die *Acht Säulen* zu gelangen. In seinem Wahn war Mr Hooper sogar bereit gewesen zu töten. Und dann seine Verwandlung in einen grauslichen Shrokk … Robin fröstelte. Der Gedanke beunruhigte ihn, dass er nie erfahren würde, wer Mr Hooper wirklich gewesen war. War er ein Mensch gewesen, der sich in ein Monster verwandelt hatte, oder ein Monster, das sich in einen Menschen verwandelt hatte? Robin war sich nicht sicher, ob das überhaupt eine Rolle spielte. Mr Hooper war tot und konnte niemandem mehr Leid zufügen. Aber, das musste Robin sich eingestehen, er hatte böse Wunden hinterlassen. Er hatte Robin getäuscht – und vor allen Dingen Polly.

Robin schluckte.

»Wird schon werden«, raunte es an seiner Seite, und er spürte einen ermutigenden Stups.

Robin nickte tapfer und überquerte den Marktplatz.

Der Kiosk sah traurig und verloren aus. Rory Gilligan hatte die kleine Bude mit Brettern verrammelt und ein Schild an den Rollladen genagelt. *Zu vermieten*, las Robin. Regentropfen klitschten auf einen vergessenen Zeitungsstapel.

Robin zog die Schultern hoch und ging weiter. Mit gesenktem Kopf überquerte er die Straße und hob ihn auch nicht, als er beim Antiquariat ankam. Er streckte die Hand aus – und zögerte.

»Bring es hinter dich. Danach wird's besser«, sprang Melvin ihm erneut bei.

Robin holte tief Luft und legte die Hand auf die Klinke. Als er die Tür aufstieß, schlug ihm glockenhelles Lachen entgegen.

Polly stand mit dem Rücken zu ihm und sagte zu jemandem, den Robin nicht sehen konnte: »Oh, John, du hast Wunderhände!«

In ihren Armen lag Punchkiss mit einem dicken Verband um den Kopf. Sowie der Kater Robin sah, schnellte eine Vorderpfote vor und verpasste ihm einen schmerzhaften Nasenstüber. Robin traten Tränen in die Augen. Dabei hatte er noch Glück gehabt, dass der Kater die Krallen nicht ausgefahren hatte.

Polly, die die Bewegung bemerkt hatte, sah besorgt auf den Kater herunter. »Nicht, Punchkiss, nicht, du musst dich noch schonen …«

Ihr Blick fiel auf Robin und sie fing an zu strahlen.

»Robin! Wo warst du nur? Ich halte seit Tagen nach dir Ausschau! Ich will dir doch endlich meinen Verlobten vorstellen.« Robin blinzelte die Tränen weg und sah einen Mann hervortreten. In seinem strubbeligen Haar hingen Strohhalme. Alles an ihm war unglaublich lang und schlaksig und in derben Tweed gekleidet. Die Hosenbeine steckten knieabwärts in Gummistiefeln, an deren Sohlen Mist und noch mehr Stroh klebte. Der Geruch von Dung drang in Robins Nase.

»Das ist John«, sagte Polly mit leuchtenden Augen, »Dr. John Little. Er ist Tierarzt. Wir haben uns im Krankenhaus kennengelernt. Stell dir vor, ihm ist das Gleiche passiert wie mir – Trümmerbruch! Er hat seine Praxis in der Stadt aufgegeben und wird nun in Oaksend wohnen.«

Der Mann ging in die Knie, um mit Robin auf gleicher Höhe zu sein. Auch alles an seinem Gesicht war lang und schmal. Die Nase ragte abenteuerlich hervor, genauso wie das Kinn, das ein tiefes Grübchen hatte.

»Hallo Robin, schön, dich endlich kennenzulernen. Polly hat mir schon viel von dir erzählt.«

Die Stimme war für einen so dünnen Mann überraschend tief. Es schwang eine Wärme und Ruhe darin, dass sich Robin sicher war, dieser Mann könne einen tosenden Orkan besänftigen, ohne laut zu werden. Freundliche hellgraue Augen zwinkerten ihm zu. »Du warst ein ernstzunehmender Rivale. Ich hoffe, du nimmst es mir nicht übel, dass ich dir Polly letzten Endes doch ausgespannt habe.«

»Ähm, Dr. Little, ich …«

»Nur John, Robin.«

Polly war inzwischen zur Theke geeilt, wo ein Tablett mit einer Kanne Tee und Tassen stand. Sie setzte Punchkiss behutsam auf einen Bücherstapel ab, um einzugießen. Der Kater maunzte theatralisch. Polly strich ihm über den Rücken und gurrte etwas von Gänseleberpastete und Preiselbeergelee. Der Kater beruhigte sich und kauerte sich auf seine Vorderpfoten. An Pollys Seite vorbei warf er Robin einen Blick zu. Robin hätte schwören können, dass er dabei grinste.

John, der alles beobachtet hatte, schnalzte leise mit der Zunge und raunte Robin zu: »Mir scheint fast, ich habe gegen den falschen Rivalen gekämpft.«

Ohne nachzudenken, sagte Robin: »Und ich dachte die ganze Zeit, Mr Hooper …«

Eine Tasse zersprang klirrend. Polly wirbelte herum.

»Oh, Robin, es tut mir ja so leid. Es ist alles meine Schuld. Ich weiß ja, wie sehr du Mr Hooper mochtest«, stieß sie kläglich aus und plumpste auf einen Schemel. »John, ich meine John Hooper, war immer so nett zu mir … und natürlich habe ich ihn zur Hochzeit eingeladen. Letzten Montag hatte ich die Einladungen verschickt. Und daraufhin hat Mr Hooper Oaksend bei Nacht und Nebel verlassen – ich hatte ja keine Ahnung, dass er mehr …« Ihre Hand tastete auf der Theke herum.

John langte nach der Box mit den Taschentüchern, die zwischen zwei Bücherstapeln steckte, und reichte sie ihr. Polly rupfte ein ganzes Bündel heraus. »Ich fühle mich furchtbar!«, schniefte sie und vergrub ihr Gesicht in den Taschentüchern. Sie sah so elend aus, dass Robin sagte: »Vielleicht hat es ja gar nichts mit der Hochzeit zu tun, dass er fort ist.«

Pollys Kopf fuhr hoch. »Wie meinst du das?«

Robin fuhr unsicher fort: »Na ja, vielleicht hatte er ähm … andere Pläne. Er hat da mal was erwähnt …«, nuschelte er und wich ihrem Blick aus.

»Tatsächlich?« Polly bekam Schluckauf.

Robin wusste nicht so recht weiter. Er fühlte sich, als ob er auf einem Drahtseil balancierte. Da kam ihm unerwartet John zu Hilfe. »Jaaahhh …« Er nickte und machte eine Miene, als ob er angestrengt nachdächte. »Ich meine, ich hätte gestern im *Majestic* auch so etwas gehört …«

In Pollys Augen glomm Hoffnung auf. »Dann ist er – hicks – gar nicht wegen mir – hicks – gegangen?«

John und Robin schüttelten heftig die Köpfe. »Ganz bestimmt nicht«, sagten sie wie aus einem Munde.

Punchkiss fing an zu schnurren.

Der Regen hatte aufgehört und die Sonne blitzte wieder zwischen den Wolken hervor. Robin hatte das Gefühl, als ob eine Zentnerlast von seinen Schultern gefallen sei. Auf dem Nachhauseweg sprang er übermütig über Pfützen hinweg und hopste im Mistelweg vom Bordstein rauf und runter. Er hielt erst inne, als er sich Mrs Stickforths Haus näherte. Auf der Veranda bot sich ein eigenartiges Bild.

Der Schaukelstuhl war in einer absurden Position festgefroren. Er stand reglos auf den hintersten Spitzen seiner Kufen, die vorderen Spitzen ragten kühn in die Höhe. Von Mrs Stickforth waren nur noch die Pantoffeln zu sehen, die hilflos in der Luft zappelten. Während er noch versuchte zu begreifen, was er da sah, erklang rechts von ihm ein Geräusch, als würde jemand einen Stepptanz aufführen.

»Melvin?«, fragte er argwöhnisch.

»Ja?«

»Melvin, was hast du mit Mrs Stickforths Schaukelstuhl angestellt?«

»Nichts Besonderes – ich habe nur etwas ausprobiert.« Der Stepptanz wurde immer ausgelassener. »Wusstest du eigentlich, dass man einen Bombenkleber bekommt, wenn man Monsterspucke mit Hortensiensaft mischt?«

Robin war sprachlos. Mrs Stickforths Pantoffeln zappelten immer heftiger, und nun drangen auch Flüche an sein Ohr, wie er sie noch nicht mal im Lager der Tramps vernommen hatte.

Er grinste von einem Ohr zum anderen – und das hatte nicht nur mit Mrs Stickforth zu tun. Ihm fiel eine Liedzeile aus einem alten Schmachtfetzen ein: *Ein Freund, ein guter Freund, das ist das Beste, was es gibt in der Welt …*

Und es stimmte. Ein guter Freund an der Seite war besser als alles, was sich Robin vorstellen konnte – auch wenn es sich bei diesem Freund um ein chaotisches, verfressenes und sehr haariges Monster handelte, das sein Leben ständig durcheinanderwirbelte.

Oder gerade deswegen?

Egal. Nichts und niemand konnte sie nun auseinanderbringen. Sie würden zusammenhalten wie … wie … wie Monsterspucke und Hortensiensaft!

ANDREA MARTIN hatte schon als Kind den Verdacht, dass hinter den Dingen viel mehr steckt, als allgemein behauptet wird. Sie wuchs in den USA, Österreich und Deutschland auf. Nach einer Ausbildung zur Grafikerin gründete sie 1995 eine Fachagentur für Medizin und Kommunikation, wo sie als Art Director, Grafikerin und Illustratorin arbeitet. »Die Geheimnisse von Oaksend« ist ihr fantastisches Debüt.

Von Andrea Martin sind bei cbj erschienen:

Die Geheimnisse von Oaksend. Das Monsterorakel (Band 2, 17614)
Die Geheimnisse von Oaksend. Die Monsterinsel (Band 3, 17721)

MAX MEINZOLD, geboren 1987, ist freischaffender Grafikdesigner und Illustrator. Seine Schwerpunkte liegen in den Bereichen Science-Fiction, Fantasy und der Kinder- und Jugendliteratur. Für seine moderne, innovative Buchgestaltung wurde er bereits für zahlreiche Preise nominiert. Er lebt und arbeitet in München.

Blasting Beasts
LIVE IN

Andrea Martin

Die Geheimnisse von Oaksend

Die Monsterprüfung
Band 1, 320 Seiten
ISBN 978-3-570-17613-9

Das Monsterorakel
Band 2, 320 Seiten
ISBN 978-3-570-17614-6

Die Monsterinsel
Band 3, 240 Seiten
ISBN 978-3-570-17721-1

Oaksend ist ein magischer Ort. Unweit der kleinen Stadt, beim alten Druidenstein, gibt es laut einer Sage eine Verbindung zwischen der Menschenwelt und der Mentora, der Welt der Monster. Robin ahnt davon nichts, bis er eines Tages aus Versehen einen Notruf absetzt und damit das Tor öffnet zu einem Kosmos erstaunlicher Kreaturen und dunkler Geheimnisse, wie er sie bislang nur aus seinen Träumen kannte.

10405_3

cbj

www.cbj-verlag.de

Barry Jonsberg

Das Blubbern von Glück

256 Seiten, ISBN 978-3-570-31089-2

Hier kommt Candice Phee! 12 Jahre alt, wunderbar ehrlich und ein bisschen ... anders. Und auch wenn viele sie nicht auf Anhieb verstehen – Candice hat ein riesiges Herz. Sie ist entschlossen, die Welt glücklich zu machen. Nur leider ist das gar nicht so einfach ... Denn wohin Candice auch sieht – an jeder Ecke lauert das Unglück. In ihrer Familie, die früher vor Glück geblubbert hat, spinnt sich neuerdings jeder in seinem eigenen Leid ein. Ihr superkluger Freund Douglas Benson versucht seit Langem vergeblich, in eine andere Dimension zu reisen. Und ihr Haustier, Erdferkel Fisch, hat womöglich eine ernsthafte Identitätskrise. Candice macht sich ans Wunderwerk, um jedem Einzelnen von ihnen zu helfen ...

30257

cbt

www.cbj-verlag.de

Jory John / Mac Barnett

MILES & NILES

Im Streichespielen sind Miles & Niles die Größten.
Schon jeder für sich war ein Meister seines Fachs – aber jetzt, wo sie sich zusammengeschlossen haben, sind sie ein unschlagbares Trickser-Duo!
Oder zumindest dachten sie das ...

Hirnzellen im Hinterhalt
Band 1, 224 Seiten,
ISBN 978-3-570-16367-2

Schlimmer geht immer
Band 2, 224 Seiten,
ISBN 978-3-570-16442-6

Jetzt wird's wild
Band 3, 224 Seiten,
ISBN 978-3-570-16467-9

Einer geht noch
Band 4, ca. 224 Seiten,
ISBN 978-3-570-17554-5

10402_4

cbj

www.cbj-verlag.de

Andreas Langer

Schule der Schatten
Die lautlosen Kämpfer

224 Seiten, ISBN 978-3-570-17825-6

Nori, Tenzo, Ryu und das Mädchen Asa werden zur Ausbildung in die »Schule der Schatten« eingeladen, wo der erfahrene Lehrmeister Sensei Okuse sie zu Ninja ausbilden will. Bei den ersten Lektionen geht es darum, »unsichtbar« zu werden. Um sich überall unbemerkt anschleichen zu können, müssen die Schüler die Umgebung ganz genau beobachten und unauffällige Fortbewegungsmethoden lernen. Bei einem Botengang für ihren Lehrmeister sehen die Schüler, wie ein Trupp feindlicher Männer aus dem Nachbarreich den Pferdehändler Kuro überfällt. Um den Freund ihres Lehrmeisters zu retten, müssen die vier die eben erst gelernten Lektionen anwenden ...

10443

cbj

www.cbj-verlag.de

Kristin Halbrook

Silver Dust
Im Bann der Wasserdrachen

368 Seiten, ISBN 978-3-570-17695-5

Silver ist ein Kind der Wüste – doch ihr Herz gehört dem Meer. Und den Wasserdrachen! Sie träumt davon, eine berühmte Drachenreiterin zu werden, so wie ihr großes Vorbild Sagittaria Wonder. Silvers Vater hat allerdings ganz andere Pläne für seine Tochter. Doch als Silver dem jungen Wasserdrachen Hiyyan begegnet, ist ihr Schicksal besiegelt: Denn die Verbindung mit einem Drachen ist unlösbar. Silver lässt alles zurück und macht sich zusammen mit ihrem Cousin Brajon auf eine Reise voller Gefahren: Silver, Brajon und Hiyyan werden nicht nur von Höhlenbiestern und Wüstenfüchsen verfolgt, sondern auch von einer Gegnerin, die um den Sieg im Drachenrennen mit tödlichen Waffen kämpft.

10444

cbj

www.cbj-verlag.de

Rhiannon Williams

Wild Creatures

Die Jagd von Narroway
Band 1, 400 Seiten
ISBN 978-3-570-16558-4

Schatten über Fort Fiory
Band 2, 416 Seiten
ISBN 978-3-570-16559-1

Die Hexe aus dem Brackermoor
Band 3, 384 Seiten
ISBN 978-3-570-16560-7

Ottilie und ihr jüngerer Bruder haben sich schon immer alleine durchgeschlagen. Als Gulliver eines Nachts plötzlich verschwindet, setzt Ottilie alles daran ihn wiederzufinden und macht eine schreckliche Entdeckung: Gully wurde von einer geheimen Organisation entführt, die Monster jagt. Als Junge verkleidet mischt sich Ottilie unter die Jäger auf Fort Fiory, doch sie muss schnell feststellen, dass es nicht so einfach ist, Gulliver zu befreien. Gefangen in der Festung, die sich mitten im Reich der Wild Creatures befindet, wäre ein Fluchtversuch tödlich. Während Ottilie nach einem Ausweg sucht, lässt sie sich zur Tarnung als Monster-Reiterin ausbilden – und ist gut darin. Doch wie lange wird sie ihre wahre Identität geheim halten können?

20306_3

cbj

www.cbj-verlag.de